KB114595

주무르면 다 고침! 14

강준현 현대 판타지 소설

초판 1쇄 찍은 날 § 2019년 12월 12일
초판 1쇄 펴낸 날 § 2019년 12월 19일

지은이 § 강준현
펴낸이 § 서경석

총괄팀장 § 노종아
편집책임 § 김대용
디자인 § 고성희

펴낸곳 § 도서출판 청어람
등록번호 § 제387-1999-000006호
등록일자 § 1999. 5. 31
어람번호 § 제1-3069호

주소 § 경기도 부천시 부일로 483번길 40 서경B/D 3F (우) 14640
전화 § 032-656-4452 팩스 § 032-656-4453
http://www.chungeoram.com
E-mail § chungeorambook@daum.net

ⓒ 강준현, 2018

ISBN 979-11-04-92102-5 04810
ISBN 979-11-04-91881-0 (세트)

목 차

90. 이거
많이 들어본 상황인데

쫘악! 낭창낭창한 대나무 회초리가 김장혁의 등을 차지게 때렸다.

　'…씨발! 미친 노인네. 언제고 내가 죽여 버린다.'

　등에서 시작한 고통이 비명을 지르고 싶을 만큼 온몸으로 퍼져 나갔지만, 김장혁은 속으로 욕설을 뱉고 참아냈다.

　처음엔 장강룡의 어이없는 교육에 화를 참지 못하고 덤볐지만 죽을 만큼 맞은 후에 참을성을 배웠다.

　김장혁의 속마음을 아는지 모르는지 장강룡은 곧장 폭언을 쏟아냈다.

　"멍청한 놈! 도대체 머리는 장식품으로 달고 다니는 거냐? 쉬운 호흡법조차 제대로 따라 하지 못하다니. 네가 한언수의 손자를 이기겠다고? 지금처럼 했다간 죽을 때까지 따라잡지 못할 거다."

'지랄하지 마. 쉬운 호흡법이라고? 사람을 죽이는 호흡법이겠지.'

들숨 1분, 날숨 1분을 반복적으로 하는 것이 기본이고 익숙해지면 시간이 점점 늘어난다.

호흡하다가 죽을지도 모르겠다는 생각을 해본 적이 없는데, 김장혁은 매일처럼 하고 있었다.

기절을 한 건 몇 번인지 기억도 나지 않았다. 그런데도 조금이라도 호흡이 거칠어지거나 잘못되면 어김없이 회초리가 날아왔다.

"아빠, 저 바보는 포기하고 한국으로 가요! 그냥 저기 있는 댕댕이를 가르치는 게 빠르겠어요. 언니, 오빠 보고 싶어요."

'…으득!'

장강룡보다 더 참을 수 없게 만드는 사람이 있는데 장강룡의 딸인 장려령이었다.

머리에 나사가 빠진 것이 독설은 장강룡보다 더했다. 지금만 봐도 개보다 못하다고 비교하지 않는가.

그러나 장강룡을 욕할지언정 장려령에겐 인상조차 쓰면 안 된다.

처음에 한 번 화를 냈다가 그녀의 죽이라는 명령에 옆에 있던 경호원이 다짜고짜 칼을 뽑는 바람에 식은땀을 흘려야 했다. 만약 장강룡이 말리지 않았다면 분명 죽었을 것이다.

세상 무서운지 모르고 살아온 김장혁이지만 더 사이코패스 같은 인간을 만나고 나니 고분고분해질 수밖에 없었다.

물론 한국으로 돌아가 두삼에게 복수를 하고나면 장씨 부녀에게도 복수를 하겠다고 다짐하고 있었다.

각설하고, 이렇게 갖은 수모를 당하면서도 김장혁이 중국에서 버티는 이유는 간단했다.

실력이 일취월장하고 있기 때문이었다.

여전히 호흡법과 기(氣)를 느끼지 못하고 있었지만, 침술과 한의학적 능력은 전과 비교할 수 없을 만큼 좋아졌다.

"후우우우~~"

날숨을 아주 천천히 뱉는다. 그럼에도 몸속의 공기는 점점 줄어들어 바닥으로 향한다.

얼마나 지났지? 1분 20초가 넘었을까?

마지막 공기까지 쥐어짜듯이 뱉고 숨을 들이켜려 할 때였다.

쉬이익! 하는 소리와 함께 또다시 회초리가 등으로 날아온다.

"허억! 하아~ 하아~"

등에서 느껴지는 끔찍한 고통에 몸을 벌떡 일으킨 김장혁은 곧 그 고통이 진짜가 아님을 깨달았다.

꿈이었다.

"…젠장! 징글징글하네."

꿈조차 얼마나 실감이 났으면 온몸이 땀으로 젖어 있었다.

욕을 뱉은 그는 시간을 확인하고 샤워실로 갔다. 그리고 오랜만에 따뜻한 물로 샤워를 하며 불쾌한 감정을 씻어냈다.

외출할 준비를 마친 그는 아래층으로 내려갔다. 아버지 김광도가 거실에서 신문을 읽고 있다가 그를 발견하고 말했다.

"왜 더 쉬지 않고?"

"푹 쉬었습니다. 어머니는요?"

"네가 좋아하는 갈비찜 해준다고 마트에 갔다. 근데 어디 나가려고?"

"한강대학병원 과장에게 인사 가려고요."

"황오열 말이냐?"

"네."

"그 친구에 대해 조사를 해봤는데, 병원에서 거의 내놓은 사람 취급을 받는 모양이더라."

"그러는 편이 더 낫습니다. 저의 존재감과 가치가 그래야 더 빛이 날 테니까요."

"홋! 그건 그렇겠구나. 일단은 네 상사가 될 테니 쓸 만한 걸 가지고 가려무나."

"알겠습니다."

"차는 출퇴근용으로 적당한 놈으로 새로 샀다."

"감사합니다, 아버지."

새해 선물 겸해서 한우 세트를 하나를 챙겨 주차장으로 내려갔다. 여러 대의 차량 중 5,000만 원대의 승용차가 눈에 들어왔다.

좋지도 나쁘지도 않은 무난한 스타일.

옆에 있는 날렵한 오픈카가 눈에 밟혔지만 한동안은 조용히 있는 편이 좋았다.

곧장 차에 올라 황오열의 집으로 향했다. 도착해서 연락을 하니 그가 내려왔다.

"오! 자네가 동문회장이 말한 김장혁이군. 반갑네."

"처음 뵙겠습니다, 교수님."

"훤칠하군. 허허허! 설 준비하느라 집이 어수선하니, 요 앞 카페에 가서 얘기하는 건 어떤가?"

"이거 선물인데 집에 갖다 놓고 가시죠."

"뭘, 이런 걸."

선물을 집에 올려다 놓은 후에 카페로 이동했다. 그리고 커피를 마시며 얘기했다.

"중국에서 공부를 했다지?"

"네. 한의원을 열었다가 좀 더 공부해야겠다는 생각에 2년쯤 다녀왔습니다."

"동문회장의 말을 의심하는 건 아니지만 웬만한 실력 가지곤 안 된다네. 혹시 한두삼이라고 들어 봤나?"

"…물론입니다."

"그놈만큼은 안 되더라도 적어도 무시당하지 않을 정도는 되어야 해. 만약 그 정도도 안 된다면 포기하는 게 나을 걸세."

"…전……."

황오열은 김장혁이 말을 머뭇거리자 살짝 인상을 찌푸렸다. 실력이야 어떻게 됐든 자심감이 이렇게 없어서야 무슨 일을 하겠는가.

하지만 이어지는 그의 말에 황오열의 표정이 활짝 펴졌다.

"놈을 이길 생각입니다!"

"험! 그런 자신감 좋아. 근데 자신감만으론 힘들 거야. 녀석이 마춰 침술을 할 수 있다는 거 아냐?"

"그 정도는 저도 할 수 있습니다."

"오! 정말인가?"

"지금 보여드릴까요?"

"아니네. 믿네. 선배가 후배를 못 믿어서야 되겠나. 그나저나 이번에 우리 과에서 비만클리닉을 맡게 되었어. 혹시 다이어트에 대해 잘 아나?"

"그전엔 안마과에서 했다죠? 어떤 식으로 했을지 짐작이 가는 게 있습니다. 아마 신체의 에너지 소비를 높였을 겁니다."

"그게 가능하단 말인가?"

"물론 가능합니다."

"하하하! 이거 굉장한 실력자를 얻게 되었군. 좋아!"

황오열은 자신을 무시한 센터장과 안마과 놈들에게 한 방 먹일 생각에 기분이 좋아졌다.

"언제부터 올 수 있나?"

"교수님께서 3월부터라고 해서 그때로 생각하고 있습니다."

"음, 좀 더 일찍 올 수는 없겠나?"

"죄송합니다. 할 일을 정해놓은 터라."

"…어쩔 수 없지. 그럼 약속대로 3월 4일 날 보는 것으로 하지."

자신의 제안을 대번에 거절하는 것에 순간적으로 기분이 상했다. 그러나 김장혁의 말대로라면 이만한 실력자를 어디서 구할까 싶어 내색하지 않았다.

짧은 만남이 끝나고 황오열이 먼저 일어났다.

카페 창밖으로 그가 떠나는 모습을 보며 김장혁이 중얼거렸다.

"속 좁고 자신만 아는 전형적인 인간이군."

회사라면 짜증 나는 상사겠지만, 병원에서라면 그리 나쁘지 않았다. 적당히 비위를 맞춰주기만 하면 열심히 그의 일을 도울 가능성이 높았다.

황오열이 사라지자 김장혁은 스마트폰을 꺼내 차 실장에게 연락했다.

─왜 전화가 안 오나 했다. 사장님께 한국에 왔다는 얘기는 들었다.

"잘 지내셨어요?"

─전화를 받을 수 있으면 잘 지낸다는 뜻이다. 하하!

"다행이네요. 일이 어떻게 되어가고 있는지 알고 싶어서 연락했어요."

─전에도 그랬지만 굉장히 영악한 놈이야. 미성년자 제자랑 거시기한 관계라고 소문을 냈더니 둘이 같이 자리를 하지 않더군.

"그래서 깎아내리기 힘든 겁니까?"

─그럴 리가. 그 소문은 다음 단계를 위한 발판에 불과해. 걸리면 좋고, 안 걸리면 소문으로 만족하는 거지.

"다음 단계는 확실하다는 것처럼 들리는군요?"

─응, 확실해. 이건 백이면 백 걸리는 거거든.

김장혁의 미간이 순간 좁아졌다. 그는 말을 빙빙 돌리는 걸 무척 싫어했다.

다행히(?) 차 실장의 말이 이어졌다.

꽤 괜찮은 계획이었기에 그의 미간은 다시 펴졌다.

차 실장이 마치 칭찬을 바라는 아이처럼 물었다.

—어때?

"상당히 좋은 계획이네요. 사람은 있습니까?"

—이미 구해뒀어.

"그럼 언제 시작하실 겁니까?"

—언제든 가능해.

"그럼, 2월 마지막 주에 터뜨려 주세요. 아! 일단은 병원에만 소문이 돌 정도로만 해주세요. 또 도망가 버리면 곤란하거든요."

—알았다. 언제 술 한잔하러 와라. 중국에서 외롭게 지냈을 텐데 회포는 풀어야 할 거 아니냐.

"…설날 지나서 한번 갈게요."

—그래. 그럼 그때 보자.

전화를 끊은 김장혁은 곧장 일어나 카페에서 나왔다. 그리고 차에 올라 집이 아닌 다른 곳으로 향했다. 장강룡의 지시 사항을 따르려면 부지런히 움직여야 했다.

*　　　　*　　　　*

보글보글! 치이이익! 타타타타타탁!

나물이 대치고, 전을 붙이고, 야채를 자르는 칼 소리가 부엌을 가득 채운다. 아침부터 시작한 일은 오후 3시가 넘어가는데도 여전히 계속되고 있다.

두삼은 한쪽 전기 프라이팬엔 생선을, 한쪽 프라이팬엔 전을 붙이고 있다.

제사 음식을 만드는 일은 참 손이 많이 간다. 그렇게 노력한 것에 비하면 대부분 기름져서 선뜻 손이 가지 않지만 말이다.

막 잡채를 끝낸 하란이 동그랑땡을 하나 집어 먹으며 옆에 앉았다.

"어제 늦게 들어왔는데 괜찮아?"

"응, 멀쩡해."

어젯밤 백만수가 데리고 간 허름한 집은 정말 단란 주점이었다. 겉모습과 달리 내부는 나쁘지 않았는데, 도우미 아가씨들도 있었다.

아가씨들이 상시 대기할 만큼 손님이 많나 싶었는데, 이유는 아가씨들이 합석을 했을 때 알 수 있었다.

공교롭게도 네 명 중 한 명이 4년 전 악양에 내려왔을 때 봤던 은희경이었다. 즉, 다방 아가씨들이 다방을 끝내고 주점에서 일을 하고 있었던 것이다.

그래서 더욱 불편해진 자리.

다행히 고향이라 소문이 날까 두려워서인지, 원래 질펀하게 노는 스타일이 아니라서 그런 건지 일행들은 깔끔하게(?) 놀았다.

거짓말 조금 보태서 그냥 여자 사람 친구들과 노래방에서 술 시켜서 먹은 느낌이랄까.

아무튼 그래서 큰 불편함 없이 늦게까지 술을 마시고 놀 수 있었다.

"피곤하면 좀 쉬어. 이제 전만 붙이면 끝이니까 내가 해도 돼."

"됐네요. 그러는 너나 쉬어."

"나도 괜찮아. 그럼 같이할까?"

그녀는 말이 끝나기 무섭게 두삼이 왼손에 들고 있던 뒤집개를 빼앗아 전을 뒤집었다.

일은 결혼하고 해도 늦지 않다고 어머니가 말했지만, 가만히 있으면 오히려 불편하다며 일을 도운 그녀.

결혼도 안 했는데 괜히 데리고 왔나 싶어 미안하기도 하고, 고맙기도 하다.

시시덕거리며 마지막으로 큰 민어를 전기 프라이팬에 올리는데 아버지가 부엌에 들어오시며 말했다.

"두삼아, 강 어르신 오셨다."

"에?! 강 어르신이요?"

뒤집개를 아버지에게 맡기고 얼른 밖으로 나가자 두 명의 건장한 남자들에게 부축을 받은 노인이 빙긋이 웃고 있었다.

"어르신!"

"…전에 보고 4년 만인가?"

"아, 네. 날이 찹니다. 드, 들어가시죠."

강 노인은 4년 전과 많이 달랐다. 많이 나오지 않은 광대가 도드라져 보일 만큼 말랐고, 거동 역시 두 사람의 도움이 없으면 걷지 못할 정도였다.

그의 나이 올해로 아흔여섯. 특별한 병이 없다고 해도 생기를 잃기 충분한 나이였다.

"…마지막으로 안마를 받으러 왔네. 헐헐!"

"마지막이라니요. 올가을에 또 오시면 되죠."

"…그땐 주무를 곳이 없을 것 같아서 말이야."

죽음을 얘기하는데 그는 여전히 편안한 웃음을 짓고 있었다. 마치 다 알고 있다는 듯이.

두삼은 그를 안아 침대에 눕혔다. 그리고 조심스럽게 머리부터 안마를 시작했다.

"어허~ 시원하군. 역시 마사지 기기완 차원이 달라."

"…그러시다니 다행이네요."

그의 몸을 주무르는 두삼은 어떤 표정을 지어야 할지 곤혹스러웠다.

예상대로 강 노인의 내부는 빠르게 생기를 잃어가는 중이었다.

두삼이 아무리 기운을 듬뿍 준다고 해도, 다른 사람의 도움으로라도 걸어 다닐 수 있는 것은 길어야 한 달. 자리에 눕게 되면 석 달을 버티기 힘들 것이 분명했다.

두삼의 마음을 아는지 모르는지 강 노인은 안마를 즐기며 입을 열었다.

"…자넨 어떤 한의사가 되고 싶은가?"

"할아버지 같은 한의사가 목표입니다. 대답이 이상한가요? 하하."

"아니, 이상하지 않아. 쉽지 않은 길을 가는 것에 오히려 칭찬을 해주고 싶네. 허허! 하고 싶은 건 없고?"

"글쎄요. 하고 싶은 건 이미 하고 있습니다. 개인적인 꿈이 있다면 이렇게 마사지를 해서 모든 병을 치료할 수 있으면 좋겠습니다."

"허허허! 정말 꿈이 크군."

"불가능한 꿈이죠."

"응? 불가능하다는 걸 알면서 꿈을 꾼다?"

"현재의 저에게 만족하게 될까 봐서요. 그래서 아예 도달하기 불가능한 것을 목표로 두는 거죠. 할아버지를 닮고 싶다는 것도 비슷한 맥락이죠."

"멋진 생각이네. 다만 너무 다그치진 말게. 아직 자넨 젊다네. 허허!"

친할아버지 같다는 느낌 때문인지 민규식에게도 하지 못한 말을 강 노인에게 했다.

15분쯤 지나자 잠이 들어 더 얘기하지 못했지만, 꽤 좋은 시간이었다. 그는 1시간 30분간의 안마가 끝내고 손을 떼자 잠에서 깼다.

"…음, 끝까지 안마를 즐기고 싶었는데 잠들었나 보네. 그나저나 몸이 가뿐한 것이 기운을 불어넣어 준 모양이군."

"큰 도움은 안 될 겁니다."

"잠깐이라도 예전과 같은 느낌이 드는 것만으로 충분하다네. 고맙네. 허허. 자! 이건 용돈."

그는 품을 뒤져 아주 두툼한 봉투를 건넸다.

"예전보다 두 배는 많이 주시는 거 같은데요?"

"세뱃돈도 넣었다고 생각하게."

"감사합니다. 잘 쓰겠습니다."

"그래. 부디 잘 써주게. 이만 가야겠네."

말이 조금 이상했으나 가끔 생각과 말이 다르게 나올 때가 있는 법이니까.

그는 올 때와 마찬가지로 조용히 떠났다. 두삼은 마지막이라는 생각에 그의 차가 시야에서 사라질 때까지 바라보았다.

뭔가 먹먹한 느낌에 그가 준 봉투를 보며 마루에 걸터앉아 있는데 하란이 왔다.

"뭔데 그리 슬프게 보고 있어?"

두삼은 봉투를 보여주며 강 노인에 관해 설명했다. 얘기가 끝날 때쯤 봉투를 만지작거리던 하란이 말했다.

"이거 돈이 아니라 상자 같은데?"

"상자에 넣어주셨나 보지. 궁금하면 꺼내 봐."

하란의 말처럼 지폐 크기의 상자가 나왔다. 그리고 상자를 열자 손가락 두 마디만 한 열쇠와 은행 지점이 적힌 종이가 있었다.

*   *   *

설날 아침.

제사를 지낸 후, 부모님께 세배를 하고 이른 아침을 먹었다. 그리고 뒷산으로 가 성묘를 드렸다.

산에서 내려오자마자 어머니는 어제 한 음식을 싸기 시작했고, 아버지는 나갈 준비를 하시며 말하셨다.

"차 막히기 전에 얼른 올라가라. 조금이라도 일찍 가야 덜 막

히지."

"알아서 갈게요. 근데 어디 가세요?"

"매개 초등학교에서 오늘 어르신들 모시고 작은 잔치 벌이기로 했다. 얼른 가서 준비해야지."

"아버지가 일하시게요?"

"내 나이면 청년이지."

"…네네."

"아가, 고생 많았다. 상견례할 때 보자. 사돈 어르신께 안부 전해 드리고."

"네, 아버님."

"여보. 안 갈 거야!"

"잠깐 기다려요. 애들 음식은 챙겨줘야죠."

어제 한 음식의 3분의 2는 포장되어 차에 실렸다. 그 외에도 복분자, 쌀, 고춧가루 등 차 트렁크가 가득 찰 정도로 받은 후 쫓겨나듯이 집을 나섰다.

차에 오른 하란도 얼떨떨한지 물었다.

"…이렇게 가도 되는 건가?"

"예상보다 조금 더 일찍 나온 건데, 뭐. 그나저나 다음부턴 어머님 댁처럼 음식을 주문할까?"

하란의 어머니는 제사 음식을 대행업체에서 주문했는데, 두삼은 꽤 합리적이라 생각했다.

"오빠 그렇게 해도 괜찮아?"

"응. 모여서 함께 먹고 마시는 게 중요하지, 음식을 하는 행위가 중요한 건 아니잖아. 그리고 주문한다고 해도 몇 가지 음식은 분명 하실 테고."

제사상에 올라가는 건 집집마다 다르다. 두삼의 집은 고인이 생전 좋아했던 음식을 올리기에 모든 걸 주문으로 하기 힘들었다.

"난 이번처럼 해도 상관없어. 어머니랑 오빠가 도와줘서 그런지 힘든 것도 없었어. 힘들면 얘기할 테니 그때 얘기해. 괜히 내가 그랬다고 생각하실까 싫어."

"그럴 수도 있겠네."

일단은 하란의 의견을 따르기로 했다.

면으로 내려가면서 잠깐 백만수의 집에 들러 희진의 상태를 살펴봤다. CRPS가 나온지 3년째지만 꾸준히 살펴볼 필요가 있었다.

겸사겸사 희진의 동생까지 봐준 후, 두 아이에게 세배를 받고 나서야 서울로 향하는 고속도로에 올랐다.

일찍 출발해서인지 차는 경기도 근처에서 막혔다. 그래도 마트에 잠시 들렀음에도 4시간 30분 만에 미래의 장모님 댁에 도착했다.

성북동의 저택은 너무 휑하다며 재작년부터 한강이 보이는 빌라에 살고 계셨다.

꺄르르! 하하! 호호!

엘리베이터 문을 열고 장모님 댁 대문 앞에 서자 아이들과 어른들의 웃음소리가 들렸다.

"나 모르는 사이에 어머님 재혼했어?"

"풉! 뜬금없이 뭔 소리야?"

"안에서 애들 웃음소리랑 젊은 사람들 목소리가 들리는데?"

"귀도 밝다. 아마 엄마 사촌 오빠네 가족들일 거야. 나랑은 육촌이려나? 어쩌면 그 이상일 테고. 저번에 엄마랑 같이 만났었어."

"일가친척 없다고 하지 않았나?"

"사촌, 팔촌쯤 되면 가난할 땐 모른 척하고 살잖아. 저기로 자리 옮길까?"

비상계단으로 이동한 하란은 간략하게 설명해 줬다.

하란은 필요할 때마다 드리는 것보다 알아서 직접 쓰시라고 투자 이익 형식으로 어머니께 200억 가까운 돈을 건넸다.

많은 돈과 여유가 생기자 사람이 그리워진 배영옥은 고향을 찾았고, 거기서 뿌리를 내리고 사는 친인척들을 만나게 되었다는 것이다.

"그러니까 기분 안 좋더라도 너무 티내지는 마."

"어머님이 좋아서 하는 일인데 내가 기분 나쁠 게 뭐가 있어?"

"왜 있잖아, 그런 거. 속물적인……."

"애써 감추려 할 뿐이지, 인간은 다 속물적인 부분이 있어. 그리고 솔직히 있으면 어때. 뒤에서 뒤통수치는 인간들보단 백배 낫지. 게다가 어머님이 먼저 다가가신 거잖아. 힘겹게 사는 분 있으면 팍팍 나눠 드리라고 해."

"200억을 나눠주라고 하다니 멋진 오빠네."

"내 애인은 그보다 훨씬 돈이 많거든. 2조라든가. 그 정도면 껌이지."

"으이구! 속물!"

"나라도 인간이거든. 저한테 팍팍 나눠주세요. 부자 애인님, 하하하!"

"어림 반 푼어치도 없는 소리 마세요, 오라버니. 그리고 3조 넘은 지 한참 됐거든요. 이제 곧 숫자 4가 될 날이 멀지 않았답니다."

"쳇! 치사해. 돈 많은 애인 믿고 그동안 아부도 안 하고 살았는데."

"놀 생각 말고 열심히 일해. 그래야 울 애기들 안 굶을 거 아냐."

"애기? 음, 내가 실수했나?"

두삼은 하란의 아랫배에 머리를 대며 말했다.

"미쳤어! 나중에 말이야!"

"난 또……. 아직은 울 큰 애기를 위해서 돈을 벌어야겠네. 들어가자, 애기야."

"으~ 오빠는 그런 느끼한 말 안 어울리거든."

"미안."

장난은 여기까지. 벨을 누른 후 안으로 들어갔다.

낯선 사람의 등장에 열심히 뛰어다니던 아이들도, 소파에 앉아 있던 60대 후반의 노부부와 30대 후반의 부부도 긴장한 표정을 짓는다.

어머님이 소개를 시켜주면 좋을 텐데, 화장실을 간 건지 자리에 안 계셨다.

이럴 땐 편안한 사람이 먼저 분위기를 환기시키는 편이 나았다.

"안녕하세요, 처음 뵙겠습니다. 하란이의 약혼자인 한두삼입니다. 편하게 대해주세요."

"…반가워요."

"처음 봬요."

"반갑습니다."

"안녕, 얘들아. 이모부야. 반가워."

"……."

배영옥의 사촌 오빠 부부부터, 그의 딸 부부, 그리고 아이들에게도 인사했다. 그제야 장모님이 나오셨다.

"한 서방, 왔어?"

"네, 어머님."

"…엄만 나보다 오빠가 먼저 보여?"

"아니. 딸부터 보였는데 그래도 인사는 아들한테 먼저 해야 하지 않겠니? 한 서방, 내 오빠랑 조카들이랑 인사했어?"

"네, 했어요. 오랜만에 북적거리는 명절을 보내게 돼서 좋으시겠어요."

"응, 좋아!"

"하하! 어머니가 좋아하시니 저도 좋습니다. 근데 점심은 드셨어요?"

"아니. 오면 같이 먹으려고 기다리고 있었지."

"그럼 잠깐 기다리세요. 점심은 제가 맛있는 거 해드릴게요. 장도 봐왔습니다."

"운전하느라 힘들었을 텐데……."

"운전은 전혀 안 힘들었어요. 얘기하고 계세요. 금방 차리겠습니다. 제가 손 빠른 거 아시잖아요."

"안 그래도 되는데……."

"대신 저녁엔 맛있는 거 사주세요, 하하!"

얼른 부엌으로 가서 음식을 준비하기 시작했다.

살면서 느끼는 거지만 남편이, 혹은 부인이, 그것도 아니면 자녀가 뭔가 하길 바란다면 먼저 자신이 솔선수범해야 한다.

가령 자신의 부모에게 잘하는 사위, 며느리를 원한다면 상대의 부모에게 잘해야 한다는 것이다.

자신의 부모에겐 당연히 잘해야 하고, 상대의 부모에겐 대충하는 사람이라면 장담컨대 그는, 혹은 그녀는 당신을 사랑하지 않는다는 것이다.

그저 돈 벌어다줄 사람, 집안일을 대신 해줄 사람이 필요한 것뿐이 아닐까?

아무튼 두삼은 그렇게 생각하기에 하란에게 받은 만큼 돌려주기 위해 애썼다.

물질적으로 답이 안 나오니 마음으로 최선을 다한다고나 할까.

사놓은 명절 음식과 해산물 요리 몇 가지가 더해지니 제법 그럴싸했다.

함께 식사를 하면서 어색한 분위기는 조금 풀어졌다. 그러자 하나둘 질문을 던졌다.

가장 먼저 배영옥의 사촌 오빠가 말했다.

"허허! 영옥이 사위는 한의사라면서 음식 솜씨가 요리사만큼 좋네요."

"공중보건의를 하던 곳이 섬이었거든요. 그래서 해물 요리를 조금 하는 편입니다. 말씀 편하게 하세요, 큰아버님."

"저기……."

"네, 처형! 말씀하세요!"

호칭을 정하는 게 나을 것 같아서 '큰아버님', '처형'이라는 단어를 강조하며 말했다.

"한… 서방님, TV에 나오는 분 맞죠?"

"TV에 나오는 거 맞습니다. 못 알아볼 정도로 많이 달라 보이나요?"

"아뇨. 실물이 훨씬 나아요."

"하하! 그런 말 많이 듣습니다."

식사를 하면서 조금 가까워졌다.

그래서인지 식사 후 아이들은 다시 뛰어다녔고, 어른들은 술을 마시며 얘기를 나눴다.

"동서, 한 가지 물어봐도 돼?"

"네, 형님."

"혹시 병원에 친한 사람 많아?"

"꽤 되죠. 왜요? 도움이 필요하세요?"

"우리 회사 부장 딸이 피부 트러블이 심한 모양이야. 한강대학병원 피부과가 유명해서 예약하는 게 쉽지 않은 모양이더라고."

피부과가 그렇게 유명했나?

처음 듣는 얘기였지만 병원 관련해서 모두 아는 것은 아니기에 그러려니 했다.

"뭐, 그런 거라면 가족 진료로 해서 받을 수 있어요. 이름하고 진료받기를 바라는 날짜를 말해주세요."

"가족이 아닌데 해줄 수 있어?"

"원래는 가족만 되는데, 일일이 그런 검사 안 해요."

"고마워! 잘되면 술 살게."

"별것도 아닌데요."

정말 별거 아닌 일이었다. 그러나 별일이 될 줄은 이때는 생각
도 못 했다.

*   *   *

연휴가 끝나고 가장 먼저 찾은 곳은 케빈이었다.

그는 진료하는 내내 부담스러운 눈빛으로 쳐다보고 있다. 그
러다 두삼이 원하는 말을 하지 않아서인지 먼저 입을 열었다.

"그동안 한의 말대로 천천히 던지는 동작만 했어요."

"잘했어."

"아무리 던지고 싶어도 꾹 참았어요. 어깨를 살펴보니까 바로
알겠죠?"

"글쎄… 일단은 괜찮은 거 같긴 한데……."

"……."

케빈은 당장에라도 발작할 듯이 입을 삐죽거린다. 더 놀렸다
간 울지도 모르겠다.

덩치가 산만 한 남자가 우는 모습은 사양이다.

"오케이! 오늘 밤에 야구 연습장 잡아놓을 테니까 그때까지만
참아."

"우와아아아아아아아아악!"

케빈은 마치 퍼펙트게임을 이룬 투수처럼 양손의 주먹을 불끈 쥐며 괴성을 질렀다.

이해 못 하는 바는 아니지만 예민한 귀가 찢어질 것 같아 외쳤다.

"깜짝이야! 미쳤냐?"

"진짜죠? 진짜? 이제 던져도 되는 거죠? 무르기 없기예요. 무르면 한을 때릴지도 몰라요. 드디어! 드디어! 공을 던질 수 있게 됐다아아아아!"

"…미친놈."

지금은 무슨 말을 해도 소용이 없을 것 같았다.

"태일아, 지금 얘 검진은 포기하고 저녁에 야구 연습장에서 다시 하자."

"네. 가까이 가는 것도 겁나네요."

양태일은 명절 동안 수면 장애에 보고서를 제대로 작성을 해서 다시 데리고 다니고 있다.

병실을 나와, 다음 향한 곳은 구본철의 병실.

"그냥 듣기만 해. 현재 하고 있는 작업은 신체에 이상이 있는 부분을 꾸준히 자극해서 뇌 속 호르몬의 변화를 살피는 거야."

"…듣기밖에 할 수 없는 거네요. 선생님 옆에 있으면 열정이 생기면서도 기운이 빠지는 신기한 경험을 하게 됩니다."

"내가 시시콜콜한 것까지 설명하는 건 너의 번뜩이는 아이디어를 듣고 싶기 때문이야. 한계를 나한테 두지 말고 끊임없이 생각해."

"옛, 썰!"

직접 경험해 보지 않은 상태에서 특별한 아이디어를 낼 가능성은 희박했다. 그러나 가능성이 제로가 아닌 것으로 설명할 가치는 충분했다.

설명 후엔 집중해서 내부의 전기적 신호와 호르몬을 살펴봤다.

워낙 봐야 할 곳이 많아서 오늘부터는 의식에 여유를 두지 않고 동시에 대여섯 곳의 흐름을 살펴본다.

머리가 아프고, 극도의 집중을 해야 하지만, 살펴볼 것이 많은데 하나씩 확인하다간 살펴보는 데만 1년이 걸릴지도 몰랐다.

단점은 얼마나 시간이 지났는지 모른다는 것. 다행히 양태일이 있었다.

어깨에서 툭 치는 느낌에 집중이 깨졌다.

"…님! 선생님! 1시간 지났습니다."

"아, 그래? 알려줘서 고맙다. 구본철 씨, 오늘 저녁엔 5시에 올게요."

"수고하셨습니다."

올 때마다 최선을 다하는 모습을 보여줘서인지 구본철의 태도는 전보다 부드러워졌다.

씨익 웃어주곤 진료실로 갔다.

진료를 시작하기 전 6촌 형님이 알려준 환자의 이름을 행정실에 알렸다.

─치료받기 원하는 과와 선생님 계세요?

"조카가 피부과의 설예인 선생님이 해줬으면 하더라고요."

—시간을 확인한 후에 연락드릴게요.

"부탁드립니다."

설예인은 작년에 2년간 펠로우를 마치고 스태프가 되자마자 두각을 나타내고 있는 의사로 예약이 4개월 이상 밀려 있는 상태라 했다.

전화가 온 것은 오후 2시가 지나서였다.

—한 선생님······.

담당 직원은 잠시 머뭇거리다가 말을 이었다.

—피부과 설예인 선생님이 조카분의 치료를 거절했습니다.

"···네?"

—직계가족이 아니라고··· 거절했습니다.

"······."

아무리 직원 가족 문제라고 해도 담당할 의사가 싫다고 하면 어쩔 수 없었다.

그나저나 큰소리 빵빵 쳤는데 거절당하다니, 부끄러움에 얼굴이 화끈거렸다.

＊   ＊   ＊

"태일아, 잠깐 본관에 다녀올 테니까 환자분 오면 연락해라."

잠깐 한가해진 틈에 피부과에 가볼 생각으로 일어났다. 설예인을 직접 찾아가 부탁을 해볼 생각이었다.

"직접 가서 부탁하시게요?"

"어쩌겠냐. 요놈의 입이 만든 문제니 입으로 해결하는 수밖에."

"너무 비굴해지진 마세요. 선생님은 우리 한방센터의 에이스 잖습니까."

"무릎은 꿇지 않을 테니 걱정 마라."

얼굴을 보고 정중하게 부탁하면 거절하진 않으리라 생각하고 피부과로 갔다.

진료를 하느라 바쁜 사람에게 불쑥 찾아가 부탁을 하는 건 예의에 어긋나는 일이라 생각했기에 먼저 데스크의 간호사에게 물었다.

"안녕하세요, 혹시 설예인 선생님 진료 중이세요?"

"어머! 한방센터의 한 선생님이시죠?"

30대 후반쯤 돼 보이는 간호사가 반갑다는 듯 말했다. 사실 요즘 한강대학병원에서 두삼을 실제로 본 적이 없는 사람은 있어도, 얼굴을 모르는 사람은 없었다.

두삼은 쑥스러움에 볼을 긁적이며 답했다.

"…아, 네."

"마치 연예인을 본 것 같네요. 호호! 아! 설 선생님에 대해 물으셨죠? 설 선생님 지금 예약이 두 개가 펑크 나는 바람에 잠깐 휴게실에 쉬러 가셨어요."

"마침 잘됐네요. 휴게실이 어느 쪽이죠?"

"좌측으로 쭉 가서 오른쪽 꺾어 10미터쯤 가면 있을 거예요. 근데 혹시 사인을 요청하면 실례일까요?"

"하하… 실례는요."

당연히 실례다. 그러나 기대감에 반짝반짝 눈을 빛내는 모습을 보곤 거절할 수 없었다.

이렇게 점점 방송인이 되어가나 보다.

사인을 해주고 간호사가 말해준 휴게실로 갔다.

깔깔깔! 호호호!

휴게실에 무슨 재미난 일이 있는지 다가가기도 전에 즐겁게 웃는 소리가 들렸다.

'기분이 좋을 때 부탁하는 게 더 낫겠지?'

만나기 위해 왔는데 진료를 하지 않고 있었고, 부탁을 말하려는데 상대가 기분이 좋은 상태라니, 오늘 운이 좋다고 생각했다.

그러나 이어서 들리는 말에 두삼은 휴게실로 들어가려던 발걸음을 멈춰야 했다.

"윤 선생이 듣기에도 진짜 어이없지 않아? 직접 찾아온 것도 아니고 꼴랑 전화로, 그것도 행정실을 통해서 부탁을 하면 내가 감사하며 들어줘야 해?"

"아니죠! 기본 예의가 있다면 찾아와서 얘기해야죠. 그리고 정말 예의가 있다면 설 선생님껜 부탁해선 안 되죠. 얼마나 바쁜데…… 근데 직접 와서 부탁하면 어쩌실 생각이에요?"

"글쎄, 간절히 부탁하면 모를까, 딱히 내키지 않네. 솔직히 직계가족도 아니거든."

"진짜요?"

"성이 달라. 아마 누군가에게 부탁을 받은 거겠지. 그런 것까지 일일이 따지면 난 퇴근도 못 해."

"당연히 그렇죠. 잘하셨어요!"

"솔직히 별 도움도 안 되는 한방센터 가족들까지 가족 진료를 받게 하는 건 말도 안 돼. 아예 분리를 시키는 게 맞는 거 같아."

"제 생각도 그래요. 사실 한방센터에 도움을 받을 일이 평생 가야 있을까 싶어요."

"장담컨대 없을 거야."

젠장! 쓸데없는 소리 들었다.

조금 삐딱하다 싶을 때 돌아섰어야 하는데 자신도 모르게 계속해서 듣고 있었다.

만약 누군가가 어깨를 툭 치지 않았다면 언제까지고 듣고 있었을지도 모르겠다.

"한방센터 한 선생 아니에요?"

돌아보니 처음 보는 얼굴이다. 그러나 일단 의사 가운을 입고 있고 눈가에 세월의 흔적이 보이는 걸 보면 선배가 분명했다.

"맞네. 여긴 어쩐 일이에요?"

"…안녕하세요. 부탁이 있어 왔습니다."

"무슨 부탁이요? 혹시 가족 진료? 애인? 하하!"

처음 보는 얼굴임에도 무척 친절했다. 휴게실에 있는 사람들과는 달리.

근데 지금 솔직히 농담하며 웃을 기분이 아니었다.

"아뇨. 그럴 생각이었는데 이젠 부탁할 마음이 없어져서. 이만 가보겠습니다."

"…으, 응. 근데……."

인사를 하고 돌아섰다. 그가 할 말이 있는 것 같았지만 지금 들으면 무슨 말이 나올지 몰라 모른 척 빠른 걸음으로 피부과를 벗어났다.

솔직히 기분 나쁜 경험이었다. 그러나 한 가지 확실하게 배웠다. 찾아와서 간절하게 하는 부탁이 아닌 이상 '거절해도 된다'는 것을 말이다.

피부과 조교수인 신청구는 부리나케 사라지는 두삼의 뒷모습을 보며 고개를 갸웃거렸다.

"지난번 일에 고맙다고 말하려 했는데……. 무슨 일이라도 있었던 건가?"

간암에 걸린 그의 절친 일로 가족 진료 형식으로 두삼에게 한방색전술을 부탁한 적이 있었다.

바쁘게 사느라 고맙다는 인사를 전한다는 걸 잊었지만 고마운 마음은 잊지 않고 있어 말하려고 했는데, 쌩하니 가버린 것이다.

대수롭지 생각하지 않고 휴게실로 들어가자 설예인과 펠로우 1년 차 후배가 얘기를 하고 있었다.

"무슨 재미난 얘기를 그렇게 하고 있어?"

"아! 신 선생님. 차 드시러 오셨어요? 뭐 드실래요? 제가 뽑아 드릴게요."

설예인은 사근사근하고 애교가 많고 실력 역시 좋아 신청구가 무척 아끼는 후배였다.

"아이고! 잘나가는 후배한테 사주지는 못할망정 얻어먹을 수야 있나."

"에이~ 오늘의 절 만들어준 선생님에게 음료수 한 잔 못 사드리나요. 호호!"

"그럼, 얻어먹어 볼까? 따뜻한 코코아로 부탁해."

"네에~ 선생님."

약간의 비음이 들어간 대답을 하며 음료수를 뽑는 설예인을 신청구는 흐뭇하게 봤다.

사실 오늘의 그녀를 만든 건 신청구라고 해도 과언이 아니었다. PD로 있는 친구에게 부탁해 미용 관련 프로그램에 출연시켜서 스타로 만든 것이 그였다.

물론 사적으로 그녀에게 마음이 있어서는 그런 건 아니다. 조교수로서 피부과의 매출 증가를 위한 계획의 일환이었다고나 할까.

"잘 마실게. 근데 설 선생, 혹시 한방센터 한두삼 선생 알아?"

"…TV에서 봐서 얼굴은 알지만 개인적으로는 몰라요. 왜요?"

"휴게실 앞에서 머뭇거리고 있길래. 무슨 일이 있나 싶어서 물어보는 거야."

"……!"

설예인과 펠로우는 동시에 서로의 얼굴을 봤다. 당황한 기색이 역력한 표정으로 설예인아 물었다.

"…하, 한 선생이 뭐라고 하든가요?"

"아니. 부탁할 것이 있어 왔는데 해결돼서 괜찮다고 하곤 가던데. 왜? 좋지 않은 일이라도 있었어?"

"아, 아뇨. 얼굴도 못 봤는데요."

"혹시 가족 진료를 부탁하면 잘해줘. 나도 도움을 받았지만, 다른 과 교수님들도 도움받은 사람이 많거든. 친해지면 좋을 거야."

"…네."

안 그래도 하얀 설예인이 얼굴이 신청구의 말이 계속될수록 탈색되듯이 새하얗게 변했다.

"서, 선생님. 전 일이 있어서……."

"응. 먼저 들어가. 요건 잘 마실게. 하하하!"

"…네."

휴게실에서 도망치듯이 나온 설예인은 서둘러 스마트폰을 꺼냈다. 그리고 아랫입술을 물곤 오전에 걸려온 행정실 번호를 찾았다.

"여, 여보세요, 거기 행정지원실이죠?"

—네, 그런데요.

"저 피부과의 설예인에요."

—아, 설 선생님. 말씀하세요.

"다른 게 아니라 오전에 말한 한두삼 선생님 가족 진료 맡겠다고요. 예약 환자가 취소를 하는 바람에 시간이 남게 됐거든요."

—아! 그러실 필요 없게 됐습니다.

"네?"

—방금 전 전화가 와서 본인이 직접 치료하겠다고 했거든요.

유명한 두삼이 자신에게 부탁을 했다는 절반의 우쭐함에, 절반의 진심이 더해져 뱉은 말을 들은 게 분명했다. 순간 아찔해지는 기분이 들었다.

'별일 없겠지? 남자가 속 좁게 여기저기 말을 옮기진 않겠지? 쳇! 신 선생님이 말한 VIP실 환자를 맡게 됐는데…….'

그녀는 엄지손톱을 물며 생각에 빠졌다.

그녀의 생각처럼 두삼은 여기저기 말을 옮길 만큼 속이 좁진 않았다. 그러나 다른 의미로 아주 좁은 속을 가지고 있었다.

*　　　　*　　　　*

두삼은 자신의 할아버지와 비교를 하다 보니 딱히 자신이 대단하다는 생각을 하지 않았다. 근데 생각을 하지 않을 뿐이지, 자신이 얼마나 많은 일을 하고, 어떤 일을 하는지 모르는 바보는 아니었다.

두삼이 행정지원실에 연락해서 말한 건 두 가지.

하나는 자신이 형님의 상사 딸을 직접 보기로 했다는 것과 앞으로 한방센터 이외의 가족 진료 부탁은 무조건 거절해 달라는 것이었다.

직접 찾아와 정중하게 부탁하면 모를까 전화상으로 오는 부탁은 안 할 생각이었다.

설예인의 말에 발끈해서 하는 옹졸한 짓 맞다. 근데 자신은 나름 가족이라 생각해 없는 시간 쪼개서 하지만, 상대방 쪽에서 남 취급 하는데 굳이 잘해야 할 필요가 있을까?

가족이 아프면 알음알음 다른 병원으로 보내거나 두삼 자신이 직접 치료하면 그뿐이다. 솔직히 본관과 척을 세운다고 해도 손해 볼 일은 없었다.

두삼이 결정을 내린 후 행정지원실.

병원 가족 진료 담당자인 육성열 대리는 인상을 잔뜩 찌푸린 채 관자놀이를 꾹꾹 누르고 있었다.

공동희가 본관 팀장 회의에 참석했다가 들어오다가 그 모습을 보고 물었다.

"문제라도 터졌냐? 퇴근 시간 다 됐는데 왜 그렇게 인상을 쓰고 있어?"

"아무것도 아님… 게 아닙니다."

"…무슨 말이 그래? 터졌다는 거야, 아니라는 거야?"

"팀장님, 한두삼 선생님이 가족 진료 안 한답니다. 제발 좀 말려주세요."

"응? 자세히 말해 봐."

육성열은 알고 있는 바를 얘기했다. 당황하거나 하면 말을 이상하게 하는 버릇이 있었지만 못 알아들을 정도는 아니었다.

"그러니까 네 말은 두삼이가 가족 진료를 신청했는데 피부과 선생이 거절했고, 그 때문에 두삼이 보복 차원에서 본관의 가족 진료를 안 하기로 했다는 거잖아."

"맞습니다!"

"그게 왜 문제가 돼? 그냥 안 된다고 하면 되지."

"그게 안 하기로 하자마자 두 건이 들어왔는데, 그중 하나는 장기이식센터장님의 지인입니다."

"참나, 그게 우리랑 무슨 상관이야? 우린 연결만 시키면 돼."

"그야 그렇죠. 그래도… 솔직히 완전히 관련이 없는 건 아니잖습니까."

육성열의 말이 틀린 건 아니다. 딱 잘라서 업무와 연관이 없다고 말하긴 애매하다.

병원 일이라는 것이 하다 보면 이래저래 걸리게 마련이다. 그럴 때 공무원 조직처럼 우리 일이 아니라고 책임을 회피할 수 있다면 좋겠지만 그랬다간 연관된 조직 모두 깨진다.

그러다 보니 병원 사람들끼리 사이가 끈끈해지고 이래저래 거절할 수 없는 일이 많아진다.

이게 나쁘다고 할 수 없다. 실제로 전체적으로 보면 모두에게 이익이다.

근데 많은 이익을 보는 사람이 있다면, 그만큼 손해를 보는 사람도 있게 마련이다.

두삼이 바로 후자의 경우다.

과장급이 아니라서 쉽게 여기저기서 도움을 많이 청했는데, 미련한 건지 거절하는 법을 몰랐다.

"네 말도 맞아. 그럼 한 가지 물어보자. 두삼이의 가족 진료가 거절당했을 때 지금처럼 고민했어?"

"그건……."

"본관 행정지원실에 지금 나한테 부탁하는 것처럼 해봤어? 안 했지?"

"……."

"사람들 웃겨. 쉽게 해주는 사람은 우습게 알거든. 다시 하나만 더 물어보자. 네가 거절됐다는 소식을 들었을 때 피부과의 그 선생을 설득하는 게 쉬웠을까, 지금의 한 선생을 설득하는 게 쉬울까?"

"……."

"답은 알고 있나 보네. 그럼 두삼이 설득할 생각 말고 기분 나쁘지 않게 거절할 방법이나 생각해 봐."

"알겠습니다. 근데 팀장님……."

"또, 뭐?"

"피부과에서 가족 진료 해주겠다고 연락이 왔는데 그걸 알려도 마음이 안 바뀔까요?"

"두삼이가 자기가 치료하기로 했다며?"

"…그러긴 했죠."

"육 대리. 제발 생각 좀 하고 살자. 네가 피부병에 걸렸어. 그럼 누구한테 치료받고 싶냐?"

"…한 선생님이요."

"그래. 두삼이가 실력이 없어서 부탁한 일이 아니란 말이야. 기분이 상했을 땐 옆에서 말해 봐야 더 기분이 나쁠 뿐이야. 그런데 거절한 게 다야? 혹시 두삼이 기분 나쁘게 한 거 없어?"

"절대 아닙니다. 그냥 본관 행정지원실에서 들은 말을 그대로 전해줬을 뿐입니다."

"그래? 음, 거절당할 거로 진료까지 거부하진 않았을 텐데……."

예감상 무슨 일이 더 있었던 게 분명해 보였다. 조만간 분명 자신에게도 압박이 올 터, 알아둬야겠다는 생각에 스마트폰을 꺼냈다.

"아무튼 그동안 많이 했으니까 정 안 되면 그동안 했던 자료 정리해서 말해줘. 난 두삼이를 만나볼 테니까."

"알겠습니다. 근데 지금 한 선생님 진료실에 없습니다. 그리고 진료하러 어디로 갔다고 해서 연락했는데 안 받습니다."

"너랑 나랑 같냐?"

자신의 사무실로 들어가며 두삼의 전화번호를 눌렀다. 4번쯤 울렸을 때 전화를 받았다.

—일하는 중이다. 왜?

"어디냐? 술이나 한잔하자."

—일한다는 소리 안 들리냐? 귀 뚫어줘?

"밤새 하는 일이냐?"

—그건 아니지만. 이상한 소리 할 거면 오지 마라. 오늘 조금 기분 안 좋다.

"왜 무슨 일 있냐?"

공동희는 짐짓 모른 척했다. 그러고는 생각할 시간을 주지 않기 위해 말했다.

"오랜만에 술 사려고 했는데 싫음 마라. 음, 법카(법인카드) 한도 많이 남아서 다 쓰려고 했는데……."

—훗! 네가 잘도 그러겠다. 진짜 술만 마실 생각이면 병원 서문 앞에 있는 야구 연습장에 있으니까 그리 와.

"케빈 치료하는 모양이네. 10분이면 도착할 거다."

—천천히 와. 어차피 1시간 동안 일해야 해.

"알았어. 그럼 좀 있다 보자."

왜 보자고 한 건지 아는 것 같았다. 그러나 일단 같이 자리를 한다면 대충이나마 알 수 있을 것이다.

*   *   *

케빈의 팔이 부드럽게 휘며 공을 던졌다.

파앙! 눈 깜짝할 사이에 하얀색 공이 두툼한 매트에 박히며 깔끔한 소리를 낸다.

두삼은 야구 연습장에 한구석에 있는 전광판을 흘낏 봤다. 122라는 숫자가 찍혀 있었다.

다시 새로운 공을 집는 케빈에게 말했다.

"천천히 던져. 오늘 던지고 끝낼래?"

"한, 이게 최대한 천천히 던지는 거라니까요. 전혀 이상 없는 것 같은데 좀 더 높이면 안 될까요?"

"안 돼. 오늘은 지금 속도를 유지해."

"네네. 던집니다."

휘익! 파앙!

공을 던질 때마다 케빈의 어깨는 비명을 지른다. 어깨의 회전근개는 이상이 없었지만, 한번 던질 때마다 작은 근육들은 조금씩 끊어져 나간다.

이것보다 훨씬 빠른 속도로 100구 이상을 던지니, 시합이 끝나고 나면 4, 5일은 반드시 쉬어야 하는지도 모르겠다.

'전반적으로 괜찮네.'

첫날치곤 어깨, 등, 허리, 다리 등 전반적으로 좋았다. 근데 그걸 케빈 역시 몸으로 느끼나 보다.

휙! 팡!

속도계를 안 봐도 지금까지보다 훨씬 빨랐다.

"스톱! 오늘은 여기까지."

"에에? 아직 40구밖에 던지지 않았다고요."

"방금 1구가 11구를 던진거나 다름없었거든."

"실수였다고요! 실수. 그저 어깨에 약간 힘이 더 들어간 것뿐이었다고요. 한 달을 기다려서 던지는데 좀 눈감아줘요. 한~"

"안 돼!"

"진짜 멀쩡해요. 앞으로 100구 이상 던질 수 있다고요. …후우~ 알았어요. 10구에서 또다시 지금처럼 던지면 내일은 쉴게요."

"내일은 어차피 쉴 거야. 지난 재활 기간 동안 빠진 근육을 다시 키워야지."

"…말도 안 돼요! 오랫동안 기다려 온 나에게 이럴 순 없어요."

케빈은 방금 던진 공에 흥분을 한 것이 분명했다. 반드시 던지겠다는 듯 공을 잡고 길길이 날뛴다.

두삼은 인상을 굳히며 말했다.

"케빈, 내 말에 불만이 많다면 처음 약속했던 돈만 주고 미국으로 돌아가서 마음껏 던져."

"……."

케빈이 처음 재활을 하면서 약속한 금액은 500만 달러였다. 그리고 어느 정도 재활이 됐을 때 90마일을 던질 수 있게 되면 1,500만 달러를 주겠다고 했었다.

두삼의 말에 케빈은 흥분을 가라앉히고 생각에 빠졌다. 그리고 잠시 후 공을 바구니에 던져 넣으며 말했다.

"…미안해요, 내 생각이 짧았어요. 난 한이 퇴원하라는 날까지 말을 따를 거예요."

"네 생각이 그렇다면 계속하자. 태일아, 밖으로 나가 케빈 어깨 풀어줘라. 차가운 기운으로 어깨를 식힌다고 생각하면서 해."

"네, 선생님."

케빈과 양태일이 나가고 나자 대기실에서 구경을 하고 있던 공동희가 인사를 한다.

"여어! 다 끝났어?"

"태일이 마사지하는 거 보고 가야지."

"양 선생이 네 환자를 볼 수 있을 정도로 실력이 많이 늘었나 보네?"

"스펀지처럼 흡수력이 좋아."

"'아직 멀었어!'라고 할 줄 알았더니 웬일로 네가 칭찬을 다 하냐?"

"앞에 없잖아."

"하하하! 짓궂긴. 그나저나……."

공동희는 속도 전광판을 보고 말을 이었다.

"146이라면 케빈 다 나은 거 아냐? 전력으로 던지는 것 같지도 않던데."

"아직은 아냐. 저런 속도로 100구까지 던지면 현재 몸으론 버티질 못해. 어깨도 마찬가지고. 서서히 담금질을 해서 튼튼하게 만들어줘야지."

"네가 그렇다면 그런 거겠지. 나가서 음료수라도 한 잔 마시자."

룸에서 나와 음료수를 뽑았다. 그리고 양태일이 마사지하는 것이 보이는 맞은편에 앉았다.

치익! 탄산음료를 따서 꿀꺽꿀꺽 시원하게 마신 공동희가 지나가는 투로 물었다.

"크으~ 얼굴이 안 좋은데 오늘 무슨 일 있었냐?"

"아니, 없는데."

공동희가 왜 술을 먹자고 했는지 알고 있었다. 그래서 더 말해줄 수가 없다.

속 좁게 가족 진료는 거부를 했지만 치사하게 일러바치고 싶진 않았다.

나름 선배인 자신의 뒷담화를 하다가 걸렸다는 것을 빼면 설예인이 자신의 감정에 솔직한 것뿐, 나쁜 짓을 한 건 아니다.

"설예인 선생 때문이냐?"

"날 치사한 사람으로 만들지 마."

"훗! 네가 입 다물고 있으면 감춰질 거라 생각하는 거냐? 장담하건대 아닐걸. 진짜 그럴 작정이었다면 가족 진료는 그대로 했어야지."

"가족 진료를 안 하겠다는 건 개인적인 복수 맞아. 근데 네가 말을 옮기지만 않으면 괜찮을 것 같지 않아?"

"그렇게 안 될 거야. 의외로 너에 대한 의존도가 높거든. 너 작년부터 지금까지 몇 번이나 가족 진료에 참여했어?"

"글쎄, 그걸 일일이 기억하는 게 이상하지 않나?"

별도로 진료를 하는 경우도 있긴 하지만 외래 진료 때 봐주는 경우가 더 많았다. 그러니 온전히 기억하는 건 불가능했다.

"대체로 그렇지. 근데 네게 가족 진료를 부탁하는 사람들은 특이한 경우가 많아. 그런데 올 스톱 되어버린다? 무조건 말이 나오게 될 거야."

"내가 미국에 가 있는 동안에도 별문제 없었는데 문제가 있겠어?"

"사람이 없는 것과 있는데 거부하는 건 다르지."

"쩝! 이 얘긴 그만하자. 불편해."

솔직히 설예인에게 화를 내지 않은 것만으로도 할 만큼은 한 거라 생각했다(차라리 그 편이 나았을 수도 있지만). 아무튼 그녀가 그랬듯이 자신 역시 정당한 권리를 행사하는 것뿐이고, 그로 인해 발생하는 문제 따윈 생각하고 싶지 않았다.

다행히(?) 공동희는 술자리가 끝날 때까지 그에 관한 얘기를 더는 꺼내지 않았다.

*　　　　　*　　　　　*

가족 진료를 거부하면서 두삼이 생각지 못했던 것이 하나 있었다.

민규식의 부탁으로 강창동이 나름 권력이 있다 하는 이들의 진료 부탁을 막아버렸다는 건 다들 아는 바다. 그러나 그들은 안면이 있는 의사들에게 부탁해 가족 진료를 받는 것으로 돌파구를 마련하고 있었다.

근데 그것까지 막힌 것이다.

여기저기서 부탁을 받은 센터장들과 과장들은 갑작스러운 두삼의 보이콧에 당황할 수밖에 없었다.

그중 정계, 제계, 법조계, 언론계 등 다양한 권력층과 가까이 지내는 장기이식센터장인 고주영이 가장 화가 많이 났다.

후임으로 키우고 있는 후배가 보고를 한 후 고개를 숙인 채 서 있었다. 고주영은 책상을 손끝으로 톡톡 치면서 물었다.

"…갑자기 왜 그런다는데?"

"모르겠습니다. 이틀 전부터 가족 진료는 아예 손을 뗐다고 합니다."

"젊은 친구가 인기가 많다고 너무 안하무인 한 거 아냐? 솔직히 어려운 것도 아니고 그저 건강검진받자는 건데?"

부와 권력을 가진 이들이 가장 걱정하는 건 아마도 부와 권력의 유지, 혹은 건강이 아닐까 한다.

기껏 부와 권력을 잡아놓고 즐길 수 없을 만큼 아프거나 죽음을 앞두고 있다면 어떨까?

인생 왜 살았나 싶을 것이다.

그러니 오래 살려고 발버둥 치며 건강에 집착하는 것이다.

물론 부와 권력을 오랫동안 유지하고 있는 이들 대부분은 건강하다. 때마다 건강검진과 치료를 받고, 때마다 좋은 것을 먹으니 병이 악화될 틈이 없다.

그럼에도 불구하고 그들은 작은 안도를 위해 기꺼이 억 단위의 돈을 지불하고, 그에 상응하는 인맥을 기꺼이 사용했다.

그런 그들에게 두삼은 굉장히 매력적인 존재였다.

많은 의사들이 십여 일 동안 갖가지 검사를 해도 찾지 못했던 병을 단 30분 만에 찾아버리는 모습에 그들은 놀랄 수밖에 없었다.

게다가 그들이 보기에도 대단한 이들의 병을 척척 고치니 신뢰감이 역시 높았다.

이러한 점을 이용해 가장 꿀을 빨고 있었던 것이 고주영이었다. 그런데 갑자기 꿀을 못 빨게 되니 짜증이 날 수밖에.

"그건 아니고, 소문을 듣자 하니 피부과에 가족 치료를 부탁했는데, 가족이 아니라는 이유로 거절당하면서 살짝 뿔이 난 것 같습니다."

"가족인 경우가 얼마나 된다고. 피부과 과장이 그런 거야?"

"아뇨. 설예인이라고 작년에 스태프가 됐습니다. 요즘 피부과에서 밀고 있는 선생입니다."

"허! 한마디로 젊은 의사가 이름값 한답시고 주제도 모르게 굴다가 이렇게 됐다는 거 아냐?"

"저도 그런 게 아닐까 생각합니다."

"쯧! 그런 일 있으면 직접 찾아가서 부탁을 하면 될 것이지. 한 선생도 아직 어리군. 그렇다면 다시 한다고 하면 되는 거 아냐?"

"그렇지 않을까 싶습니다."

"이번에 부탁한 사람이 누군지 모르는 거 아니겠지? 피부과 홍 과장 불러. 내가 얘기해 볼게."

"알겠습니다."

고주영이 병원 시스템을 이용해 꿀을 빨아도 민규식이 모른 척하는 이유는, 그가 민규식이 할 수 없는 일을 대신하기 때문이다.

민규식이 의료 소송에 법률 서비스를 제공하고 일을 할 수 있는 환경을 제공하지만 개인적인 집안일까지 처리해 주진 않는 반면, 고주영은 살다 보면 한두 번쯤 생기게 마련인 개인적인 문제를 해결해 주었다.

그는 한강대학병원의 악어새였다.

*   *   *

추레한 몰골에 중년 사내가 한방센터 안으로 들어왔다. 그는
뭔가 불안한지 연신 주위를 두리번거리며 접수대로 다가갔다.

"…안마과에서 진료를 받고 싶은데요."

"고객님, 번호표를 뽑고 순서를 기다리시겠어요."

"당장 급……."

'수상한 행동 절대 하지 마. 그냥 이 돈으로 한강대학병원 한방센
터로 가서 한두삼이란 한의사에게 진료를 받아. 그럼 이번 달치 이
자와 원금 일부를 탕감해 줄게. 혹시나 주목받는 짓을 하면 알지?'

급하다고 말하려던 남자는 사채업자의 말을 떠올리곤 입을
닫았다. 그리고 얌전히 왼손으로 번호표를 뽑아 대기석으로 가
서 앉았다.

초조하게 기다리며 그는 힘을 줘 움직이려 해보지만 꿈쩍도
하지 않는 자신의 오른팔을 봤다.

'이러다 병신이 되는 거 아닐까?'

사채 때문에 이번 일에 자원을 했지만 걱정이 되는 건 어쩔
수 없었다. 그러나 걱정을 한다고 해서 오른팔이 움직이는 건 아
니었다.

딩동! 벨 소리와 함께 자신의 차례가 됐다.

서둘러 접수대 직원에게 갔다.

"무엇을 도와드릴까요, 고객님?"

"…안마과에서 진료를 받고 싶습니다."

"처음 방문이십니까?"

"…네."

"접수를 도와드리겠습니다. 신분증 있으신가요?"

"잠깐만요."

불과 며칠 전까지 양손을 쓰다가 왼손만 쓰려 하니 신분증을 꺼내는 것도 일이었다.

신분증을 건네고 얼마 되지 않아 직원은 신분증과 카드를 건넸다.

"안으로 가서서 과 접수대에 카드를 주시면 됩니다."

"…고맙소."

아까 두리번거리며 안마과의 위치를 파악해 뒀기에 서둘러 안마과로 갔다.

절반쯤 차 있는 대기석의 손님을 보고 또다시 기다려야 한다는 사실에 짜증이 났지만, 접수대로 가서 카드를 내밀었다.

간호사가 말했다.

"어떤 진료를 받기 원하세요?"

"…한두삼 선생에게 진료를 받고 싶습니다."

"그럼 이 문진표를 작성한 후 기다려 주시겠어요."

"……!"

문진표를 슬쩍 열어본 그는 제일 위에 적힌 '성기능클리닉'이라는 단어를 보고 얼굴이 굳었다.

문진표에 적힌 질문은 가관도 아니었다.

뭔가 싸한 느낌에 간호사에게 물었다.

"한두삼 선생은 성… 관련 진료를 봅니까?"

"네. 혹시 다른 문제 때문에 오셨나요? 그렇다면 다른 선생님을……"

"아, 아뇨. 맞습니다. 그 문제 때문에 온 겁니다."

사채업자는 반드시 한두삼에게 진료를 받아야 한다고 말했었다. 아니면 진료비 하라고 준 돈을 토해내는 것은 물론이고 평생 팔을 못 쓰게 될 거라고 말이다.

성기능 장애라 오해받는 것 따윈 문제가 될 것이 없었다.

대충 문진표를 작성하고 기다리길 40분. 젊은 한의사가 이름을 불러 그를 따라 진료실로 들어갔다.

책상 위에 '한의사 한두삼'이라 적힌 명패를 확인한 그는 비로소 안심했다.

"환자분, 앉으세요. 문진표 좀 먼저 볼까요?"

"이건 아무 소용없습니다."

"네?"

"선생님 제 오른팔이 움직이지 않습니다. 제발 좀 고쳐주십시오."

문진표를 던지고 읍소하는 중년 남자의 모습에 두삼은 잠시 당황했다. 그러나 곧 웃으며 물었다.

"팔이 움직이지 않으신다고요?"

"네! 갑자기 움직이지 않습니다."

"언제부터 그러셨죠?"

"이틀 전부터요."

"그전에 무리한 일이나 운동을 했습니까?"

"그건… 잘 모르겠어요. 아! 자고… 자고 일어났더니 이렇게 됐어요."

두삼의 눈썹이 사내가 눈치채지 못할 정도로 짧게 꿈틀댔다.

"잠시만 기다려 주시겠어요."

"…진료는?"

"진료하기 위해선 간단한 도구가 필요합니다. 원래 제가 성기능 장애만 치료하다 보니."

"아, 네. 빨리 부탁드립니다."

그에게 양해를 구한 두삼은 양태일에게 나오라는 손짓을 하며 밖으로 나왔다.

양태일이 말했다.

"왜 있지도 않은 도구를 가지러 간다고 하셨습니까?"

"넌 저 환자 이상하지 않냐?"

"이상하긴 하죠. 자고 일어났는데 팔을 못 움직인다? 가끔 그럴 때가 있긴 하지만 저 환자처럼 완전히 못 움직이는 경우는 드물죠."

"그게 아니라 수상하지 않냐고?"

"…설마, 범죄잡니까?"

이런 둔탱이를 봤나.

설명을 해주려는데, 양태일이 뭔가 떠올렸는지 놀란 표정으로 말했다.

"어! 그러고 보니 이거 많이 들어본 상황인데……. 설마! 전설의 고수 얘기에서 나오는 중국 고수?!"

그래, 빌어먹게도 바로 그 상황이다.

91. 치사한 대결

중국 고수, 의심이 가는 사람이 있다.

2년 전인가 할아버지를 찾아 악양에 왔다는 노인.

봉래 삼촌의 말에 따르면, 과거 악양에서 오랫동안 머물며 할아버지께 한의학을 배웠다고 하던데. 2년 동안 가만히 있다가 이제 와서 왜 다시 이러는 건지 모르겠다.

'내 실력을 알고 싶은 건가?'

도대체 뭐 때문에?

은혜를 갚으려고? 원한을 갚으려고? 그것도 아니면 실력을 뽐내고 싶어서?

양태일이 물었다.

"어쩌실 겁니까?"

"글쎄다, 그냥 내 착각이었으면 해. 솔직히 귀찮은 건 딱 질색이거든."

할아버지는 당시 어쨌는지 모르지만 두삼은 솔직히 귀찮았다. 그가 얼마나 대단한 실력을 가졌는지 모르겠지만, 환자의 팔을 못 쓰게 하는 정도로 보내다니 너무 어설펐다.

환자를 더 기다리게 할 순 없어 일단 허리춤에 찬 침통을 꺼내 안으로 들어갔다.

"오래 기다리게 해서 미안합니다."

"…괜찮소이다."

"자! 진맥을 해볼까요. 오른손을 내밀어, 아! 못 쓴다고 하셨죠. 실례합니다."

마네킹의 그것처럼 호주머니에 꽂혀 있는 그의 팔을 꺼냈다. 그리고 대충 침 몇 개를 꽂은 후에 내부를 살폈다.

'쯧! 튜토리얼이냐? 아님 실력이 이 정도인 거야?'

수태음폐경의 운문혈과 천부혈, 그리고 경맥보다 가는 낙맥, 십오락맥 중에 일부를 막은 게 다였다.

중국식 마취 침술에 +1을 한 정도.

고치자고 하면 당장에라도 가능하지만, 굳이 자신이 나설 필요는 없을 것 같았다.

"환자분, 혈이 막혀서 팔을 움직이지 못하고 있습니다. 저기 있는 양태일 선생이 전문이니 저 선생에게 치료를 받으시죠."

"네?! …아, 안됩니다! 무조건 한두삼 선생에게 진료를 받으라고… 헙!"

역시나.

더 자세하게 물어볼까 하다가 순순히 답해주지 않을 것 같아 모른 척하기로 했다.

"그건 걱정 마세요. 기록엔 제가 진료하는 걸로 올라갈 겁니다. 즉, 저랑 환자분만 조용히 하면 누가 치료를 했는지 누가 알겠습니까? 계속 오른팔을 쓰지 못한 채로 계실 겁니까? 양 선생이라면 하루, 늦어도 이틀이면 정상적으로 될 겁니다."

"……."

"6인실 가격으로 1인실을 내어드릴 테니 편안하게 치료를 받고 가세요."

"…확실히 치료되는 거죠?"

"그럼요. 저 친구가 전문가라니까요. 양 선생, 천 간호사에게 조용한 1인실로 안내해 드리라고 해."

"치료는……?"

"준비를 마치고 15분 내로 갈 겁니다. 그렇지?"

두삼은 양태일을 보고 물었다.

당황한 기색이 역력한 그는 눈빛으로 뭔가 하소연을 하는 듯 보였다. 그러나 두삼이 빙긋 웃자 어쩔 수 없다는 듯 대답했다.

"…물론이죠. 금방 올라갈 테니 일단 천 간호사를 따라가 계십시오. 일어나실까요?"

양태일은 천 간호사에게 환자를 인계한 후 문을 닫았다. 그리고 획 돌아서며 말을 쏟아냈다.

"선생님! 이게 대체 무슨 상황입니까? 제가 전문가라니요. 그럼 선생님은 신입니까? 제가 하루 이틀 만에 고칠 수 있으면, 선생님은 1분이면 뚝딱 고칠 수 있을 텐데……."

"10초면 충분해."

"…근데요. 왜 저한테 미루시는 겁니까?"

"응? 내가 미루는 거라고 생각하는 거냐? 진짜 그렇게 생각해? 실망인데, 양태일."

"…마, 말이 헛나왔습니다. 그럼 이유가 뭡니까?"

미루는 거 맞다. 그러나 30%쯤은 그에게 기회를 주기 위함이다.

"언제까지 감으로 기라는 존재를 인식할래? 이번 기회에 기를 완전히 느껴 봐."

"막힌 혈을 뚫는 것과 기를 느끼는 것이 무슨 상관이 있는지 모르겠는데요."

"막혔다는 건 어떻게 아냐?"

"그야……"

"설명이 안 되지? 근데 넌 분명 막힌 걸 알고 있을 거야. 너도 당해본 일이니까."

당시의 일을 떠올리는지 양태일은 몸을 부르르 떨다가 말했다.

"느끼려면 어떻게 해야 하는지 힌트라도 주세요."

"존재한다는 걸 믿어."

"믿어요."

"네가 침을 꽂을 때도, 안마를 할 때도 네 기운이 상대에게 들어가. 그 기운이 막힌 혈을 뚫어. 그걸 느끼려고 해 봐. 못 느끼면 그게 네 한계야."

"…너무 무책임하시네요."

"훗! 기라는 게 그런 건데 나보고 어쩌라고. 근데 느낄 수만 있다면 네 실력은 지금보다 10배 이상 좋아질 거야."

"제 실력을 우습게 보는 거 아니고요?"

"내가 무슨 말을 할 것 같으냐?"

"됐습니다. 안 들어도 알 것 같네요. 바로 가서 고쳐 버릴 겁니다."

양태일이라면 당연히 풀 수 있다. 마취 침술을 가르치기 전에 푸는 법부터 가르쳤으니 말이다.

근데 괜히 최대 이틀이라고 말한 게 아니다. 그만큼 시간을 주기 위해서인데 본인이 싫다면 어쩔 수 없다.

"그러든가. 근데 이런 기회가 자주 있을 거라는 생각은 하지 마라. 어쩌면 두 번 다시 없을지도 몰라."

"…선생님이 해주시면 되죠."

"난 멀쩡한 사람한테 그런 짓 안 해. 정하고 싶으면 네가 하든가. 얼른 가. 이틀간은 안 쫓아다녀도 돼."

머리를 벅벅 긁곤 나가는 양태일을 보며 멋지게 기회를 낚아채길 바랐다. 물론 가능성은 1%도 안 되겠지만 말이다.

연이어서 테스트용(?) 환자가 들어오면 어쩌나 싶었는데, 다행히 다음 환자는 예약 환자였다.

발기불능으로 3주 전에 찾아온 환자인데, 환하게 웃으며 들어오는 그의 손엔 박카X 한 박스가 들려 있다.

"선생님, 안녕하셨어요."

"저야 항상 그렇죠. 방 사장님은 어떠세요?"

그가 사장인지 아닌지는 모른다. 다만 몇 번 외래 방문한 환자들에겐 환자라는 호칭보다 사장님, 혹은 사모님 따위의 호칭을 붙였다.

"하하핫! 얌전하던 이놈이 선생님 말처럼 하니까 지난주부터 벌떡 서더군요. 아내가 죽은 부모님이 돌아오신 것처럼 좋아합디다. 하하하!"

제발, 성기에 이놈, 요놈, 보물, 남자의 전부 따위의 단어 붙이는 짓은 하지 말아주세요.

기분 좋은 분위기에 찬물을 끼얹고 싶진 않았기에 웃으며 말했다.

"잘됐네요. 혹시 의지대로 가능하세요?"

"제대로 자극만 되면."

"생각보다 더 좋아진 모양이네요. 이쪽으로 누우세요. 진맥을 해볼게요."

방 사장이 눕자 두삼은 그의 성기 주변의 혈관을 살폈다. 시키는 대로 운동을 하고 있는지 거의 막히다시피 한 혈관이 약간 굵어지고 허벅지의 혈관과 제대로 이어져 있었다.

"시킨 대로 허벅지 운동을 하고 계시네요."

"주무르면 그런 것도 알아요?"

"물렁살이 제법 탄탄해졌거든요. 지금처럼 꾸준히 유지해도 괜찮지만 조기축구회에 가서 축구라도 하세요. 그럼 지금보다 더 좋아질 겁니다."

"그래야 할까 봐요. 오랜만에 했는데 허리가 아니라 허벅지가 아프더라고요. 다리가 후들거린다는 걸 이해를 못 했는데, 이제야 알았다니까. 하하하!"

참 유쾌한 대답이었다. 알면 됐다. 자가 치료의 시작은 아는 것부터 시작하는 법이다.

손을 떼며 말했다.

"이제 병원엔 더 안 와도 될 것 같아요. 대신 한약 2주치 더 드세요."

"한 달치로 줘요. 그동안 밀린 거 보충해야지."

"사모님께서도 아직 청춘인가 보네요."

"청춘이죠. 나랑 14살 차이거든요. 하하하!"

"하하…… 능력자셨군요."

방 사장이 옷을 입는 동안 시시껄렁한 농담을 주고받은 후 그와 작별을 고했다.

그 후, 한 명을 더 본 후에 외래 진료를 끝내고 특실로 향했다.

설날 때 만난 6촌 형님의 직장 상사 딸, 유새롬을 치료하기 위해서였다.

민감한 나이의 소녀에게 원하던 의사에게 치료받지 못하게 되었다는 소식을 어떻게 전해야 할지 고민하던 두삼은 특실의 연예인 틈에 끼워 넣는 것으로 달래기로 했고, 다행히 그 방법은 통했다.

형님의 회사 생활 역시 이상 무.

"…저기요……."

엘리베이터에서 내려 특실로 들어가려는데 웬 여자가 뒤에서 조심스럽게 불렀다.

돌아보니 피부과 설예인이었다.

얼굴도 보지 않았는데 어떻게 아느냐고? 어떤 여자인가 싶어서 그녀가 출연 중인 뷰티 프로그램을 봤다.

새하얀 피부에 슬랜더 체형의 그녀는 TV로 볼 때보다 훨씬 예뻤다. 그러나 특실 안에 들어가면 그녀보다 예쁜 연예인들이 많았다.

두삼에겐 뒷담화를 한 사람 그 이상도 이하도 아니었다.

게다가 이곳까지 와서 기다리고 있을 정도라면 이름 정돈 알 텐데 '저기요'라니?

같이 무시할까 하다가 같은 인간이 되기 싫어 정중하게 답했다.

"안녕하세요. 피부과 설 선생님이시죠?"

"…네."

"……"

"……"

할 말이 있으면 얼른 하고 갈 것이지 바쁜 사람 붙들고 뭐하자는 건지 모르겠다.

"하실 말 있으면 하세요. 일하러 가야 하거든요."

"…죄송해요."

"…가족 진료를 거부한 것이라면 죄송해하지 않아도 됩니다. 거부의 이유처럼 제 가족의 지인이었을 뿐이고, 정당한 선생님의 권리를 행사한 것뿐이니까요."

"그럼 다시 가족 진료를 하실 건가요?"

이 여자 누군가에게 등 떠밀려 사과하러 온 게 분명했다. 오늘따라 왜 이렇게 타의로 온 사람들이 몰려오는 건지 짜증이다.

두삼은 짜증 어린 표정을 감추려는 듯 왼손으로 눈썹을 쓱 문

지르며 말했다.

"아직 하고 있습니다. 다만 한방센터 한정에, 설 선생님처럼 직계가족만 하고 있지만요. 알아봤더니 연 100회를 넘게 가족 진료를 했더라고요. 왜 그렇게 아등바등했는지. 지금은 무척 만족하고 있습니다."

"…화가 났군요?"

"솔직히 약간요. 같은 식구라 생각해서 개인적인 시간까지 쪼개가며 일했는데 다 제 맘 같지 않더군요."

"…혹시 제가 휴게실에서 한 말을 들으셨나요?"

"본의 아니게 휴게실로 부탁하러 가다가 들었네요."

당사자가 앞에 있는데도 술술 뱉는 것을 보면 스스로 생각하는 것보다 더 화가 많이 났었나 보다.

뭐, 그리 성인군자처럼 산 인생이 아니니 부끄럽거나 하진 않았다.

"…죄송해요. 늦지 않았다면 피부가 좋지 않다는 환자 제가 맡을게요."

"늦었어요. 이미 제가 담당하고 있고, 경과도 많이 좋아졌습니다."

얼굴마사지는 물론이고, 트러블이 거의 없는 화장품을 만들 만큼 피부에 대해선 진즉에 잘 알고 있던 두삼이었다. 자연 특이한 경우가 아니라면 그리 어렵지 않게 치료할 수 있었다.

뜻대로 안 풀린다고 생각했을까, 그녀는 상기된 얼굴로 외쳤다.

"…어떻게 해야 다시 예전처럼 가족 진료를 하실 건가요? 제가 무릎이라도 꿇기를 바라시는 건가요?"

이 여자 진심으로 미안해하고 있는지 의문이다. 시종일관 어쩔 수 없이 사과하는 느낌이랄까.

더 얘기해 봐야 기분만 더 나빠질 것 같았기에 얼른 마무리 짓기로 했다.

"무릎 꿇는 거 참 좋아하시네요. 그러지 마세요. 제 무릎이 여드름 문제로 꿇을 만큼 가볍지 않고, 설 선생님 역시 그럴 겁니다. 그리고 누구에게 무슨 말을 듣고 왔는지 모르지만 제 생각은 안 바뀝니다."

"……"

"제가 하고픈 얘기는 다 한 것 같으니 절 욕한 것에 대해선 오늘부로 잊겠습니다."

뒤끝이 길긴 하지만 자신을 무시한 것 대한 뒤끝은 이 정도면 충분했다. 다만 식구라고 생각했는데 배신당한 것과 한방센터를 무시한 것에 뒤끝은 아직 풀리지 않았다.

지난번 의대생 사건이 있었음에도 여전히 병원 내에서 양방 의사들이 한의학을 무시하는 경향이 있었다. 당장에 사라지진 않겠지만, 이번 기회에 조금이라도 고쳐지길 바랐다.

뭔가 분한지 두 주먹을 꼭 쥔 채 고개를 숙인 그녀를 뒤로하고 특실로 들어갔다.

특실 복도는 꽤 시끄러웠다.

오랜만에 쉬러 온 걸크러시 멤버들과 새롬이 수다를 떨며 놀고 있었다.

전에 치료를 해주면서 친해진 덕분에 새롬이 귀찮게 하더라도 적당히 상대해 주라고 부탁했는데, 생각보다 훨씬 더 잘 봐주고 있었다.

두삼을 본 새롬이 평소답지 않게 반가워했다.

"언니들! 선생님 왔어요. 안녕하세요, 선생님!"

"불안하게 왜 이렇게 반길까?"

"선생님 얼굴 마시지 받고 얼굴이 좋아졌다니까 언니들이 언니들도 받겠다고 기다리고 있었어요."

"…시간 없는데. 그리고 걸크러시 멤버들은 지금보다 더 좋아지긴 힘들어."

"대박! 늙었다고 말하는 거예요?"

보니가 말했다.

"두 번째 왔다고 처음과 너무 대접이 다른 거 아니에요? 전엔 안마도 해주고 매일 방문해서 신경 쓰더니……."

하라가 말했다.

연이어 다른 멤버들도 한마디씩 하기 시작했다.

"맞아! 이은수 선생님께 맡겨놓고 제대로 오지도 않고. 와도 새롬이만 쌩하니 보고 가고."

"그동안 젊은 애들을 많이 봤으니 우리가 눈에 들어오기나 하겠어?"

"워워~ 진정들 해요. 새롬이 보고, 다른 환자들도 보러 가야 해서 그런 겁니다. 그리고 다른 치료를 하지 않아도 될 만큼 다들 건강해요."

"다녀와서 해주면 되잖아요."

"요즘 몸이 예전 같지 않거든요!"

"그야 나이가… 쿨럭!"

나이라는 말이 나오자 걸크러시 눈에서 레이저가 나와 얼른 입을 다물었다.

"한 선생님이 그렇게 나온다면 우리도 방법이 있어요. 제대로 관리를 받을 때까지 퇴원 안 할 거예요."

"맞아요! 선생님은 나이를 먹을수록 더 관리를 받아야 한다는 거 모르세요?"

뭐, 오래 머물수록 병원으로서 좋다. 그러나 그 말을 꺼내면 진짜 맞겠지?

"알았어요. 이틀에 한 번씩 얼굴마사지해 줄게요."

"전신 마사지도요!"

"…그럼 하루 두 명밖에 못 해요."

"상관없어요!"

어영부영 일거리가 늘었다.

이 기회에 양태일에게 특실을 맡겨야 할 모양이다. 녀석의 입이 찢어질지도 모르겠다.

아무튼, 걸크러시와는 대충 마무리를 짓고 유새롬에게 말했다.

"새롬아, 들어가자 치료해야지."

"선생님, 저도 전신 마사지해 주세요."

"너같이 젊은 애들은 필요 없어. 그건 몸이 안 좋거나 아저씨, 아줌마들이……."

"뭐예욧! 우리가 아줌마라는 소리잖아요!"

"아줌마가 얼마나 무서운지 보여주자!"

"아악! 꼬집지 마요~"

하라의 외침에 우르르 달려들었다.

쓸데없이 정직한 입이 화를 불렀다.

*　　　*　　　*

신청구는 며칠간 병원 내 선배들에게 욕을 먹느라 머리가 띵했다.

대부분 후배를 어떻게 교육시키느냐는 질색이었는데 학번이 벼슬인지라 참고 듣고 있을 수밖에 없었다.

"…제발 남의 과에 신경 쓰지 말고 본인들 과에나 신경 쓰세요. 어린 후배가 실수를 할 수 있지, 그걸로 나이 많은 양반들이 못 잡아먹어서 안달이라니…… 쯧!"

어제 술자리에서 못 한 말을 자신의 사무실에 와서야 중얼거리듯 뱉었다.

선배들을 씹으며 진한 커피를 마시자 피곤한 몸이 가시는 느낌이었다. 그제야 그는 설예인에게 전화 연락을 해서 올라오라고 했다.

감정의 찌꺼기를 가진 채 후배를 만나 그들에게 푸는 짓은 절대 하고 싶지 않았다.

똑똑!

노크 소리와 함께 잔뜩 부은 표정으로 들어오는 모습을 보니 어제 사과하러 간 것이 잘 안 된 모양이다.

"사과는 했냐?"

"…네, 선생님."

"그러니까 한 선생이 뭐라디?"

"사과할 필요 없대요. 그러면서 자긴 한방센터 내에서만 가족 진료를 한다고 하더라고요."

다시 머리가 지끈거렸다.

이제 두삼의 가족 진료가 완전히 물 건너갔으니 여기저기서 욕먹을 일만 남았다.

도대체 뒷담화를 어떻게 했기에 그렇게 화가 났는지 정확히 듣고 싶었다. 이미 듣긴 했다. 근데 설예인의 설명대로라면 그냥 기분 나쁜 정도지, 이 정도로 커질 일이 아니었다.

물론 밴댕이소갈딱지 만큼 속이 좁다면 모를까.

'쩝! 어차피 지난 일 따져 물어 봐야 뭐해. 한동안 욕받이 한다 생각하지, 뭐.'

필요한 사람이 우물을 판다고 누군가가 분명 잘 설득할 것이다. 그동안만 참으면 된다는 생각에 신청구는 웃으며 말했다.

"사과를 했으면 됐어. 모레 VIP실로 환자 오기로 했으니까 그것에 신경 써."

"알겠습니다. 근데 선생님, 한 선생 진짜 너무한 거 아니에요? 남자가 그깟 일로 꽁해서……. 사과하는 내내 이죽거리는데 정말 참기 힘들더라고요. 작년에 가족 진료를 100건 이상을 했다면서 자랑까지 하는데 정말 못 들어주겠더라고요."

설예인은 웃고 있던 신청구의 표정이 점점 굳고 있음을 보지 못한 건지 연신 두삼의 흉을 본다.

'이 녀석… 내가 자신을 좋아해서 밀어준다고 착각하고 있나

보네.'

신청구는 그저 후배의 실력이 괜찮아 예뻐하는 것뿐이었다. 여자로 본다면 결코 그의 스타일이 아니었다. 그는 약간 통통하고 귀여운 스타일을 좋아했다.

각설하고 예뻐 보이던 후배가 갑자기 철이 없어 보였다. 후배를 아끼던 그의 눈에서 콩깍지가 벗겨지는 순간이었다.

한강대학병원의 직원은 모두 6,000명이 넘는다. 그들이 1년에 2번씩 가족 진료를 신청하면 대략 12,000번. 그중 실제로 의사를 지정하는 경우는 30퍼센트가 넘지 않는다.

3,600명의 지정 진료가 이루어진다고 할 때 지정될 가능성이 있는 의사는 100명쯤. 즉, 지정의사들은 평균 1년에 대략 36명의 가족 진료를 한다고 볼 수 있다.

평균이다. 당연히 인기에 따라 한 사람에게 몰린다. 그러나 아무리 인기 있는 의사라고 해도 50명 이상 보기는 힘들다.

인기가 있다는 건 그만큼 바쁘다는 말이고, 교수, 혹은 조교수급이라 아래 스태프에게 일을 맡기는 경우가 더 많았다.

한데 100회 이상을 했다면 그야말로 자신의 시간을 쪼개고 쪼개 가족 진료를 했다는 소리다.

그렇게까지 일한 사람을 존경까진 아니더라도 최소한 인정이라도 해야 하는데, 잘난 척한다고 매도하다니 생각이 한참 모자라다.

문득 어제 외과에서 일하는 선배가 한 쓴소리가 떠올랐다.

'요즘 애들 우리 때랑 다르지. 우리 기준으로 그들을 보면 안 된다는 거 알아. 근데 말이야. 그들의 기준을 맞춘다고 되는 것도 아냐. 접점을 찾아야 해. 넌 그러 면에선 너무 애들 쪽으로 가 있어.
그게 과연 그 애들을 위한 건지 잘 생각해 봐.'

그때는 공감하지 못했다. 근데 오늘 확실히 알 것 같았다.

'하아~ 자신의 잘못이 뭔지도 모를 정도로 생각이 없는 애로
키운 건가?'

설예인의 성격이겠지만 지금까지 후배를 이해한답시고 오냐오
냐 해준 그 자신의 탓이기도 했다.

"…알았어. 가서 일 봐."

"선생님이 찾아가서 한마디 해주세요. 병원에 있는 연차로 치
면 제가 더 오래 있었잖아요. 근데……."

"설 선생, 뒷담화로 이렇게 됐는데도 아직 정신을 못 차린 거
야?"

"…에? 전 그 말이 아니라……. 나가보겠습니다."

표정을 보니 나가서 자신의 뒷담화를 할지도 모르겠다는 생
각이 들었다.

설예인이 나간 후 신청구는 자조 어린 미소를 지은 채 한참을
멍하니 있었다. 그러다 중얼거렸다.

"잘못된 걸 알았는데 가만히 있는 건 직무 유기지."

그는 스마트폰을 꺼내 PD 친구에게 연락했다.

—여어~ 신 교수 이 시간에 웬일이야?

"뭐해?"

—촬영장으로 이동 중이지. 애들은?

"잘 지내. 일 들어가야 해서 길게 얘기하진 못해. 부탁이 있어."

―목소리가 너답지 않다? 무슨 일인데?

"전에 뷰티 프로그램에 꽂아준 우리 과 선생 하차시켜 줬으면 해."

―…왜? 전에 만났을 땐 인기가 좋아져서 과에 도움이 많이 된다며?

"그럴 일이 있어."

―큭큭! 호텔에 데리고 가려는데 말을 안 듣냐?

"죽을래? 네가 너냐?"

―요즘 PD들 힘이 없어서 그러지도 못하거든.

"웃기고 있네. 돼? 안 돼?"

―빼는 건 문제없을 거야. 오히려 좋아할지도 모르겠네. 요즘 다른 병원에서 접촉이 오는 것 같더라고. 즉, 지금 빼면 다음엔 너희 과 선생으로 못 쓸 수도 있어.

"상관없어."

―뭔가 단단히 꼬인 모양이네. 물어보고 연락해 줄게.

"고맙다. 조만간 한잔 살 테니 보자."

―출연자를 자르면서 술 얻어먹기는 처음이네. 고생해라. 피부병 옮지 말고.

피부과의 단점은 조심한다고 해도 가끔 환자들에게서 피부병이 옮는다는 점인데 신청구도 몇 번 옮은 적이 있었다.

전화를 끊은 신청구는 자리에서 일어났다. 그리고 최소한 부끄러움과 잘못을 아는 후배들로 만들자는 생각을 하며 외래 진료실로 향했다.

*   *   *

　노력이 반드시 좋은 결과를 낳는다면 노력을 하지 않는 사람은 드물 것이다.

　희박한 성공 확률을 알고도 노력한 결과 성공을 한다면? 그 확률의 반대만큼 기쁠 것이다.

　지금이 딱 그랬다.

　"찾았다!"

　얼마나 기뻤으면 두 손을 번쩍 들었고 구본철의 내부와 연결이 끊겼다. 그 덕에 방금 전 장소를 다시 뒤져야 했지만 기쁨이 희석되진 않았다.

　"…저 낫는 거예요, 선생님?"

　"아마도."

　"좀 더 확실하게 얘기해 줘요!"

　"지금 치료를 해보고 있는 중이니 결과는 직접 확인해 봐야지. 괜히 아니면 기쁜 게 부끄럽잖아."

　하이포크레틴 호르몬을 줄이는 상처는 생식기 근처에 있는 작은 염증이었다.

　성적 흥분이 될 때 활성화되는 곳.

　처음엔 무리해서 자위행위를 하다가 생긴 염증이 아닐까 해서 딱히 기대하지 않았다. 한데 의외로 뇌를 자극해 A호르몬을 만들고, A호르몬이 하이포크레틴 호르몬을 줄어들게 만들었다.

　A호르몬은 '엄청난 섹스를 해서 당장 자야 한다!'는 명령을 가진 호르몬이 아닐까 생각한다.

백신 접종이 염증을 만든 건지, 발생한 염증이 백신에 의해 기괴한 증상을 만든 건지 알 순 없다. 조사할 생각? 전혀 없다.

백만 명에 한 명 일어날까 말까한 케이스를 조사할 시간이 있으면 차라리 다른 치료를 하는 게 낫다. 그저 기록에 남겨 언젠가 똑같은 증세를 겪는 환자에게 도움을 줄 수 있으면 그걸로 족했다.

그래서 뇌로 가는 신경의 일부를 끊고 염증이 낫도록 기운을 듬뿍 넣어주는 것이 치료의 다였다.

"끝! 기면증이 발생하는지 두고 보자."

"…그냥 평소처럼 가볍게 주무른 것밖에 없잖아요. 근데 끝이라고요?"

"그런 소리 하면 섭섭하지. 내가 얼마나 고생해서 찾은 건데. 치료가 간단한 것뿐이라고."

"…그런 뜻으로 한 말은 아니에요. 그저 믿어지지가 않아서……."

"훗! 알아. 또 다른 원인이 있을 수 있으니 일단은 지켜보자."

현재는 하이포크레틴 호르몬이 줄어드는 것이 멈췄지만, 만에 하나가 있을 수 있으니 확답은 피했다. 그러나 거의 확신을 하고 있었기에 기분 좋게 병실을 나와 양태일이 낑낑거리고 있을 병실로 갔다.

노크를 하고 들어가니 예상대로 곤혹스러운 표정을 지은 채 쳐다봤다. 마치 '전혀 느껴지지 않아요'라고 말하는 것 같았다.

느끼지 못한 건 안타깝지만 이제 보내야 할 시간이었다. 그래서 끝내라는 신호를 보냈다.

"양 선생 이제 슬슬 끝낼 때 되지 않았어?"

"…네."

양태일은 막힌 곳은 다 알아냈는지 열심히 주물렀고 곧 중년 남자의 팔이 움직였다.

남자는 기쁨에 소리쳤다.

"아! 움직여요!"

"축하드립니다, 환자분."

"다른 이상은 없겠죠?"

"이틀간 완벽하게 했을 겁니다. 그렇지, 양 선생?"

"…그럼요."

"양 선생이 허튼소리 할 사람 아니니 믿으시면 됩니다. 지금 당장 퇴원이 가능한데, 어떻게 하루 더 쉬고 내일 아침에 나가시겠습니까?"

"아뇨. 지금 나갈게요."

"그러세요. 바로 퇴원 처리 해드릴 테니 정산하고 나가시면 됩니다."

태블릿으로 퇴원 처리를 끝내자마자 남자는 옷을 갈아입고 떠났다.

그가 방을 나가고 나자 양태일이 말했다.

"…힘드네요."

"당연한 거야. 이틀 만에 될 거라곤 생각지도 않았어. 그나저나 막힌 곳은 정확히 파악했네."

"거의 24시간 붙어 있었는데 그 정도는 해야죠. 근데 다음 기회가 또 있을까요?"

"언제는 싫다더니?"

"오기가 생겼다고나 할까요? 꼭 느끼고 말 겁니다."

"좋은 각오야. 이야기 속 중국 고수라면 분명 다시 보내지 않겠어?"

"아무래도 그렇겠죠? 이번엔 꼭……!"

양태일은 의지를 불태우며 중얼거렸다.

두삼이 그런 양태일을 보고 피식 웃고 있을 때 팔이 마비되었던 남자 전교선은 병원을 나와 근처에 대기 중이던 차에 오르고 있었다.

그러고는 옆에 있는 사채업자에게 말했다.

"시키는 대로 했습니다. 이자랑 약속한 금액은 빼주시는 거죠?"

"그 양반 참 성격 급하네. 당연히 빼주지. 하지만 그 전에 해줄 말이 있잖아. 사무실로 가면서 천천히 얘기해 보자고."

사채업자는 스마트폰을 놓았고, 전교선은 혹시나 돈을 받지 못할까 병원에 들어갈 때부터 퇴원할 때까지의 얘기를 약간 각색해서 말했다.

근데 계속 주물렀고 이제야 나왔다는 대목에서 녹음 중이라 생각했던 스마트폰에서 소리가 들렸다.

―근 이틀 동안 고치지 못했다고?

"……?"

"대답해!"

사채업자가 눈을 부릅뜨고 낮게 으르렁거렸다.

"…아, 네. 그냥 주무르기만 했을 뿐입니다."

―음, 간을 본 건가?

스마트폰의 남자는 알 수 없는 말을 중얼거린 후 한참을 말이 없었다.

―조용히 시켜서 보내세요.

"그러죠. 이봐, 앞으론 꼬박꼬박 이자 갚아. 아님, 다시 보게 될 거야. 그리고 조용히 하는 거 알지?"

"무, 물론입니다. 말한다고 해도 누가 믿겠습니까. 이틀간의 일은 이미 다 잊었습니다."

다행히 끝났다 싶었는데 갑자기 스마트폰에서 청천벽력 같은 소리가 들렸다.

―아! 그러지 말고 다시 데리고 와주세요. 이 사람 저 사람 하는 거보단 한 사람으로 계속하는 게 나을 것 같군요.

"…저, 전 여기까지만……."

"허어! 이 양반, 방금 다 잊었다는 거 거짓말이었어?"

"그, 그건…"

"분명 잊었을 거야. 그렇지?"

어깨동무하려는 사채업자를 보자 잘못 대답했다간 맞을 것 같았다.

"잊었습니다!"

"그렇군. 나랑 일 하나 같이 안 할래? 빚진 돈 일부를 탕감해주지."

전교선은 울며 겨자 먹기로 고개를 끄덕일 수밖에 없었다.

"허락했으니 안대를 해야겠지?"

전과 마찬가지로 안대를 한 채 어디론가 끌려갔다. 그리고 조심스럽게 옮겨져 의자에 앉았다.

스마트폰에서 들리던 목소리가 바로 옆에서 들렸다.

"침대에 눕히세요."

"에? 에? 지난번엔 앉아서……"

"눈을 감으니 쓸데없는 기억이 나나 봐?"

"아, 아닙니다."

"얌전히 누워."

전교선은 입을 꾹 다물고 무사하길 바랐다.

지난번엔 팔이더니 이번엔 다리인지 바지를 벗기는 게 느껴졌다. 그리고 따끔거리는 침이 꽂히더니 어느 순간 감각이 사라졌다.

"오늘 여기서 재운 후에 내일 다시 보내주세요."

"알겠습니다."

전교선은 그의 의지와 상관없이 다시 병원으로 향하게 됐다.

*　　　　*　　　　*

"하하하하하하!"

어젯밤에 퇴원한 전교선이 이번엔 목발을 짚고 나타났다. 슥 한번 살펴본 후 바로 병실로 보내놓고 두삼은 한바탕 웃음을 터뜨렸다.

양태일이 약간 어이없다는 듯 말했다.

"이 상황이 재미있으십니까?"

"응. 재미있는데. 하하하!"

할아버진 어땠는지 모르겠다. 한데 두삼은 이 상황이 솔직히 재미있었다.

전교선이 조금 불쌍하다는 생각이 들긴 했지만, 분명 공짜로 이 일을 하고 있는 건 아닐 것이다.

"전 재미보다 걱정이 되는데요?"

"웬 걱정?"

"아니, 나중엔 일하지 못할 만큼 막 몰려드는 거 아닙니까?"

"그땐 치료비 왕창 받으면 돼. 그리고 그럴 가능성은 없을 거야."

"어째 확신하시는 게… 혹시 선생님이 장난치는 거 아닙니까?"

"난 사람으론 장난 안 쳐."

짐승만도 못한 인간들에겐 장난을 치지만.

"…어쩌실 생각입니까?"

"딱히 생각이 없어. 오면 고쳐서 보내는 수 말고 우리가 할 게 없잖아."

"전설의 고수처럼 막아서 보내면 되지 않을까요?"

"7일 날 그랬던 것처럼? 근데 어쩌냐, 난 그럴 생각이 없는데. 능력 되면 네가 해보든가."

"진짜 해도 돼요?"

"응. 대신 전교선 씨 설득한 후에 해라. 됐으면 가 봐. 기다리겠다. 참! 그리고 3시쯤에 케빈 공 던진다니까 확인하고 어깨 주물러 줘라."

"휴우~ 얼른 레지던트랑 인턴들 왔으면 좋겠네요."

힘든지 한숨을 푹 쉬고 나가는 양태일. 근데 이제 시작이다.

계속해서 그에게 일을 몰아줄 생각이다.

'음, 그나저나 이게 다일까?'

사실 현 상황에 대해선 웃고 있지만 이게 끝이 아닐 것 같다는 느낌이 들었다.

'배수진과의 소문도 그렇고……. 역시 낭만적인 대결 따윈 없다니까.'

조폭들 얘기를 하면 꼭 낭만의 시대를 얘기한다. 주먹 하나로 전국을 제패했다는 둥, 회칼이 등장하면서 낭만의 시대는 사라졌다는 둥 따위 얘기들.

근데 과연 그랬을까.

우르르 몰려가서 때리고, 골목에서 기다리고 있다가 습격하고, 술 먹기를 기다렸다가 몽둥이로 때리고. 그렇게 해서 지역을 잡으면 시장 상인들에게 삥 뜯고.

대체 어디에 낭만이 있다는 건지.

지면 깔끔하게 물러나는 거? 죽지 않으려면 당연히 그럴 수밖에 없지 않나?

주먹이 오고 가지 않는다 뿐이지, 의술 대결도 마찬가지다.

이상윤처럼 환자를 놓고 치료하는 대결이라면 모를까, 멀쩡한 사람 못 움직이게 해놓고 보내서 귀찮게 하다니. 그 시간에 아픈 환자를 한 명 더 보는 게 백배 낫다.

"쩝! 미리미리 준비해 둬야겠는데."

옛 중국 고수가 실력과 함께 치사함으로 무장한 건지 할아버지 때도 이랬는지 모르지만, 이대로 끝날 것 같지 않았다.

나라면 어떻게 공격할까 생각해 보던 두삼은 성기능 장애 매뉴얼을 들고 일어났다.

생각해 보니 약점이 제법 있었다.

이방익의 진료실로 가자 마침 엘튼과 얘기 중이었다.

"마침 두 분 다 계셨네요?"

"…어, 왔어?"

"얘기 중이시면 좀 있다 올까요?"

"그냥 이런저런 얘기 하고 있었어. 무슨 일이야?"

두삼은 매뉴얼과 USB를 이방익에게 건넸다.

"성기능 장애 매뉴얼입니다."

"생소한 분야라 더 걸릴 줄 알았는데 벌써 끝냈어?"

"비뇨기과에서 받은 자료도 있고, 어차피 90% 이상은 특별한 병이 아니잖아요."

"그야 그렇지. 알았어. 다음 주부터 나랑 엘튼도 시작하면 되겠네."

"그래주시면 좋죠."

사실 약간 부족함이 있는 매뉴얼이다. 그러나 이방익과 엘튼은 역시 실력 있는 한의사였기에 특이한 경우만 돕는다면 문제없을 것이다.

엘튼이 매뉴얼을 훑어보다가 말했다.

"근데 두삼아, 그제 왔던 팔 못 쓰는 환자 오늘은 목발을 짚고 왔다면서"

"…어떻게 아셨어요?"

"내가 누군지 잊은 거냐? 그거 전에 내가 얘기해 줬던 전설의 고수랑 너무 비슷하지 않냐?"

"비슷하죠. 근데 제가 전설의 고수는 아니잖아요?"

떠들썩하게 되는 것을 원하지 않았기에 대수롭지 않게 말했다. 근데 엘튼은 씩 웃으며 답했다.

"그야 모르지. 수십 년이 지나고 나면 오늘 일이 전설이 될 수도 있지 않나?"

"절 높이 평가해 주니 몸 둘 바를 모르겠네요."

"네가 네 자신을 너무 낮게 평가하는 거야. 새로운 중국 고수의 타깃이 될 수 있을 만큼 충분해."

이방익 역시 인정한다는 듯 고개를 끄덕였기에 두삼은 검지로 간지럽지도 않은 이마를 긁었다.

"그건 그렇고 어떤 식으로 처리하고 있어?"

"태일이에게 맡겼어요."

"엥? 태일이한테?"

"혈맥이 막혀 있는 건 엘튼 선생님도 해결할 수 있는 거잖아요."

"그야 그렇지만… 널 테스트하기 위해 보낸 것 아니었을까?"

"전 응해줄 생각이 없는데요."

"…풉! …하하항항항! 맞네. 네가 굳이 응해줄 이유가 없지. 큭큭! 재미있다, 재미있어. 이것도 전설이 될지도 모르겠다."

엘튼은 전설이라는 단어를 참 좋아하는 것 같다. 딱히 더 할 말이 없었기에 가려고 하는데 엘튼이 웃음을 지우고 심각하게 말했다.

"조심해. 아무래도 옛날 중국 고수랑은 전혀 다른 종류의 인간인 것 같으니까."

"…엘튼 선생님이 그걸 어떻게 아세요?"

"학교에 갔다가 네 소문 들었거든. 사실 그 때문에 삼촌이랑 얘기하고 있었어. 왠지 이번 일과 무관하지 않을 것 같아서 말이야."

그의 감으로도 뜬금없는 소문이 예사롭지 않은 모양이었다.

"조심한다고 될 일이면 좋겠네요. 저 먼저 퇴근할게요. 주말 잘 보내세요."

"너도. 다음 주에 보자."

오늘은 토요일.

구본철은 기면증으로 갑자기 잠에 빠지는 일은 없어 지켜보는 중이었고, 케빈은 공을 던질 때를 제외하곤 미국에서 온 트레이너와 함께 몸을 만드는 중이라 딱히 주말까지 일할 이유가 없었다.

집으로 가기 전, 또 한 명의 환자를 퇴원시키기 위해 성북동으로 갔다.

설날 전에 오고 처음.

설날 때 엄청 비싼 시계를 보내준 답례로 건강에 좋은 환을 만들었기에 챙겨서 올라갔다. 그는 침향을 태우며 침향 차를 마시고 있었다.

"어서 오게, 한 선생."

"설은 잘 보내셨습니까?"

"덕분에 잘 지냈네. 핫핫핫! 자네는?"

"부담스러운 세뱃돈을 많이 받아서요. 이건 세뱃돈에 대한 감사라기엔 부족하지만, 틈틈이 드세요. 가볍게 생기를 돋우는 한약입니다."

"나야 전에 받았던 선물 중에 쓰지 않은 것을 하나 보냈을 뿐인데, 뭐. 정작 비싼 건 따로 받지 않았나?"

"역시 회장님께도 이사장님을 아시는군요?"

할아버지의 오랜 단골이었던 강 어르신이 한강대학교와 병원의 재단 이사장이었을 줄이야.

그가 준 열쇠를 가지고 은행으로 가서 비밀 금고를 열고 난 후에 알게 된 일이었다.

물론 그가 이사장이라는 사실보다 더 놀라운 건 그 안에 담긴 물건이었지만 말이다.

"오늘의 나를 있게 한 양반인데 모를 리가 있겠는가. 민 원장을 소개해 준 것도 그 양반이었네."

"그렇군요. 그럼 어디에 사시는지 아시겠네요?"

"알지."

"알려주실 수 있으신가요? 아무래도 세뱃돈을 너무 부담스럽게 주셔서요."

"왜, 돌려주려고?"

"그럴까 합니다. 저에겐 어울리지 않는 선물인지라."

"글쎄, 알려주지 않았다는 건 자네가 오길 바라지 않아서가 아닐까?"

"그래도……."

강창동은 말을 끊으며 말을 이었다.

"강 선생, 난 그분이 평생 허튼 결정을 내리는 걸 본 적이 없네. 이상한 결정이라고 생각했을 때도 시간이 지나고 나면 언제나 옳았지."

"마지막 실수인지도 모르죠. 솔직히 그분 연세를 생각하면……."

"그럼 어떤가. 자네가 실수가 아니게 만들면 되지 않겠나? 왜, 자신이 없나?"

"전 많이 부족합니다."

"채우게. 내가 듣기론 채울 시간도 충분히 준 거로 알고 있는데 아닌가?"

"제가 뭘 받았는지 아시는군요?"

"하하하! 들었네. 적격자에게 맡겼다고 아주 좋아하더군. 그리고 나에게 지켜봐 달라고 했다네."

"제가 받을 자격이 있다고 생각하십니까?"

"솔직히 그 얘기를 들었을 때 나도 의아해했네. 근데 오늘 보니 주인을 제대로 찾은 것 같은데? 보통 그런 선물을 받으면 만세를 부를 만큼 기뻐하지 않나?"

"……."

기쁘기보단 부담스럽다.

선물은 자그마치 재단의 이사장이 되는 일이다. 민규식 원장의 사후라는 단서가 붙긴 하지만 말이다.

"정 부담스러우면 자네보다 괜찮은 사람 있으면 넘기든가. 그건 자네가 알아서 하게."

강창동과 더 얘기해 봐야 소용없을 것 같았다.

일단은 좀 더 생각해 보기로 했다.

"진맥을 해보겠습니다."

"후후! 포기했나 보군. 이왕 받은 거 열심히 해보게. 그분의 마지막 소원이잖나."

강 어르신이 왜 자신에게 민규식에 이어 자신을 이사장으로 세우려는 지에 대해선 비밀 금고 속 편지를 봐서 알고 있다.

후손이 없는 그에겐 나라에 귀속되는 것보다 믿을 만한 사람에게 넘기는 것이 낫다고 생각한 것이다.

복잡한 생각을 지우고 강창동의 내부를 살피는 데 집중했다.

거의 막혀가던 혈관이 처음 볼 때보다 많이 넓어져 있었는데 오래전에 쌓인 것은 깎여 나가는 것도 느려지는 건지 지난번과 거의 차이가 없었다.

딱 좋았다. 이제 그의 새로운 습관이 되어버린 침향이 계속 혈전을 없애면 그것도 문제다.

혈전이 완전히 사라지면 좋을 것 같지만, 혈관의 탄력도 없어지기에 도리어 위험할 수 있었다.

"치료는 오늘로 끝내도 되겠네요."

"오늘쯤 끝나지 않을까 했는데 역시나 그렇군."

"계속 오길 원하시면 가끔 오겠습니다."

"됐네. 실력 있는 한의사를 계속 붙잡고 있는 건 내 욕심이지. 이상이 있으면 앞으론 찾아가겠네. 참! 침향 구해뒀으니 그걸로 향이랑 차나 만들어주게. 이게 요즘 내 낙이라네."

"네, 그러겠습니다. 혹시 그것도 다 떨어질 것 같으면 연락해 주세요. 3, 4등급으로 만들어도 쓸 만하니 만들어 보내겠습니다.

"그러지. 고마웠네."

"건강히 지내십시오."

건강해진 환자의 작별은 짧아도 기분이 좋았다.

어디서 구했는지 모를 1등급짜리 커다란 침향을 받아서 강창동의 집에서 나와 하란에게 연락했다.

"난 지금 끝났는데 언제 끝나?"

―집이야.

"웬일로 일찍 끝났네? 뭐 필요한 거 있어?"

―없어. 맛있는 거 잔뜩 해뒀으니 그냥 와.

"응, 20분쯤 걸릴 거야."

오늘은 집에서 뒹굴뒹굴하며 쉴 생각으로 서둘러 집으로 향했다.

근데 주차장으로 들어서자 뒹굴며 쉬는 건 물이 건너갔다는 걸 알았다.

"왁!"

현관으로 들어서자 한쪽에서 숨어 있던 장려령이 모습을 드러내며 외쳤다.

전혀 놀라지 않았다. 그러나 깜짝 놀라게 해줄 거라고 숨어서 기다리고 있었을 장려령을 생각해 호들갑스럽게 놀란 척을 했다.

"우이씨! 깜짝이야!"

"놀랐지? 놀랐지! 헤헤헤헤!"

"으~ 심장 떨어질 뻔했네. 너 언제 왔어?"

"오늘. 진정되게 침놔줄까?"

"괜찮아. 다만 다음부터 그러지 마. 오빠 심장 약해."

"얼싼 오빠 바보! 헤헤헤!"

아카데미 시상식 남우주연상을 받을 정도로 훌륭한 연기였다.

하란에겐 그렇게 안 보였는지 '애썼어'라는 말을 듣긴 했지만 말이다.

"황강 형님이랑 사강 누님도 오셨네요."

"응. 잘 지냈어?"

"저야 잘 지내죠."

"이번에도 신세를 지네."

"신세는요. 하란이 동생처럼 생각하니 그런 생각 말아요. 씻고 나올 테니 식사나 같이해요."

음식이 잔뜩 준비되었다는 건 거짓이 아니었다.

대부분 주문한 음식이었지만, 갑자기 찾아온 외국 손님에게는 꽤 괜찮은 식단이었다.

"이번엔 얼마나 머물 생각이야?"

매운 닭발을 잔뜩 먹고 혀를 내민 채 헥헥거리는 장려령에게 우유를 건네며 물었다.

"꿀꺽꿀꺽! 하아~ 하아~ 몰라. 근데 바보 멍청이 교육시킬 일도 없으니 오래 머물러도 될 거야. 얼싼 오빠 내가 오래 머물 렀으면 하는구나?"

'아니. 적당히 관광하고 갔으면 하는데?'

"걱정 마. 하란 언니한테 최대한 오래 있겠다고 약속했어."

'예의상 한 말이라고 생각해야 하지 않겠냐?'

하긴 정신연령이 어린 그녀에겐 무리일지도.

"머무는 곳은 어디야? 괜찮으면 옆집에 빈방 있으니까 거길 써."

"아니. 난 여기서 지낼 거야. 언니가 그래도 된다고 했어. 그랬지, 언니?"

두삼과 장려령의 시선이 동시에 하란에게 향했다.

하란은 대답 대신 피식 웃으며 어깨를 으쓱했다.

"봐! 언니는 좋다잖아."

…해석이 아주 제멋대로다.

말이 통해야 설득을 하지, 지금은 그냥 내버려 두고 지난번처럼 훌쩍 떠나길 바라는 수밖에 없었다.

어린애답게 둘이 자리를 비우고 있으면 금방 싫증을 낼지도 모르고.

"려령아, 그 바보 멍청이에 대해서 얘기 좀 해 봐."

"바보 멍청이 생각만 해도 화가 나. 그 때문에 2년 가까이 일만 했단 말이야. 근데 오빠가 듣고 싶다면 아주 조금 얘기해 줄 수 있어."

장려령은 열심히 젓가락을 놀리며 바보 멍청이가 얼마나 바보이며, 멍청한지를 설명했다.

*   *   *

이청유는 한강대학병원 전산 팀의 일원으로 주로 고객들의 건의 사항을 관리하고 있다.

작성자가 볼 땐 그냥 보고서처럼 보였지만, 담당자인 그가 볼 땐 게시판 형식으로 보였기에 하루 수백 개씩 올라오는 게시물을 확인하는 건 어렵지 않았다.

"아이고, 그렇게 많이 나온 것 같으면 다른 병원을 가보지 그래요, 아저씨."

'진료비가 너무 많은 나왔다'라는 게시글을 읽던 이청유가 중얼거렸다.

물론 글쓴이를 비꼬려는 것이 아니다. 그 나름대로 게시글을 즐겁게 읽기 위한 방법이랄까.

회원 가입 후 작성해야 함에도 보이지 않는다는 점 때문인지 미친 글을 적는 사람들이 많았다.

치료에 대한 불만을 적으면 좋을 텐데, 대뇌망상인지 수술을 하면서 자신의 귀에 도청 장치를 설치했다는 둥, 간호사가 유혹을 했는데 전화번호를 알 수 없겠느냐는 둥, 건의 사항의 50퍼센트는 상대할 가치 없는 쓰레기 글이었다.

진료비가 많이 나왔다는 글의 내용은 동네 병원과 비교한 수준에서 많이 나왔다는 거였기에 굳이 대답을 해줄 필요가 없었지만 오늘 당직이라 시간을 때워야 했기에 매뉴얼의 글을 복사해서 약간 바꾼 후 작성자의 메일로 보냈다.

"아저씨, 내가 다니는 병원이라서 하는 말이 아니라 우리 병원 꽤 양심적이에요. 그러니 화 풀고 다음엔 웬만한 건 동네 병원에서 해결하세요."

습관처럼 다시 중얼거린 후 새로 고침 버튼을 눌러 새로운 글이 올라왔나 확인했다.

없었다. 일요일엔 글을 올리는 이들도 쉬는 모양인지 평일의 절반 이하로 올라왔다.

자리에서 일어난 그가 외쳤다.

"커피 마실 사람?"

그 외에도 당직을 하는 이가 두 명 더 있었다.

"난 따뜻한 아메리카노."

"전 카페라떼로 부탁드려도 되겠습니까, 선배님?"

"그냥 똑같은 거 먹을 것이지. 하여간 직계 후배만 아니면 확……!"

"헤헤! 안 바쁘면 제가 타죠. 오늘만 봐주세요. 행정실에서 빨리 고치라고 난리예요."

"타줄 테니까 핑계 대지 마, 자식아."

다용도실에 들어가 커피 머신을 이용해 커피 세 잔을 만들었다. 두 명에게 각각 전달한 후 자리에 앉았다. 커피를 마시며 왼손으로 F5 키를 눌러 새로 고침 했다.

커피를 타는 사이 새로운 글이 하나 올라와 있었다. 근데 제목이 상당히 자극적이었다.

[성추행을 당했어요.]

"요즘 왜 잠잠하나 했다."

작년 미투(Me Too)운동이다 뭐다 해서 난리도 아니었다.

하루에 두세 건씩 성추행을 당했다는 글이 올라오고 피해자라 주장하는 여자들이 찾아왔다. 그때 모두들 의사 수십 명은 갈려 나갈 것이라 생각했다.

근데 아무 일도 없었는데 당한 것처럼 돈을 요구한 인간들과 스스로 몸을 팔고 당했다고 한 거짓말쟁이들이 나서면서 흐지부지됐고 법정 다툼으로 갈 수 있는 힘을 얻었다.

그리고 몇 개월간의 법정 다툼 끝에 모두 무죄판결을 받았다. 다만 두 명이 병원 자체 조사에서 의심되는 바가 발견되면서 병원을 그만두게 되었다.

아무튼, 그 이후로 성희롱, 혹은 성추행에 대한 매뉴얼이 생겼는데 설령 거짓 제보라고 해도 그에 따라 움직여야 했다.

본문은 치료를 받았는데 성적 수치심을 느끼게 되었다는 전형적인 내용이었다.

언제 다가왔는지 후배가 고개를 쑥 내밀며 말했다.

"한방센터 안마과 한두삼 선생님을 지목했네요?"

"…바쁘다면서 여기서 노닥거릴 시간 있냐?"

"컴퓨터 옆에서 커피를 마실 수 있나요. 마시는 동안 잠깐 쉬는 거죠. 근데 좀 냄새가 나는 글이네요."

"이제 탐정 놀이냐?"

"아니, 그렇잖아요. 안마과 특성상 성추행에 민감할 수밖에 없어서 여러 가지 안전장치를 마련해 뒀잖아요."

후배의 말이 맞다.

병원에서 가장 많은 CCTV가 설치된 곳이 안마과다.

거기에 진료할 때 1명 이상의 입회인이 반드시 있기에 성추행을 하기는 거의 불가능하다.

또한, 진료 시작 전 진료에 필요한 터치를 허락하며 불쾌감을 느낄 때 즉각적으로 말하겠다고 동의를 해야 진료를 할 수 있다.

즉, 법적으로는 지금에 와서 성추행을 당했다고 한들 확실한 증거가 없는 한 무죄가 될 가능성이 99.9%였다. 0.1%는 미친 판사가 걸릴 확률이랄까.

"결론은 돈을 위해서다?"

"아니면 깎아내리기 위함이겠죠. 솔직히 다른 병원에선 달갑지 않은 사람이잖아요."

"그렇지. 근데 이런 글이 올라왔다는 것 자체만으로 마이너스가 될 가능성이 높아."

"그렇겠죠? 사람들은 진실보다 '성추행을 했다더라'는 말 자체에 관심을 더 가질 테니까요. 이름이 더럽혀지는 건 어쩔 수 없겠네요."

"결과가 나올 때까지 제대로 일도 못할지도 모르지."

"불공평해요. 이 글을 올린 사람은 진실이 밝혀진다고 해도 아무런 벌도 받지 않는 거잖아요."

"자기는 성추행이라고 느꼈다고 일관되게 주장한다면 그렇겠지. 뭐, 아직 사실 여부는 모르니 법 문제는 법무 팀에 맡기자고."

"짜증 나요. 위증죄도 거짓말의 크기만큼 벌해야 하는 게 정상 아닌가."

"그건 국회에 맡기고."

"일을 해야 말이죠."

"커피 다 마셨으면 너도 일이나 하지? 걔들처럼 놀면 월급을 받을 수 있을까?"

"쩝! 없겠죠. 걔들이 조금은 부럽네요. 하하! 참! 저녁은 뭐 먹을까요?"

"쓸데없는 소리 말고 얼른 가!"

어지간히 일하기 싫은 모양이다.

후배가 일하러 간 후, 이청유는 게시글과 글쓴이에 대한 정보를 법무 팀에 보냈다.

*   *   *

겨울이 서서히 물러나가는지 유난히 포근한 월요일 아침, 출근을 하자마자 법무 팀에 소환되어야 했다.

법무 팀의 배려인지 안면이 있는 정태섭 변호사가 손을 흔들었다.

"어? 정 변호사님, 법무 팀이셨어요?"

"일이 있을 땐 여기로 출근을 하기도 하지."

"두 곳에서 월급 받으시는 거예요? 대단하시네요."

"한 선생만 하려고. 참! 전에 장인어른 일은 고마워."

"그저 도운 것뿐인데요. 근데 무슨 일로 부르셨는지 이젠 말씀해 주실래요? 영 불안하네요."

"앉게."

맞은편에 앉자 그는 두툼한 서류 뭉치를 테이블에 올렸다.

"봐도 됩니까?"

"보라고 준 거야. 말로 설명하는 거보다 그 편이 나을 것 같아서 말이야."

제일 위의 서류를 펼쳤다. 비만클리닉 당시 자신에게 진료를 받았던 환자였다.

다음 장은 성추행을 당했다는 글. 다음은 성추행이 아니라는 갖가지 증거자료들.

역시나… 예상하고 있던 일이라 놀랍지도 않다.

"별로 놀라지 않는군?"

"언젠가는 한 번쯤 있을 줄 알았거든요."

"마치 이번 일을 예상했다는 듯한 말투군. 혹시 성추행을 한 적이 있나?"

"아뇨."

"설령 했다 해도 지금처럼 단호하게 아니라고 얘기해야 할 거야."

"물론이죠. 변호사님. 근데 그런 말씀까지 하는 것이, 상황이 어려운 가요?"

"전혀. 이건 막 변호사 자격증을 딴 사람도 이길 수 있는 재판이야. 다만 상대가 여론전을 벌일 수도 있으니 각오하라는 차원에서 말한 거야."

"후우~ 일한 지 얼마 되지도 않았는데. 또 미국으로 가야 한다는 말은 아니죠?"

"하하하. 당연히 아니지. 도망가면 자인한 꼴이잖아. 자넨 평소처럼, 아! 평소완 조금 다르겠군. 여자 환자들에 대한 안마는 이번 일이 해결될 때까지 하지 않는 게 좋은 것 같아."

"조심해서 나쁠 것 없죠."

"일단 피해자라고 주장하는 여자를 만나볼 생각이야. 자넨 어떻게 했으면 좋겠나?"

합의에 대해 묻는 거겠지?

이런 경우 합의를 하고 조용히 넘기는 것이 좋을 것이다. 재판에 이긴다고 해도 상처뿐인 영광이 분명할 테고, 합의금보다 고통받는 기간에 그보다 더 많은 돈을 벌 수 있을 테니 말이다.

그러나 두삼은 합의를 하지 않을 생각이다. 쉽게 돈을 벌게 놔두면 분명 다음에도 쉽게 돈을 벌려 할 테고 또 다른 피해자가 생길 것이 분명했다.

물론 예상대로라면 상대 역시 합의를 하지 않겠지만.

"합의는 하지 않을 생각입니다."

"하는 게 편할 텐데?"

"제가 어려운 길을 좋아해서요."

"썩 좋은 고객은 아니군."

"승수 하나 더 챙긴다고 생각하세요."

"난 재판장에 가기 전에 해결하는 걸 좋아하는 타입인데……. 뭐, 이번은 예외로 하지. 하지만 여자에게 위증죄를 물을 순 없을 거야."

"알고 있습니다."

남의 인생을 망치려 들면서 자기는 엉성한 법의 보호를 받아 아무런 처벌을 받지 않겠다고?

그렇다면 간단하다. 개인적으로 벌을 내리면 된다.

똑같이 당해보라지.

내색하지 않고 일어났다.

"아무튼 수고해 주세요."

"자네도 고생해. 소문이 나는 걸 최대한 막아보겠지만 그리 오래 막진 못할 거야."

정태섭 변호사가 자신 있게 얘기하기에 하루 이틀은 막을 줄 알았는데.

진료실로 들어오자마자 양태일이 다급하게 말했다.

"성추행 소문 들으셨어요?"

"빨리도 퍼졌네."

"네? 알고 계셨어요?"

"법무 팀에 가서 듣고 오는 길이다. 근데 어떻게 네가 먼저 안 거 같다?"

"휴게실에서 사람들이 소곤대고 있던데요. 근데 진짜 아니 죠?"

"진짜면?"

"에이~ 농담이라도 그런 말씀 마세요. 제가 소곤거리는 녀석 들 혼을 내줬는데 진짜면 어쩝니까."

양태일이 자신을 믿고 있었다니 좋지 않았던 기분이 조금 나아지는 기분이다.

"그냥 해본 말이야. 성추행은 한 적 없어."

"믿었습니다. 근데 이럴 줄 알았으면 녀석들이 10만 원 빵 하자고 했을 때 하는 건데 아깝네요."

"……"

10만 원 가치도 안 되는 믿음이었다니.

"주말 동안 이상한 점은?"

"없었습니다. 참, 전교선 씨의 다리는 어젯밤에 풀었습니다."

"퇴원은?"

"선생님 허락이 있어야 하지 않습니까. 그리고 나가 봐야 다시 비슷한 꼴을 당할까 봐 걱정되는지 전교선 씨가 오늘 퇴원하겠다고 했습니다."

"사인할 테니까 퇴원시켜. 근데 다른 부분을 마비시킨다는 건 잘됐냐?"

"…아뇨. 생각보다 쉽지 않더라고요. 왼 다리를 오른 다리처럼 똑같이 만들어보려 했는데 실패했습니다."

두 다리의 혈이 비슷한 듯 보이지만 낙맥과 세맥의 위치는 조금씩 다를 수 있었다.

전교선의 경우는 낙맥의 일부를 막아 오른 다리를 못 쓰게 만들었는데 그와 똑같은 낙맥을 찾아 똑같은 작용을 하는 위치를 찾아 막아야 가능했다.

이건 기운을 느끼고 경험까지 더해야 가능한 영역이 당연히 불가능할 수밖에.

"아직 너한테는 무리야. 은서에게 오른 다리를 빌려달라고 해서 마취시키는 것부터 해 봐."

"해봤습니다. 제 다리에도 해봤고요."

"자신 있게 얘기하는 거 보니 성공했나 보다?"

"처음엔 몇 번 실패했는데 낙맥이 어느 쪽으로 흐르는지 대충 감이 오더라고요. 근데 왼 다리는 전혀 모르겠어요."

확실히 사람을 제대로 본 모양이다.

말하기도 전에 이미 다른 사람에게 테스트할 만큼 적극적인 노력 때문인지, 타고난 능력인지 모르지만 양태일은 생각했던 것보다 더 뛰어났다.

문득 10만 원 가치도 안 되는 믿음을 가진 그에게 알려주기 싫었지만, 앞으로 부려먹을 것을 생각해서 알려주기로 했다.

물론 밥을 떠먹여 줄 생각은 없었다.

"똑같은 혈의 위치를 찾으려니 힘들지. 정확한 위치를 막을 수 없으면 어떻게 해야 해?"

"…선생님은 가끔 너무 옛날 사람처럼 구세요. 그냥 가르쳐 주면 될 걸 굳이 빙빙 돌려서 말하면 대단해 보일까 그러시는 거예요?"

"아니. 고작 10만 원어치도 날 믿지 않는 너한테 내가 힘들게 알아낸 걸 쉽게 가르쳐 주기 싫어서랄까."

"…레지던트에게 10만 원이 얼마나 큰 가치가 있는지 모르세요?"

"응, 몰라. 그리고 어렵게 가르쳐 준 것도 아니거든. 탓하려면 네 머리가 나쁜 걸 탓해."

"전혀 쉽지 않……."

그는 갑자기 눈을 데굴데굴 굴리며 생각에 빠졌다. 그러고는 손가락을 딱! 튕기며 말했다.

"아! 점을 막기 힘들면 선을 막으면 되는군요."

"쳇! 역시 너무 쉽게 줬어. 앞으론 좀 더 어렵게 줘야겠어. 단, 선을 막으면 다른 문제가 발생할 수 있음을 알아야 해."

도로의 한 지점을 정확하게 막을 수 없으면 도로 전체나 일부를 막으면 된다. 다만 그로 인해 다른 문제가 발생할 수 있음을 잊지 말아야 한다.

"그땐 선생님이 해결해 주시겠죠? 정확하게 가르쳐 주지 않으셨으니까요."

"…아주 나한테 돈까지 벌어오라고 할 기세네. 그만 가서 쉬어. 전교선 씨 다시 오면 쉽지 않을 거야."

"역시 절 생각해 주시는 건 선생님밖에 없으세요. 헤헤헤! 참! 케빈 마사지는 말씀대로 했습니다. 가보겠습니다."

자식이 아주 능글능글하다.

그나저나 중국 고수인지, 그의 제자인지 계속 이렇게 치사하게 나오면 반격을 할 수밖에 없을 것 같다.

92. 너였나?

누가 뭐라고 해도 성추행의 소문이 퍼진다면 가장 충격을 받을 사람은 하란이었다. 그래서 집에 도착하자마자 그간의 사정을 설명했다.

"전설의 고수 얘기에 나오는 중국 고수가 다시 나타나서 오빠를 괴롭히고 있다는 얘기지?"

"응, 맞아."

"근데 왜 오빠를 괴롭히는 거야? 실력 때문인가?"

"아니. 사람들이 말하는 전설의 고수가 우리 할아버지 같아."

"대박! 진짜?"

"응. 그리고… 아무튼 그 때문에 중국 고수가 날 테스트하는 게 아닌가 싶어."

중국 고수가 장려령의 아버지 같다는 얘기를 할까 하다가 속으로 삼켰다.

장려령은 아무것도 모르는 것 같은데 괜스레 말을 해서 껄끄
럽게 만들긴 싫었다.

"참 별난 사람이네. 테스트하려면 테스트만 할 것이지, 남을
깎아내리지 못해 안달이람."

"괜찮아?"

"오빠를 믿는다고 했잖아. 마음에 걸렸다면 안마과를 하지 말
라고 했겠지."

"이해해 줘서 고마워. 난 너한테 피해가 갈까 봐 걱정됐는데."

"나한테 헛소리할 사람 없어. 설령 한다 해도 신경 안 쓰면 되
고. 그나저나 어떻게 할 생각이야?"

"여자가 여론 몰이 할 때를 생각해서 루시에게 그 여자에 대
해 알아보라고 할까 생각 중이야."

"잘 생각했어. 가만히 당하고만 있으면 사람 우습게 안다니까.
내가 약점이 될 만한 것은 샅샅이 찾아줄게."

"이런 일로 신경 쓰게 해서 미안해."

"괜찮아. 좋게 생각해. 결혼식 때 이런 일이 일어나지 않은 게
어디야. 뭐, 진짜 그렇다고 해도 난 신경 쓰지 않을 테지만."

능력을 각성한 것보다 하란을 만난 것이 생의 가장 큰 행운이
아닐까 싶다.

너무 사랑스러워 빤히 보고 있다가 키스를 하기 위해 천천히
다가가는데 문이 벌컥 열렸다.

"언니! 언니!"

"…노크 좀 해라. 그리고 잠깐 얘기한다고 들어오지 말라고 했

을 텐데?"

"얘기하는 거 같지 않은데? 그리고 30분이면 끝날 때 되지 않았어?"

"쿨럭! …얘, 얘가 별소리 다 하네."

"내가 무슨 어린앤 줄 알아? 알 건 다 알거든. 황강 아저씨랑 사강 언니랑……."

"거기까지! 무슨 일로 온 건데?"

"오빠한테 할 말 있어서 온 거 아닌데. 언니, 나 수영 가르쳐 줘. 루시가 수영은 필수래."

심심해하는 장려령의 말 상대나 해주라고 했더니 루시가 쓸데없는 말을 한 모양이다.

"이제 저녁 먹어야지."

"그럼 저녁 먹고."

"그럼, 식사 후에 2시간만 수영장에서 놀까?"

"웅! 좋아!"

하란은 마치 엄마처럼 미소지으며 말했고 장려령은 아이처럼 좋아했다.

그런 모습을 보곤 두삼은 고개를 절레절레 흔들었다.

장려령이 집에 머물기로 했을 때, 아무리 여동생 같다고 해도 집에 머물게 할 필요까지 있느냐고 물었다.

그때 하란이 그랬다.

장려령을 보면 자신의 어린 시절이 떠올라서 밀어낼 수가 없다고. 효원이 때도 비슷한 이야기를 들은 것 같다고 했더니 다른 모습이란다.

지금 보니 그냥 순수하고 착한 사람을 좋아하는 것이 아닌가 싶다.

*   *   *

"안녕하세요, 이 간호사님."

"…아, 네……."

진료실로 가다가 만난 안면이 있는 한방부인과의 간호사에게 인사를 했는데 못 볼 것을 본 것처럼 눈치를 보더니 휙 하니 가 버린다.

소문이 나면 환자들이 진료를 피할 것이라는 생각은 했다. 근데 병원 사람들까지 피할지는 생각하지 못한 두삼은 멍한 표정으로 그녀가 사라진 방향을 봤다.

이해하면서도 씁쓸해지는 기분은 어쩔 수가 없었다.

물론 차라리 피하는 게 놀리는 것보단 더 낫다는 걸 진료실에 들어서면서 느낄 수 있었다.

"역시 형이야. 심심할 틈을 주지 않고 재미있는 사고를 터뜨린단 말이야."

류현수가 마치 자신의 진료실인 양 의자에 앉아 커피를 마시고 있었다.

"내 주먹이 그리웠나 보다? 이리 와라. 재미있는 사고 하나 더 만들어보자."

"폭력 반대!"

"폭력을 부르는 네 주둥아리를 탓해라."

"아악! 아파요! 악! 잘못… 크아……!"

헤드록을 걸어 관자놀이를 자극하자 비명도 나오지 않는지 오른손으로 연신 항복 제스처를 취하며 버둥거렸다.

농담했다고 죽일 순 없으니 놔주자 잠시 머리를 만지다가 말했다.

"와! 진짜 머리 깨지는 줄 알았네. 한 달 만에 본 후배한테 너무한 거 아니에요?"

"한 달 만에 본 선배 속을 긁는 건 잘하는 짓이냐?"

"위로해 주러 온 거거든요."

"넌 니가 위로가 된다고 생각하냐?"

"당연하죠!"

"네 위로 따윈 필요 없거든. 침구과 요즘 바쁘다며? 얼른 가서 일이나 해."

임동환이 그만두면서 류현수가 그 자리를 메우고 있었다.

"어제 당직해서 오늘은 퇴근만 하면 되거든요. 참! 곧 좀 한가해질 거예요. 3월부터 인력 충원된대요."

"그래? 네 얼굴을 자주 봐야 할 걸 생각하니 벌써 머리가 지끈거린다."

"아, 진짜! 형 기분 풀어줄 겸 좋은 정보 주려고 온 건데 자꾸딴지 걸 거예요?"

"알았다. 딱 한마디만 더 하고 그만둘게. 너 절대 은수 기분풀어줄 생각 마라. 장담컨대, 너 애인에서 잘릴 수도 있다."

"…은수가 싸우면 그래서 조용히만 있어달라고 한 건가. 아니지! 연애는 내가 형보다 더 전문가거든요."

류현수를 만나면 항상 하는 고민을 또다시 한다.

얠 왜 설득하려 했을까.

"후~ 알았다. 기분은 풀어진 것 같으니 좋은 정보나 얼른 말해주고 가서 쉬어라."

"이번에 우리 과 말고 한방내과에도 한 명이 더 온대요. 근데 그 선생 실력이 장난 아니게 좋대요."

"센터장님이 좋아하시겠네."

"흐흐! 한방내과에서 잔뜩 벼르고 있던데 형도 슬슬 긴장해서야겠어요."

"네가 왜… 알았다. 긴장하마."

긴장할 이유가 없다. 오히려 기쁘다.

어느 정도 실력자인지 모르지만, 솔직히 자신보다 더 실력이 좋았으면 좋겠다.

실력이 좋아서 환자가 늘어나면 좋을 것 같지만 전혀 그렇지 않다. 퇴근도 못 하고, 제때 식사도 못 하고, 복도에서 동료를 만나도 인사를 하는 둥 마는 둥 하고 다음 병실로 뛰어가야 하는 생활의 연속이었다.

새로 오는 선생이 원한다면 VIP실도 기꺼이 양보할 수 있었다.

살 만해져서 그런 건지, 귀찮게 구는 일들이 자꾸 생겨서인지 모르지만, 삶의 여유를 가지고 싶은 게 솔직한 심정이다.

류현수가 가고 나서 얼마 되지 않아 민규식에게 연락이 와 원장실로 갔다.

"허허허! 어서 오게. 어째 자넨 주변엔 사건, 사고가 끊이지 않는 것 같네, 그려."

"그러게요. 사건이 일어났는데 웬일로 원장님의 연락이 없나 했습니다."

"좀 알아볼 것이 있어서. 차?"

"감사합니다."

그는 머그잔 가득 독특한 향의 허브차를 따라 두삼의 앞에 놓으며 앉았다.

"마치 누군가 한 선생을 노린 것처럼 학교와 병원에 요상한 소문이 돌더군. 혹시 원한 맺은 곳이 있나?"

"없진 않은데 저의 원한은 아닌 것 같습니다."

"짐작되는 곳이 있나 보군. 근데 자네의 원한이 아니라면 자네 할아버지에 대한 원한 말인가?"

"정확하게는 원한이라기보단 자존심 싸움이랄까요. 근데 저의 할아버지에 대해 아시는 거 같은데, 언제 아신 겁니까?"

"처음엔 몰랐네. 물론 의심은 했어. 내 스승님께 자네 할아버지에 대해 들은 것이 있었는데, 그 모습과 너무 닮아 있었거든. 그러다가 이사장님께 듣게 됐다네."

"그러셨군요."

"근데 할아버지 일이라니 설명을 해주게."

"저도 엘튼 선생에게 우연히 들은 얘기입니다."

중국 고수 얘기와 짐작하는 바를 얘기했다.

"허! 그런 일이 있었어. 그리고 지금 한방센터로 얘기와 똑같은 방식으로 환자가 오고 있고?"

"네. 오늘쯤 다시 올지도 모르겠네요."

"참! 특이한 사람이군. 자네 말대로라면 상대도 되지 않게 지고 자네 할아버님 밑에서 배우기도 한 모양인데, 인제 와서 똑같은 짓을 하다니. 부끄럽지도 않은 모양이군."

"자신감이 생긴 거겠죠."

"혹시 질 것 같나?"

"글쎄요. 태일이에게 맡기고 있어서."

"응? 양 선생이 환자를 보고 있다고?"

"아직까진 태일이가 해결할 수준인지라."

"허허허! 손자도 아니고 손자에게 배우고 있는 수련의가 대결하고 있다는 걸 알고 있을까. 그 중국 고수라는 양반이 이 소리를 들으면 당장 달려오겠군."

"그쪽도 제자일 겁니다."

"응? 그건 또 무슨 소린가?"

"좀 더 명확해지면 그때 말씀드리겠습니다. 지금은 저도 막연히 짐작하는 바라."

장려령의 얘기까지 하자면 얘기가 길어질 것 같아 정당히 넘겼다. 그리고 화제를 바꿨다.

"근데 절 부른 이유가… 혹시 지방으로 가거나 쉬어야 하는 겁니까?"

"그러고 싶나?"

"아뇨. 피한다고 될 일도 아니고요."

"자넬 계속 쉬게 할 생각은 없다네. 사실 소문 때문에 흔들리지 말라고 말하려고 부른 걸세. 소문 때문에 휴가를 주고 지방 병원으로 전출을 시켰으면 이 병원이 제대로 돌아가지도 못했을 거야. 다만 여성 환자들의 경우 침 치료를 하는 게 좋을 거야. 아직 환자들에겐 알려지진 않았지만 소문이 확 달아오르면 심리적으로 자신도 당한 것처럼 느껴질 수도 있거든."

"네. 여자 환자는 아예 보지 않거나 치료 방법을 달리 하겠습니다."

이사장님에 대해 다시 물어볼까 하다가 포기했다.

사실 설날 선물을 확인한 후 민규식을 가장 먼저 찾았었다. 그러나 그 역시도 강창동도 비슷한 말을 했을 뿐, 알려주지 않았다.

아직은 그의 마음이 바뀌었을 것 같진 않았다.

안마과에 들어서자 양태일이 후다닥 다가왔다.

"전교선 씨, 다시 왔습니다!"

"정말 어지간하네. 이번엔 어디야? 양팔? 양다리? 그것도 아님, 하반신?"

"왼팔이요."

"더 어려워졌겠네."

"네. 선생님 오시기 전에 조금 봤는데 전과는 완전히 달라요. 아직 막힌 부분도 찾지 못했어요."

"침착해. 세맥, 낙맥도 있고 꼭 팔의 혈을 막는 게 아니더라도 팔을 못 움직이게 할 수 있는 걸 알잖아."

"…모르는데요."

"…그럼 이번 기회에 알게 되겠네."

전국의 도로처럼 뻗어 있는 혈. 목적지인 도시로 가는데 길은 한두 곳이 아니지만 결국 통과해야 하는 길이 있게 마련이다. 그리고 통제만 잘한다면 얼마든지 막을 수 있었다.

진료실에 들어가 전교선을 살펴봤다.

'한 단계 더 깊이 들어갈 수 있음을 보여주고 싶은 건가? 쯧! 그래도 이런 자가 가지기엔 너무 위험한 실력이야.'

지난번에 수태음폐경을 이용해 막았다면 이번엔 수소음심경의 세맥을 이용해 혈을 막아서 팔을 마비시킨 건 좋았지만, 다른 증상이 일어날 수 있다는 걸 전혀 고려하지 않은 채 행해진 시술이었다.

문제는 지금 방법은 오래 막혀 있을 경우 심장에 무리를 줄 수 있다는 것이다.

양태일이 궁금한지 나지막이 물었다.

"어떻습니까?"

"묻지 말고 찾아 봐. 그리고 네 할아버님의 책은 보관만 해두고 있냐?"

"이미 두 번이나 읽었습니다만."

"그럼 세 번째 읽어. 혹시 심장이 답답하다고 말하면 전화해. 막힌 곳 알려줄 테니까 바로 풀어."

"수소음심경 세맥 쪽이군요?"

"이 자식 눈치만 빨라선……. 모셔 가."

이번엔 그냥 넘어가기로 했다.

전교선이 어떤 약점이 잡혀 지금처럼 뺑뺑이를 돌고 있는지 모르겠다. 이런 일에 동원되었다는 것만으로도 정상적인 삶과는 거리가 있는 사람이라 썩 마음에 들지는 않았다.

그러나 속마음은 개인적인 마음일 뿐이다. 빤히 심장에 무리가 가게 될 거라는 걸 알면서 양태일의 교육에 신경 쓸 수는 없었다.

두삼이 본격적인 외래 진료를 시작하는 시각, VIP실.

병원에서 VIP실의 존재를 아는 의사들은 그곳이 자신들의 삶을 한 단계, 혹은 몇 단계 업그레이드 시켜준 곳이라고 말한다.

두삼처럼 불치병에 가까운 환자만 보는 것은 무척 드문 일이었고, 대부분은 일반 병실 환자들과 크게 다르지 않은 이유로 입원을 했기에 쉽게 치료하고 큰돈을 받을 수 있었다.

그러나 아주 가끔 예외가 발생했는데 그럴 때 제대로 고치지 못하면 일반 병실과 비교도 되지 않을 만큼 비참한 상황에 놓이게 된다.

하이 리스크, 하이 리턴.

VIP실 역시 이 진리가 통용되는 곳이었다.

설예인은 재수가 없게도 VIP실에 와서 맡게 된 첫 번째 환자가 바로 그런 케이스였다.

"꺄악!"

쨍그랑!

스테인리스 컵이 설예인의 얼굴 옆을 지나 벽에 부딪히며 요란한 소리를 냈다.

평소의 설예인이라면 이런 위험한 상황이 발생했다면 고함을 지르거나 경호원을 불렀겠지만, 지금은 컵을 던진 사람의 눈치만 볼 뿐이다.

씩씩거리는 중년의 여성은 침대에 누워 있는 여대생을 가리키며 말했다.

"너 미쳤니! 고쳐달라고 왔는데 더 악화를 시켜?"

"…그건 일시적으로……."

"왜, 명현 현상이라고 말하고 싶은 거니? 니가 정말 미쳤구나!"

짝! 성큼성큼 다가온 중년 여성은 설예인의 뺨을 호되게 후려쳤다.

"너, 내가 우습니? 응? 내가 왜 이곳 VIP실까지 와서 명현 현상이라는 말을 들어야 하지?"

"…사모님, 그게 아니라. 미연 양의 증상이 워낙 특이해서……."

"어린 것이 들어올 때부터 알아봤어. 입만 살아서는, 당장 원래대로 돌려놔. 당장!"

중년 여성의 손이 다시 올라갔을 때 때마침 VIP실에 있다가 간호사가 누른 비상벨을 듣고 민규식 원장이 들어왔다.

중년 여성은 민규식 앞에서까지 소란을 피울 수는 없었는지 들었던 손을 슬며시 내렸다.

"사모님, 무슨 일로 이렇게 화가 났습니까?"

"원장님! 이거 보세요. 저… 선생이 우리 애를 이렇게 만들어 놨다니까요. 제가 안 속상하게 생겼어요?"

"확실히 들어올 때보다 심해졌군요."

"그렇다니까요. 이걸 어쩐대요? 안 그래도 애가 학교를 안 간다고 난린데 저래서야……."

민규식은 다 이해한다는 듯 고개를 끄덕이며 말했다.

"속상하겠네요. 근데 제가 피부과 전문의가 아니라 잘은 모르지만 건선이라는 질환이 때에 따라선 어떤 외과적인 병보다 치료가 어렵다고 알고 있습니다. 사모님도 아시죠?"

"…그래서 여길 찾은 거예요, 원장님."

"압니다. 우리 한강대학병원이 언제 VIP들을 실망시켜 드렸다는 얘길 들어본 적이 있으세요?"

"…아뇨."

"모든 분들을 완벽하게 치료했다는 건 아닙니다. 그러나 최선을 다해 만족시켰다는 건 자신 있게 말할 수 있습니다."

"……"

중년 여성은 민규식의 말에 화를 누그러뜨릴 수밖에 없었다.

사실 한강대학병원에 오기 전, 웬만한 곳은 다 가봤다고 하는게 맞을 것이다. 그러나 딸의 건선은 가끔 호전될 뿐, 완치가 된적이 없었다.

대학교 1학년까지 단 한 번 짧은 셔츠와 치마를 입어본 적이 없는 딸을 흘낏 본 그녀는 고개를 숙였다.

"부디 제 딸이 낫게 해주세요, 원장님."

"최선을 다하죠. 지금은 모두 흥분을 가라앉혀야 할 것 같으니 잠깐 쉬죠. 그동안 좀 더 효과적인 방법이 없나 찾아보겠습니다."

"감사해요."

"설 선생은 나가서 나랑 얘기 좀 할까?"

"…네."

설예인은 손발이 떨려 움직일 수 없었지만 부드러운 민규식의 말과 살짝 등을 받쳐주는 그의 손길에 밖으로 나올 수 있었다.

VIP실 한편에 있는 휴게실로 자리를 옮긴 두 사람. 민규식은 미지근한 물을 그녀에게 건넸다.

"천천히 마시면서 마음을 진정시키게."

민규식은 그녀를 자리에 앉힌 후 멀찍이 떨어진 채 그녀가 진정이 되길 기다렸다.

설예인이 약간이나마 진정이 된 건 10분쯤 흐른 후였다. 그리고 가장 머릿속을 어지럽히는 것부터 물었다.

"…전 VIP실에서 잘리는 건가요?"

"고작 이런 일로? 허허허! 그럴 리가 없지. 오히려 버텨준다면 더 고마울 걸세."

"……."

"VIP실에 올라올 수 있는 의사는 두 부류네. 실력이 증명된 사람, 실력을 증명해야 할 사람."

"…전 후자겠네요."

"허허! 맞네. 그러나 둘의 공통점도 있지. 적게는 수십 대 일, 많게는 수백 대 일의 경쟁률을 뚫고 올라오는 사람들이지. 운이 없었어. 첫 케이스는 보통 어렵지 않은 환자를 맡기는데 말이야."

"…제 실력이 부족한 건지도 모르죠."

"맞네."

"……."

"실력이 충분했다면 증명된 사람으로 VIP실에 왔겠지. 근데 건선 치료에 자신이 없나?"

"솔직히… 어려운 케이스라……."

"포기해도 된다네. 다만 VIP실에 다시 올라올 때까진 얼마나 많은 시간이 걸릴지는 장담할 수 없다네."

"조금 전엔……."

"증명해야 하는 의사가 증명을 포기하는 거잖나. 그리고 자네가 환자를 포기하면 다시 그 환자를 치료할 의사를 불러야 하는데, 이곳에 자네가 필요할까?"

"…아뇨."

능력이 없으면 빠지라는 말, 옳은 말이었다.

설예인은 입을 다물고 생각에 빠졌다.

그냥 일반 병실로 내려가서 거기서 지금까지처럼 유명세를 누리며 살까? 아니면 계속 도전을 해볼까? 그것도 아니면 병원을 옮길까?

한 가지 옵션마다 과연 그것이 지속 가능한 일인지 생각해 본다.

유명세? 이번 주 촬영 때 PD가 보인 모습을 본다면 그리 오래 갈 것 같지 않았다. 내일이라도 '여기까집니다. 수고하셨습니다'라고 말해도 그녀로서는 방법이 없었다.

물론 배경이라고 할 만한 사람이 한 명 있긴 하다. 어쩌면 그녀가 가진 배경 때문에 피부과를 선택할 수 있었고, 어린 나이에 VIP실에 온 건지도 모르겠다. 그러나 그렇다고 해도 그 배경이 실력 없이 VIP실에 머물 수 있게 할 정도는 아니었다.

생각이 깊어질수록 뺨을 때린 중년 여성을 다시 봐야 한다는 두려움보다 VIP실에서 쫓겨나는 두려움이 더 컸다.

머물기로 결정을 내리자 환자를 어떻게 치료를 해야 할지 고민됐다.

다소 이기적이고, 자신의 잘못을 인정할 줄 모르고, 남보다 우위에 있다고 생각하면서 우쭐대는 경향이 있는 그녀지만, 남들보다 조금 더 영악했다.

그녀는 민규식의 말에서 힌트를 얻었다.

"무작정 버티라고 하는 말씀은 아닐 테니… 도움을 받으라는 건가요?"

"그것도 좋은 방법이지. 대신 기회는 한 번이네. 그마저도 실패하면 손을 놓고 있다가 자네에게 치료를 받고 싶어 하는 다음 환자를 기다려야 할 걸세."

실패하고 나면 과연 치료받으려는 환자가 있을까?

'그래서 아까 버티라고 말을 했나 보네.'

민규식의 말은 따뜻했지만 안에 담긴 속뜻은 무척 차갑게 느껴졌다.

'지금은 살아남는 것부터 생각해야 해. 누구에게 도움을 청하지? 조 교수님? 말도 안 돼. 그분도 VIP실에서 일하는데 도움을 받아선 내 자리만 없어질걸.'

말하기 쉬운 선배들과 후배들을 머릿속에 한 명씩 떠올려 보지만 자신보다 더 나은 실력과 새로운 치료법을 가진 사람은 없어 보였다.

1번의 기회라는 말을 되뇌며 그녀는 신중히 함께 치료할 사람을 찾는다.

*　　　*　　　*

소문은 삽시간에 퍼졌다. 간호사나 의사들이 얼마나 부주의하게 떠들었으면 환자들 중에도 소곤거리는 사람들이 생겨났다.

그나마 다행인 것은 성추행 신고자가 무슨 생각인지 굳게 입을 닫고 있어서 소문이 외부로 퍼지진 않았다는 점이다.

두삼은 다소 어색한 시선을 느끼면서도 병원과 학교를 오가며 일을 하고 있었다.

물론 혹시 구설수에 오를 수 있는, 오리엔테이션 같이 학생들과 함께하는 일은 자제했다.

대학교에서 업무를 마치고 퇴근을 위해 주차장으로 가고 있을 때 익숙한 목소리가 들렸다.

"한 교수, 병원에 가는 거야?"

"아! 동수 형. 오랜만이에요."

한강대학교 총장의 아들인 박동수였다.

"어째 수업이 없다고 학교에 코빼기도 안 보이냐?"

"그러게요. 바쁜 것도 없었는데 학교에 나오기가 왜 그렇게 힘든지 모르겠네요."

"네가 바쁜 게 사는 건 온 국민이 알잖아. 하하! TV에서 매번 봐서 그런지 오랜만인데 낯설지는 않네."

"형은 퇴근?"

"나야 한가하니까 술 마실 일 사람이 있으면 바로 퇴근이지. 오늘은 네가 퇴근시켜 줄래?"

"하하! 그래요."

식사를 겸할 겸 양꼬치구이집을 갔다.

"넌 맥주가 좋지?"

"광고 때문인지 양꼬치엔 왠지 맥주를 먹어야 할 것 같더라고요."

"난 요즘 나이가 들어서 그런지 조금만 먹어도 배가 불러. 그래서 소주가 더 좋더라."

"그건 내장 지방이 많아서 그래요. 운동 좀 하세요."

"으~ 의사랑 술을 마시면 꼭 초장부터 술맛 떨어지는 소리를 한다니까."

술맛이 떨어진다는 말과 달리 그는 양꼬치와 소주를 맛있게 먹었다.

"요즘 이상한 소문 돌더라?"

한참 차이나타운 사건에 대해서 묻던 그는 소주잔을 비운 후 대수롭지 않은 듯 물었다. 그에 대수롭지 않게 답했다.

"미성년자랑 사귄다는 것과 성추행 얘기요?"

"전자는 이미 아니라는 결론이 났어. 내가 묻는 건 후자."

"아니에요. 근데 미성년자랑 사귄다는 게 결론이 났다는 건 뭔 소리예요?"

"방학 동안 소문이 돌기에 소문의 시작점을 찾아봤거든. 그랬더니 웬 여직원의 입에서 나온 소리더라고."

"왜 그랬대요?"

"처음엔 자기도 들은 소문이라고 발뺌을 하더니 계속 캐물었더니 돈을 받고 했다고 실토하더군. 조용히 해직시키는 것으로 끝냈어."

"누구라는 말은 없었고요?"

"처음 보는 사람이었대. 카드값 때문에 고민하던 차에 돈을 주니 덥석 허락한 모양이야. 아무래도 성추행 건도 그런 거 아닌가 싶어서 물어보는 거야."

"형 예상이 맞을 거예요. 그렇다고 캐러 다니진 마세요. 괜히 위험해질 수도 있어요."

"짐작 가는 곳이 있나 보네. 그럼 됐고. 혹시 모르고 있을까봐 말해주는 거야."

"고마워요, 형."

"내 일인데, 뭐."

진짜 고마웠다. 자신이야 마음에 걸리는 것이 없으니 얼굴에 철판을 깔고 수업을 하면 되지만, 배수진의 경우 아무리 모르쇠로 나가기로 했다고 해도 소문이 돌면 곤란해질 수밖에 없었다.

박동수와 술자리를 갖는 건 이번이 두 번째.

첫 번째 때는 약간 서먹한 상황에서 술을 마셔서 개인적인 얘기들을 거의 하지 않았었다. 그러나 오늘은 분위기가 좋아서 그런지 사적인 얘기를 많이 하게 됐다.

그에게 네 살 난 아들이 있다는 얘기도 처음 들었다.

"난 형이 결혼 안 한 줄 알았어요."

"…내가 왜? 어디가 많이 안 좋아 보이냐?"

"그게 아니라 낯을 많이 가려서 연애는 당연히 못할 줄 알았죠."

"그 정도는 아니거든!"

"그럼 연애를 어떻게 했는지 들어볼까요?"

"회사 동료의 소개로 처음 만났어. 약속 장소에 나가 딱 보는 순간 이 여자다 싶더라. 가만! 근데 왜 내 연애 얘기까지 너한테 하고 있는 거냐?"

"재미있잖아요. 얼른 해 봐요."

박동수는 탐탁지 않아 하면서도 말을 이었다.

그의 연애담은 드라마에서 매번 나오는 아주 흔한 얘기였다. 그러나 말주변이 좋은지 꽤 재미있었다.

아버지인 박 총장의 말이라면 꼼짝도 못 하는 그가 아버지의 반대에도 불구하고 끝까지 밀어붙여 결혼에 성공한 것이다.

"멋지네요."

"멋지긴. 이 여자가 아니면 평생 혼자 살 것 같다는 생각에 필사적이었던 거지."

"그래서 결혼하고 나니 행복하세요?"

"음, 글쎄……."

"에? 보통 그렇게 결혼했으면 행복해야 하는 거 아닌가요?"

"딱 그렇게 말할 순 없네. 불행하다는 소리는 아냐. 다만 두 사람만 좋으면 될 것 같은데 의외로 주변 가족들로 인해 영향을 받거든."

"총장님께서 아직 화가 나 있으세요?"

"아니. 손자를 보고 난 후부터는 가끔 하던 잔소리도 안 해서."

더 물어볼까 하다가 멈췄다.

복잡 미묘한 표정을 짓은 모습을 보니 결혼 생활이 마냥 핑크빛은 아닌 모양이다.

"근데 두삼아."

"네?"

"…꼬치 더 먹을래? 오늘따라 잘 들어가네."

"하하! 그래요. 꿔바로우도 시킬까요?"

"그래."

처음엔 몰랐다. 그러나 얘기 중간, 중간 시계를 확인하며 머뭇거리는 모습에 할 말이 있음을 알았다.

류현수나 양태일이 이렇게 우물쭈물 했다면 모른 척했겠지만, 박동수가 이러나 답답했다.

"형, 할 말 있으면 해요."

"…으, 응?"

"할 말 있잖아요. 빤히 보여요."

"아, 아닌데……?"

"아니면 말고요."

그는 한참 동안 빙글빙글 도는 꼬치를 물끄러미 바라보다가 말했다.

"두삼아, 괜찮다면 내 처제 합석시켜도 되겠냐?"

"처제 소개시켜 주려고요? 에이~ 저 약혼녀 있다고 했잖아요."

"소개가 아니라 합석!"

"발끈하는 거 보니 어지간히 예뻐하는 처제인가 보네요. 그럼 내 팬인가요?"

"아닐걸."

"이것도 저것도 아닌데 그렇게 어렵게 할 말인가요? 합석해요."

"그럼 한다."

그는 다시 한번 확답을 받으려는 듯 물었고 두삼은 의문을 품으면서도 고개를 끄덕였다.

근처에 있었을까 박동수의 처제는 금세 왔다. 근데 그녀의 얼굴을 본 순간 박동수가 왜 주저했는지 조금은 알 수 있었다.

설예인이 그의 처제일 줄이야.

"…안녕하세요."

"아, 네. 어서 오세요. 설 선생님이 동수 형의 처제일 줄은 정말 상상도 못했네요."

얘기를 끄집어 낸 것도, 합석을 하자고 허락한 것도 자신이었기에 기분과는 상관없이 정중하게 인사했다.

형부 앞이라 그런지, 그새 철이 든 건지 그녀 역시 정중했다.

"두 분이서 즐기시는데 방해가 된 건 아닌지 모르겠네요."

"아닙니다. 앉으세요. 술은 맥주? 소주?"

"맥주로 주세요."

그녀의 합류로 술자리는 조용해졌다.

박동수는 그녀가 이곳에 합류한 이유를 아는지 미안한 표정을 지은 채로 술만 홀짝홀짝 마셨고, 그녀는 어떻게 운을 떼야 할지 고민하는지 눈치만 봤다.

그렇다고 두삼이 주절대며 분위기를 이끌어가기엔 공통점이 없었다.

다행히 두 잔을 연거푸 들이킨 그녀가 먼저 말했다.

"그때 죄송해요."

"아닙니다. 그때 이미 사과했잖아요."

"솔직히 제대로 된 사과가 아니었어요."

아니, 다행이다마는 무슨 말을 하려고 이렇게 저자세로 나오나 싫다. 그러나 정식으로 사과하는데 굳이 색안경을 끼고 나쁘게 볼 이유는 없었다.

"받아들일게요. 오늘로 그때 일은 털어버리죠."

"이해해 줘서 고마워요."

"제가 옹졸한 것도 있었습니다."

진심 어린 사과에 두삼도 화를 풀었다.

화해가 되자 그나마 같은 환자를 치료하는 사람으로 말이 통했다.

"왕비의 비밀이라는 화장품도 한 선생님이 만드셨다면서요?"

"전에 연구하던 게 있어서요."

"말씀 편하게 하세요. 형부랑 호형호제한다면서요. 그럼 저한테 오빠잖아요. 그렇죠, 형부?"

"…으, 응. 그래 두삼아, 편하게 해."

"하하…… 그래요, 아니, 그래."

말을 놓는 게 이렇게 부담스러울 줄이야.

앞으로 말을 놓으라고 할 때 상대에 대해 좀 더 생각해야겠다고 다짐했다.

그런 두삼의 생각을 읽은 건지 박동수도, 설예인도 끝날 때까지 어떤 얘기도 하지 않았다.

그러나 아주 자연스럽게 두 사람이 왜 그랬는지 귀에 들어왔다.

*　　　　　*　　　　　*

스윽~ 스윽!

두삼이 만든 에센스를 발라 반질반질한 얼굴 위로 손가락이 연신 훑고 지나간다.

단순해 보이는 동작이지만 림프와 혈관의 흐름을 자극해 노폐물을 제거하고 피부를 탄력 있게 만든다.

두삼은 목까지 마사지를 깔끔하게 한 후, 미지근한 수건으로 유새롬의 얼굴을 덮었다. 그리고 천천히 얼굴을 닦았다.

수건을 제거하자 울긋불긋하던 여드름 자국은 거의 사라지고 깨끗한 10대의 피부가 드러났다.

"다 됐다!"

"…끝났어요?"

"응. 확인해 봐."

선잠이 들었는지 유새롬은 게슴츠레한 눈으로 거울을 봤다. 그녀의 눈은 금세 커지며 초롱초롱해졌다.

"와! 얼굴에 광이 나요!"

"그건 화장품 때문이고 얼굴 피부를 봐. 만족해?"

"당연하죠. 완전 만족해요!"

"여드름이 다시 나면 손대지 말고 집 근처에 피부과로 가거나 여기로 와. 물론 내가 가르쳐 준 대로 관리하면 큰 문제는 없을 거야."

"에? 왠지 퇴원하라는 말처럼 들리네요?"

"당연히 퇴원해야지. 병원에서 살래? 다음 주에 개학이잖아."

"선생님, 개학 때까지 계속 있으면 안 돼요?"

"응. 안 돼."

"사흘만 더 있으면 안 돼요? BP9 오빠들이 사흘 후에 들어온다면서요."

"네가 있으면 어차피 안 들어와. 부모님께는 연락해 뒀으니 두 시간 후엔 오실 거야."

"너무해요!"

"BP9은 음악 방송 가서 봐."

"아이~ 선생님! 제발이요. 그럼 딱 이틀만. …아니, 하루만 더 있을게요."

유새롬이 아양을 부리며 더 머물게 해달라고 졸랐지만 두삼은 들은 척도 안 하고 '잘 지내라'는 작별 인사와 함께 퇴원을 결정했다.

병원은 놀이터가 아니었다.

특실 나가는데 들어오려는 이은수와 만났다.

"점심은 먹었어?"

"선배는요?"

"아직. 얼굴마사지 원하는 사람들이 많아서 말이야."

"먹고 살자고 하는 일인데 얼른 가서 먹어요. 참! 선배, 건선에 대해 좀 알아요?"

"약간. 근데 왜? 특실 환자 중에 건선으로 들어온 환자가 있어?"

"아뇨. 건선에 대한 한의학적인 치료 방법을 묻는 사람이 있어서요. 근데 대답해 줄 것은 단편적인 것밖에 없더라고요."

"한의학적인 치료 방법을 물었다면 양방 의사가 물었나 보네. 네가 본관 의사들이랑 친한지 몰랐는데?"

"친하기보단 의례적인 만남이랄까요?"

"그런 만남이 있어?"

"흉부외과 민청하 선생이 주도해서 또래들끼리 만나서 밥이나 먹는 거죠."

"애쓰네."

양방과 한방의 거리감을 줄이기 위한 민규식 원장의 입김이 들어간 모임이리라.

"나름 재미있어요. 배우는 것도 많고요. 아무튼, 가끔 각 과의 특이한 케이스를 말해서 의논을 교환하는데 케이스 발표자인 설예인 선생이 지목해서 묻더라고요."

"설예인 선생이?"

"선배도 알아요?"

"조금. 친해?"

"쉽게 친해질 수 없는 타입이죠."

이은수는 비호감이라는 말을 돌려 말했다.

"그젠 좀 괜찮았어요. 약간 기가 꺾여 보였다고나 할까? 누그러졌다고 해야 할까? 아무튼 평소와 달리 상냥한 목소리로 묻는데 제 영역이 아니라서 별로 해줄 말이 없더라고요. 그래서 좀 더 알아본 후에 말해주기로 했죠."

"나보다 다른 선생님들이 더 잘 알 텐데."

한의학에서 경험은 무시할 수 없다.

기술적인 부분이야 두삼이 앞설 수 있지만, 그들의 수십 년간 환자를 치료하면서 얻은 치료 경험은 때론 놀라운 결과를 만들어낸다.

"여쭈어 봤는데 다른 선생님들은 피부에 대해선 잘 모르시더라고요. 선배는 화장품도 만들었으니 그래도 잘 알 거 아니에요."

"케이스 바이 케이스지. 환자 상태는?"

"초등학교 4학년 때부터 시작해서 올해 대학교 2학년이 되는데 계속 심해지고 있는 상태예요. 붉은 반점이 점점 커져서 현재는 홍색피부 건선에 가깝대요. 한의학, 양의학 할 것 없이 수많은 병원에 다녔고 안 해본 치료가 없고요."

건선은 성장기 호르몬의 이상, 환경적인 요인, 유전적인 이유, 다른 병의 후유증 등 워낙 다양한 이유로 발생할 수 있다. 그래서 아직까지 '이런 이유에서다'라고 정확하게 말하기 힘들다.

이 말은 그만큼 완치가 쉽지 않다는 뜻이기도 하다.

병원에 다니며 나았다 싶지만 재발하는 예도 흔했고, 평생을 피부 질환으로 고생할 수도 있었다.

"국소형 약물은?"

"한강대학병원에서 쓰는 약물 중에는 맞는 것이 없대요. 오히려 썼다가 번진 모양이에요."

피부에 바르는 약으로 환자의 상태에 따라 달라질 수 있지만 가장 기본적이면서도 대부분의 환자들이 효과를 보고 있었다.

몇 가지 더 질문을 던져보지만 환자도, 담당의도 아닌 이은수에게 문진하는 것은 별 소용이 없는 짓이었다.

"환자의 상태를 정확히 봐야 알겠지만 나라면 환부를 노출시킨 상태에서 해를 보고 운동을 시키고, 한약으로 만든 국소형 약물을 사용하겠어."

"그런 약이 있어요?"

"내가 만든 건 아니고. 할아버지의 의료 기록에 나와 있어. 사상체질과 환자의 상태에 따라 조금 다르지만."

"음, 말로 설명할 만큼 범용화된 치료 방법은 없다는 말이네요?"

"그런 게 있었으면 너나 나나 모를 리가 없었겠지."

"하긴. 그러네요. 선배한테 도움을 청하라고 말해주고 이만 끝내야겠어요. 선배가 혹시나 범용화시키면 그땐 알려줘요. 점심 맛있게 드세요."

볼일이 끝났다는 듯 특실 안으로 들어가는 이은수. 언제 봐도 참 깔끔하다.

점심으로 샌드위치와 주스를 사서 케빈이 기다리고 있는 야구 연습장으로 갔다. 그는 이미 룸을 잡고 몸을 풀고 있는 중이었다.

그는 가지런한 치아를 드러내며 손을 흔들었다.

"늦었어요, 한. 근데 혼자 먹으면 맛있어요?"

"점심이야."

"오, 저런! 내가 아는 세계 제일의 의사가 점심으로 샌드위치라니. 내가 훈련 끝나고 스테이크 사줄게요."

"그럴 시간이 있을까 모르겠다."

"가엾은 한."

"날 생각해 주는 건 케빈 너밖에 없네. 그래서 하는 말인데 퇴원 못 하게 해서 내 옆에 영원히 묶어둘까 하는데, 네 생각은 어때?"

"내 앞에서 꺼져, 한! 난 남자 따윈 질색이야!"

"하하하!"

조금 남은 샌드위치를 입에 다 넣은 후 투구장 안으로 들어갔다.

"몸 다 풀었어?"

"풀어지다 못해 녹을 지경이에요. 근데 여전히 80%의 힘으로 던져야 해요?"

"또다시 급해졌네. 팀에서 복귀하라고 연락이라도 온 거야?"

"미안해요, 한. 투수 코치와 통화를 하다가 투구 연습하는 영상을 보냈거든요. 가장 최근에 한 검사 기록도요. 그랬더니 미국에 와서 제대로 테스트해 보자고……."

"사과하지 않아도 돼. 새로운 시즌이 시작되니 마음이 싱숭생숭하겠지. 다만 조급해하지 마. 완치됐다고 판단되면 네가 더 머문다고 해도 쫓아버릴 테니까."

"…네."

"좋아! 그럼, 오늘은 특별히 쫓아낼 수 있을지 테스트 해보자고. 30구 이후엔 90%로 던져도 좋아."

"진짜요?"

"물론. 근데 무리다 싶으면 바로 얘기할 테니 멈추는 거 잊지 말고."

"당연하죠! 제레미, 촬영 부탁해."

"당연한 얘긴 굳이 안 해도 돼, 케빈."

제레미는 케빈의 트레이너 코치다.

파앙! 케빈의 투구가 시작됐고 두삼은 그의 내부를 살폈다. 역시 몸의 근육과 균형을 맞추는 건 전문 트레이너가 해야 할 일이었다.

트레이너인 제레미가 훨씬 안정적으로 투구할 수 있게 만들었다.

"이제 90%로 던져요."

"어깨가 풀리지 않았으면 80%로 던져도 돼."

"이미 풀린 거 알잖아요."

퍽! 퍽! 매트에 공이 박히는 소리가 달라졌다.

그와 함께 속도를 나타내는 전광판의 숫자가 150을 꾸준히 유지했다.

과거 그가 얼마나 빠른 공을 던졌는지, 얼마나 강한 어깨를 가졌는지 모른다.

어릴 때 좋아하던 팀이 몇 년도에 한국 시리즈에서 우승했는지도 정확하게 기억하지 못하는데, 외국 선수인 케빈의 구속이 얼마였는지 기억할 수 있을까.

다만 한 가지 확실한 건 케빈의 어깨는 지금 아주 튼튼하다는 것이다. 케빈의 얼굴을 TV로 볼 날이 머지않았음을 두삼 직감했다.

"헉! 허억! 어때요?"

"훌륭해."

"좀 더 던질까요?"

"1회에 너무 많이 던지는 건 무리지. 잠시 쉬었다가 네 주무기들을 던져보기로 하자. 90%로."

"하하! 농담이… 에?! 더 던져도 된다고요? 게다가 슬라이더와 커브까지?"

"응. 다만 오늘은 80구까지야. 15구 던지고 쉬었다가 다시 15구 던지는 거로 하자고."

"하하하! 1구씩 던지고 쉰다고 해도 만족해요!"

"그리고 스테이크는 사는 건 최대한 빨리해. 쫓아낸 후에 얻어 먹는 건 염치가 없잖아."

"하하하하하! 100번이라도 살게요. 설령 쫓아낸다고 해도 말이죠. 말 나온 김에 오늘 먹을까요?"

"오늘은 무리야."

투구 연습이 끝난 후 VIP실로 가 케빈의 어깨 마사지를 해줬다. 그리고 병실을 나와 내려가려는데 아까 이은수가 한 말이 마음에 걸렸다.

솔직히 설예인을 생각해서라기보단 환자에 대한 마음이 더 컸다. 초등학교 때부터 건선이라니 얼마나 힘들었을까.

그러나 곧 고개를 저었다.

'쩝! 도움이 필요하면 말하겠지.'

딱히 도움을 청한 것도 아닌데 환자를 보는 건 큰 실례였다.

포기하고 도착한 엘리베이터에 타려고 하는데 나오는 설예인과 딱 마주쳤다.

"어! 오빠. 아, 병원에선 한 선생님이지? 어젠 잘 들어갔어요?"

"…호칭이야 아무럼 어때. 건선 환자 보러 온 거야?"

"네. 근데 제가 건선 환자 맡고 있다는 건 어떻게 알았어요?"

"한방내과 이은수 선생에게 들었어."

"아! 이은수 선생이 알아봐 준다더니 오빠한테 물었군요? 그래서 말해줬어요?"

"이 선생에게도 말했지만, 범용화된 방법은 없어. 다만 심한 건선 환자를 고친 케이스는 몇 개 알고 있긴 한데 환자의 상태를 정확히 모르니 애매해."

"직접 봐야 한다는 얘기군요?"

"그렇지."

"그럼… 봐줄 수 있어요?"

두삼은 잠깐 고민하다가 말했다.

"알았어. 근데 내가 나서도 괜찮겠어?"

"오빠가 뭘 걱정하는지는 알겠는데 원장님이 다른 사람의 도움을 받는 건 상관없다고 했어요. 물론 제가 담당의지만요."

"네 생각이 그렇다면……"

두삼이 걱정하는 건 원장님이나 병원 측의 이목이 아니다. 지나친 자신감이라고 할 수 있겠지만, 환자로선 두삼 자신을 담당의로 볼 가능성이 컸다.

자신의 말을 잘못 이해하는 것 같았지만 진료 후에 다른 방법을 생각해 보기로 하고 병실로 갔다.

노크하고 설예인의 뒤를 따라 들어갔다. 한데 다짜고짜 보호자의 불퉁한 목소리가 들렸다.

"도대체 언제까지 이렇게 내버려 둘 거예요? 대책이 없으면 없다고 말을 해요!"

"…사모님, 적절한 방법을 찾느라……"

"방법이 있긴 있는 거예욧!"

딱히 호감이 가지 않는 설예인이지만 혼나는 모습을 보니 왠지 짠했다.

저자세의 설예인에게 다시 입을 열려던 보호자는 뒤따라온 두삼을 발견하곤 말을 멈췄다. 그리고는 눈을 좁히며 얼굴을 뚫어지게 본다.

"아! 당신은……!"

"…안녕하세요. 환자를 보러 왔습니다."

"TV에서 나오는 소문의 유명한 한의사분 맞으시죠?"

갑자기 목소리가 교양 넘치는 사모님의 목소리로 바뀌었다. 어느 쪽이 원래 모습인 건지.

"글쎄, 유명한지는……."

"어서 오세요. 안 그래도 원장님께 선생님에게 진료를 받을 수 없는지 문의했었어요. 미연아, 저번에 말했던 그 선생님 오셨어."

"……."

고개를 돌리고 있던 미연은 뒤돌아 두삼을 보더니 갑자기 이불을 홱 하고 덮어버린다.

"아니, 얘가! 이불을 덮으면 선생님이 어떻게 보니. …죄송해요, 선생님. 건선이 심해져서 애가 스트레스를 많이 받아서."

"괜찮습니다. 제가 얘기해 봐도 될까요?"

미연의 엄마가 비켜서자 두삼이 침대로 다가갔다. 딱히 뭐라 설득할 말이 있는 건 아니었다.

그저 진실을 진심으로 말해주는 수밖에.

"건선, 마른버짐은 감추려 할수록, 스트레스를 받을수록 더 심해져요."

"……."

"동의보감에선 폐주피모(肺主皮毛)라 하여 폐가 제 역할을 하지 못해 작은 호흡기라고 할 수 있는 피부 구멍과 털구멍이 호흡을 못 해서 생기는 병이라고 보죠. 즉, 지금처럼 계속 방에만 있으면 점점 심해질 거예요. 반대로 폐가 좋아지면 피부 곳곳에 쌓인 노폐물과 독소가 배출되면서 좋아질 수 있어요."

"……."

"물론 당장 좋아진다고 확답을 할 수 없어요. 다만 제가 진맥을 해서 증상을 정확하게 파악하게 되면 설 선생이 최선을 다해 좋아지도록 노력할 거예요. 물론 미연 학생의 노력도 필요해요."

"…제가 어떻게 할 수 있는데요?"

"지금은 손목을 잡고 진맥하게 해줘요. 건선을 볼 수 있으면 더 좋고요."

"……."

긴 침묵이 이어졌다.

그녀의 어머니가 답답한 듯 외치려 할 때 덮고 있던 이불이 들썩이며 건선이 가득 핀 팔이 나왔다.

건선의 특징이라고 할 수 있는 부어오른 오른 듯 두꺼워진 피부에 붉은 피부와 하얀 각질이 섞여 있다.

안쓰럽게 보는 것도 잠시, 두삼은 그녀의 손목의 맥을 잡았다.

'폐가 음해. 전체적으로 몸도 차고.'

맥으로 어느 정도 몸을 살핀 후, 기운을 이용해 내부를 살폈다.

맥을 짚는 것만으로도 어느 정도 내부가 보이기 시작했지만,

그래도 기운을 이용해 세밀하게 살펴야 마음이 편했다.

'나이가 몇인데 뼈까지 한기가 들다니, 어릴 때 어디가 심하게 아팠던 모양이네.'

태음인으로 선천적으로 폐가 약한 데다가 몸이 차니 양기가 자꾸 밖으로 밀려난다. 그런데 피부가 숨을 쉬지 못하니 피부에 쌓일 수밖에.

"어릴 때 심하게 앓은 적 있죠? 뭐였어요?"

"…역시 듣던 대로 대단하시네요. 감기였어요. 초기에 잘못해서 6개월 이상 끌어서 나중엔 대학병원에서 2주일 넘게 있었어요."

"그랬군요. 몸 상태는 파악했으니 설 선생이 제대로 치료를 해줄 겁니다."

"…선생님이 해주시는 거 아니에요?"

"피부는 전문의에게 맡기셔야죠. 전 몸 상태만 정확히 파악만하는 겁니다. 너무 걱정하지 마세요. 설 선생 말대로만 하면 금세 많이 좋아질 겁니다. 미연 학생, 다음에 볼 땐 얼굴 보고 얘기해요."

가볍게 그녀의 팔을 토닥거려 주곤 병실을 나왔다.

들어갈 때와 달리 뒤따라 나온 설예인이 물었다.

"…치료가 가능할 것 같아요?"

"한의학적으로 보자면 몸이 너무 차. 한기를 다스리면서 폐의 기운을 북돋우면 흉터는 조금 남겠지만 충분히 좋아질 거야."

"다행이네요."

"먹는 약은 내일, 바르는 약은 사흘쯤 걸릴 거야. 약을 먹으면 마사지가 필요하니 사람 보낼게. 그동안 넌 미연 학생 데리고 밖에 나가서 같이 운동해 줘."

"운동이요?"

"응. 가장 중요해. 반드시 건선이 있는 모든 부분을 노출시키고 햇볕 아래서 해야 해."

"…자외선 치료라는 건 알겠는데 다 노출하려면 속옷만 입어야 하는데……. 설령 한다고 해도 아직 날씨가 춥고요."

"생각해 둔 곳이 있어. 그곳이 안 되면 아파트 옥상에 올라가서라도 반드시 해야 해."

할아버지의 건선치료법에서 가장 중요한 것은 바로 태양 아래에서의 노출과 운동이었다.

양방의 광선치료와 일맥상통하는 것으로 '반드시'라고 진료기록에 적혀 있을 정도로 중요했다.

"그건 그렇고, 오빠가 충분히 할 수 있는 치룐데 왜 저에게 하는 것처럼 한 거예요?"

"시간이 없어. 그리고 해보면 알겠지만 네가 대부분 해야 해. 그러니 네가 하는 거지."

"…고마워요."

"괜찮아. 시간될 때 한 번씩 들를게, 수고해."

설예인과는 아직 어색했기에 얼른 말을 끝내자마자 도착한 엘리베이터를 타고 내려왔다.

*   *   *

연구소 건물 위엔 뭘 위해 만들었는지 알 수 없는 유리온실이 있다.

바닥에서 2미터 가량은 반투명하게 되어 있고 본관 방향으로 선팅이 되어 있어 어느 방향에서 보든 내부를 보기엔 힘들었다.

김영태 교수는 기둥 옆에 있는 컨트롤 박스를 가리키며 말했다.

"여기서 맞춘 온도에 따라서 자동으로 천장의 문이 열려서 공기 순환에도 아무런 문제가 없다네."

"좋네요. 근데 환자를 위해 써도 되는 겁니까?"

"우리가 하는 연구도 환자를 위함인데 당연히 괜찮지. 어차피 놔둬 봐야 딱히 쓸데도 없는 상태고."

"감사합니다."

"그나저나 이번엔 뭘 연구하고 있나? 건선 치료제라도 개발하려고?"

"아뇨. 제가 그럴 능력이 있나요."

"뇌전증 치료제를 개발하지 않았나?"

"그건 교수님과 연구원들이 있어서 가능했지, 저 혼자 했으면 평생을 해도 못 했을 겁니다. 근데 치료제 출시는 잘되어가고 있습니까?"

"몰랐나? 허어~ 개발자가 출시 계획을 모르고 있다는 게 말이 되나? 지원 팀에서 뭘 하기에……."

"하하! 제가 관심이 없었던 겁니다. 뭔가 몇 번 왔는데 확인을 안 했거든요."

"우리나라에서 손꼽히는 부자로 만들어줄 일인데 그리 관심이 없어서야……. 하긴 그게 자네답긴 하네. 현재 공장에서 열심히 물건 생산 중이네. 5월 말일쯤 대대적인 발표와 함께 전 세계로 팔려 나갈 걸세."

"많은 이들을 뇌전증에서 해방시킬 수 있겠네요."

"그렇지. 참! 현재 임상 시험에 참가 중인 환자 중 한 명에게 약이 효과가 없다네."

"…그래요?"

완벽한 약 따윈 없다는 걸 알면서도 자신이 참여해 만든 약이라서 그런지 모든 환자에게 효과가 있길 바랐다. 결국 예외가 발생한 것이다.

"현재는 연구소 측에서 시험 중인데 끝나고 나면 자네가 직접 확인해 보고 치료해 줬으면 하네."

"시험에 참여한 사람인데 당연히 그래야죠. 음, 그럼 5,000명 중 1명꼴인 겁니까?"

"일단은. 사용자가 많아지면 정확히 나오겠지. 100명 중 1명이라고 해도 엄청난 약임엔 틀림없지."

"그렇죠. 아무튼 흡연자들에겐 미안하지만 한동안 이곳은 제가 좀 쓰겠습니다."

"옥상보다 건물 밖에 있는 흡연실이 더 가까우니 상관없을 걸세."

유리온실의 사용을 허락받고 약재실로 향했다.

기를 북돋을 약은 약재실에 부탁을 하고, 바르는 약을 만들 약재를 받아 집으로 향했다.

주차를 하고 약재를 챙겨 오랜만에 자신의 집으로 갔다. 한약을 만드는 장비는 이곳에 있었다.

"여어~ 안마 받으러 왔어?"

현관에 들어서자 황강과 함께 차를 마시고 있던 이진철이 손을 흔든다.

"형이 해주면 받고요."

"남잔 여자에게 받아야지. 그래야 기운이 통하고 좋은 거 아니겠어. 태국 마사지사 실력 좋아."

"생각해 보죠. 근데 한가한가 봐요?"

"조금 전까지 존나 바빴거든!"

"…평범한 인산데 왜 그렇게 발끈해요?"

"어떤 나이든 놈이 와서 날 셔터맨으로 몰면서 혜경이한테 꼬리를 치잖아."

"그 양반 죽이진 않았죠?"

"내가 철없는 20대도 아니고 가정이 있는데 그럴 수 없지. 근데 이 친구가 조용히 따라가서 패줬어. 하하하! 경찰이 오긴 했지만 난 가게에서 일하고 있었으니까 혐의 없음으로 결론 났지만."

"하아~ 그래서 사이좋게 차를 마시고 계셨군요?"

"친구에 대한 예의지."

"좋으시겠어요. 황강 형님, 위층에 사강 누님 계세요? 잠깐 일 좀 해야 하는데."

황강과 사강이 현재 두삼의 집을 사용하고 있었다.

"아니. 아가씨랑 하란 양 쇼핑 가는 데 따라갔어."

"형님은 웬일로 안 갔어요?"

"여자들끼리 가야 하는 곳이래."

"그렇구나. 그럼 차 잘 마셔요."

두 사람에게 인사하고 올라가 장비를 꺼내 약을 만들 준비를 했다.

신체 내부적으로는 몸을 따뜻하게 하고 폐를 건강하게 만들어 병의 원인을 제거할 수 있지만 오랜 시간 건선으로 인해 망가진 피부는 별도의 조치가 필요했다.

피부에 수분이 없으니 수분을 보충함과 동시에 달아나지 못하게 하고, 상처의 열기를 빼고, 새로운 피부가 돋아나게 만드는 한약.

체질과 피부 타입에 맞게 할아버지가 정리를 해뒀기에 그냥 만들면 됐다. 치료 방법에 대해서는 악착같이 감추려던 분이 한약은 지나치다 싶을 정도로 상세하게 적어뒀기 때문이다.

치료는 이해하지 못하면 하지 말고, 한약은 확실하게 쓰라는 의미일지도 모르겠다.

아무튼, 정량을 순서대로 넣고, 정확한 불 조절로 정해진 시간만큼만 끓이면 됐다.

은은한 한약 향이 방을 가득 채울 때쯤 황강이 티타임을 끝냈는지 올라왔다.

"30분 정도만 더 끓이면 끝나요."

"천천히 해도 돼. 1시간쯤 더 걸릴 거라고 하더군. 저녁은 알아서 먹으래."

"그럴 줄 알았어요. 우리 둘이 먹어야겠네요. 간단하게 치킨에 생맥주 어때요?"

"좋지."

치킨과 생맥주를 시킨 후 불을 약하게 줄이고 배달을 기다리고 있는 그가 입을 열었다.

"넌 려령이를 어떻게 생각해?"

"동생이죠."

"어떤 일이 있어도?"

"경우에 따라 다르겠죠? 다만 그녀와 관계없는, 가령 아버지 일로 그 앨 싫어하는 일은 없을 거예요."

"…알고 있었어?"

"고향집에 들른 중국인에 대해 들었거든요. 근데 려령이를 보러 간 호텔에서 비슷한 사람을 봤죠."

"려령인 몰라."

"알고 있었으면 자랑하듯 말했을 테죠. 려령이 그런 애니까요."

"이해해 줘서 고맙다."

"이해하고 말 것도 없어요. 근데 그런 말을 저한테 해도 괜찮은 거예요?"

"내 일은 그 애가 행복하게 지내게 하는 거니까."

"형님이 옆에 있는 것만으로 행복할 겁니다."

"아니. 난 안정을 줄 뿐이야. 아무튼, 네가 알고 있으면서도 모른 척해준 은혜는 갚으마."

"은혜는 무슨… 정 갚고 싶으면 오늘 치맥은 형님이 쏘세요."

"훗! 그걸로 부족하지. 오늘 치맥은 형으로서 내는 거로 하자."

"훗! 그러든가요. 근데 형님 웃는 모습 오늘 처음 보는 것 같네요."

"…그런가?"

그는 어색하게 다시 한번 웃곤 아직 도착도 하지 않은 치맥값을 계산하러 아래로 내려갔다.

*　　　　*　　　　*

3월 1일이 금요일이라 연휴가 되어버린 덕분에 2월의 마지막 날은 꽤나 부산하다.

"이 한약은 하루 두 번, 아침에 한 번, 저녁에 한 번 먹어야 해. 마시고 난 후엔 뜨거운 기운을 뼛속 깊숙이 스며들게 한다는 마음으로 마사지를 하고. 그리고 마사지를 끝낸 후 이 약을 환부에 문지르면서 두툼하게 잘 발라줘."

"근데 제가 VIP실 환자를 봐도 되는 겁니까?"

"담당의가 허락했는데 뭐가 문제야?"

"설 선생님은 당연히 선생님 말이니까 그런가보다 하는 눈치였단 말입니다. 레지던트라고 하니까 안색이 급속도로 나빠지던데요."

"네가 직위가 레지던트지, 실력이 레지던트는 아니잖아. 안 그래?"

"언제부터요?"

이 자식이 요즘 부쩍 기어오른단 말이야. 아직 기운을 못 느껴 스트레스를 받는 건가?

"오늘부터."

"…아, 네. 그냥 선생님이 하시면 되지 않습니까. 전 옆에서 열심히 지켜보겠습니다!"

"난 안 돼. 성추행 협의가 있는 상태에서 마사지는 삼가는 게 좋아."

"신고했다는 여자가 가타부타 말이 없다면서요?"

"없으니까 문제지. 아무튼, 잔말 말고 시키는 대로 잘해. 이상한 짓 하다가 나처럼 신고당하지 말고."

"…아! 전교선 씨가 오면 어떻게 합니까? 오늘쯤 올 것 같은데요."

전교선은 사흘 전 한쪽 눈이 보이지 않는다며 왔었다. 몇 시간만 놔두면 시신경이 다칠 수 있어 곧바로 치료하고 보냈는데 그 후론 오지 않고 있었다.

"내가 하면 돼."

"…언제는 기운을 느끼라면서요?"

"조금 어렵겠지만 이번 환자에게서 느껴 봐."

"그래도……."

"알았어. 정 싫으면 하지 마. 은서 시키면 돼. 대신 넌 건선에 대한 보고서 제출해."

"VIP실에 다녀오겠습니다!"

무슨 말이 더 나올세라 양태일은 한약을 챙겨 번개처럼 사라졌다.

양태일이 사라지자마자 노크 소리와 함께 문이 열렸다. 엘튼이었다.

"한 선생, 회의하러 가자."

"네. 가시죠."

오늘 회의는 3월 4일부터 같이 일하게 되는 동료를 소개받기로 한 자리였다.

"그런데 새로운 선생 오는데 웬일로 회의를 다 한대요? 전엔 이런 거 없지 않았나?"

"없었지. 전엔 회식 자리에서 소개하는 게 다였어."

"그런데요?"

"한방내과 황 과장이 고집을 피운 거지. 자신의 입지를 높일 겸, 새로운 선생도 주목시킬 겸."

"실력이 없으면 역효과지 않아요?"

"소문으론 실력은 꽤 있다나 봐. 물론 황 과장 입에서 나온 말일 테니 근거는 없지만."

"이왕이면 실력이 좋았으면 좋겠네요."

"동료가 실력이 좋으면 나쁠 거 없지. 다만 황 과장이 잘난 척할 걸 생각하니 끔찍하다."

"하하! 그건 그렇죠."

얘기하는 사이 회의실 앞, 안마과 선생들은 입을 닫고 자리에 가서 앉았다.

사람들이 모이자 고웅섭 센터장이 바로 회의를 시작했다.

"오늘은 다음 주부터 함께 일할 식구를 소개하기 위해 모였습니다. 침구과와 한방내과에 각각 한 명씩 충원이 되었는데, 큰 박수로 반겨주시길 바랍니다. 자! 그럼 먼저 침구과 선생부터 소개하겠습니다. 권세라 선생, 나오세요."

고웅섭의 말에 큰 키에 약간의 덩치가 있는 권세라가 대기실서 나와 단상으로 올라갔다.

짝짝짝짝짝!

"처음 뵙겠습니다. 작년 침구과 전문의를 딴 권세라라고 합니다. 아직 부족한 점이 많으니 선배님들의 많은 지도 편달 부탁드립니다."

"어서 와요!"

"환영해요!"

정형화된 인사였지만 이런 자리엔 딱 맞는 인사였고, 회의실의 한의사들은 손뼉을 치며 그녀를 맞이했다.

"한방센터에 적응할 수 있도록 많이들 도와주세요. 다음은 한방내과에 합류하게 된 선생을 소개합니다. 김장혁 선생, 나오세요!"

응? 김장혁?

귀를 의심하며 단상으로 올라오는 사내에게 시선을 고정했다.

익숙한 얼굴, 보일 듯 말 듯 살짝 올라간 오만한 미소, 반달처럼 눈이 휘어져 웃고 있는 듯 보이지만 날카롭게 번쩍이는 눈빛.

악양에서 보았던 김장혁이었다.

"처음 뵙습니다. 한방내과에서 일하게 된 김장혁입니다. 잘 부탁드립니다."

권세라와 달리 당당한 태도.

호감 가는 얼굴에 당당한 태도가 사람들에게 더 좋게 보였는지 박수가 조금 더 컸다.

그는 미소 띤 얼굴로 천천히 회의실을 훑어보다가 두삼과 눈이 마주치자 활짝 웃었다.

두삼은 그의 눈을 피하지 않고 마주 보았다.

그러고는 낮게 중얼거렸다.

"지저분하게 굴더니……. 너였냐?"

93. 무인도에서

회의가 끝나고 이방익에게 말했다.

"전 잠깐 아는 얼굴 좀 보고 갈게요."

"응, 새로 온 선생 중에 아는 얼굴이 있는 거야?"

"네. 같은 초등학교를 나왔거든요."

"김장혁 선생이랑 아는 사이였던 거야? 난 또, 침구과 권세라 선생이랑 전에 연인 관계인가 했네."

이방익과 엘튼은 흥미가 떨어졌다는 표정으로 가버린다. 매번 티격태격 해도 저런 걸 보면 영락없이 피가 섞인 외삼촌과 조카다.

회의실 앞에서 대기하고 있자 황오열과 김장혁이 재미있는 얘기라도 하는지 웃으며 나왔다.

김장혁은 두삼을 보고 황오열에게 말했다.

"저기 한 선생이 절 기다리고 있는 것 같은데 잠깐 얘기를 하고 가겠습니다."

"응? 한 선생이랑 아는 사이야?"

"약간의 인연이 있습니다."

"그래? 천천히 얘기하고 오게."

꾸벅 인사를 하자 무시하듯이 고개를 팽 돌리며 가버리는 황오열을 보니 어이가 없었다. 잘못한 놈이 성을 낸다더니 딱 그 짝이다.

두삼의 표정을 본 김장혁이 말했다.

"어른을 볼 때도 그 빌어먹을 눈빛은 여전하구나."

"삐딱한 눈빛으로 보니 그렇게 보인다곤 생각도 안 하는 거냐? 오랜만이다."

"다시 보면 발기불능으로 만들어 버리겠다는 협박을 하고 간 후 처음이지."

"그랬나? 쓰레기 같은 인간들을 보낸 것에 발끈해서 한 말이니 잊어라. 그때도 말한 것 같은데 그런 게 가능할 리가 없잖아. 아무튼 간만에 만났는데 악수는 해야겠지?"

두삼이 빙긋 웃으며 손을 내밀자, 김장혁은 머뭇거림 없이 손을 잡으며 힘을 줬다.

"가능하다고 해도 상관없어."

"그새 실력이 많이 는 모양이네? 어깨 뭉침도 제대로 치료 못 했는데 말이야."

그의 왼쪽 눈이 미세하게 실룩거리며 눈빛이 서늘해졌다. 의술은 늘었는지 모르지만 음습한 성격은 여전한 것 같았다.

"아! 미안. 괄목상대라는 고사성어도 있는데. 하물며 2년인데 그대로일 리 없겠지. 아무튼 잘하길 바란다."

"내 귀엔 선배로 텃세를 부리겠다는 말처럼 들리는데, 아닌가?"

"삐딱하긴. 진심이야."

"네가 가진 명성을 다 내가 가진다고 해도 그런 소릴 할 수 있을까?"

"그러든가."

지금의 명성 딱히 반갑지 않다. 사람들이 알은체할 때마다 어떻게 반응해야 할지 모르겠다.

만일 명성을 얻기를 원했다면 병원이 아니라 개인 병원을 차려 VIP들 치료만 전념하는 것이 더 빨리 얻을 수 있을 것이다.

솔직히 김장혁이 다 가져간다고 해도 1년 안에 다시 명성을 얻을 자신이 있었다.

'지금은 차라리 가져가는 게 더 좋고.'

명성보다 차분히 환자 치료에 전념하고 싶었다.

그리고 가져가 봐야 일만 죽을 듯이 하게 될 거라는 걸 알고 나 있는 건지 모르겠다.

"…과연 그때도 지금처럼 여유로운지 보자."

"아무튼, 열심히 노력해서 꼭 뺏어가라. 그리고… 아무것도 아니다. 간다."

전교선 씨의 경우처럼 쓸데없는 짓은 말라고 하려다가 말았다. 알려 봐야 더 은밀하게 일을 벌일 가능성이 높았다.

돌아서자 뜨거운 눈빛이 느껴졌지만 무시했다.

사람이 거의 없는 복도에 들어서 중얼거렸다.

"…루시."

—네, 두삼님.

"방금 개 감시할 수 있어?"

—감시망을 만들려면 이틀쯤 걸릴 거예요.

"그럼 해줄래?"

—알겠어요. 시작되면 말씀드리죠.

가만히 두고 보기엔 김장혁은 위험한 인물이었다.

$$*\qquad\qquad*\qquad\qquad*$$

3월이 되면서 미세먼지가 심했다.

정부에서도 대책이 없으니 각자도생하는 수밖에 없는 상황.

한강대학병원은 재작년에 미세먼지를 위해 대대적인 공기청정 장비를 설치했지만 워낙 오가는 사람이 많다 보니 올해는 추가로 진료실, 병실에 추가로 공기청정기를 설치했다.

두삼은 계약을 맺고 있는 업체에 100평형 공기청정기를 추가로 받았다.

"전원만 꽂으면 된다고 하셨죠?"

"네. 전원만 연결하고 뒤에 달린 스위치를 켜면 인공지능으로 공기 정화를 시작할 겁니다."

"그럼 여기서부터는 제가 하겠습니다. 수고하셨어요. 이건 가시면서 음료수라도 드세요."

옥상까지 가볍지 않은 공기청정기를 나른 공기청정기 회사 직원에게 팁을 줬다.

"아, 아닙니다. 병원과 계약되어서 일하는 건데요."

"그거랑 상관없이 드리는 겁니다."

그의 호주머니에 신사임당을 꽂아주자 직원은 고맙다는 인사하고 내려갔다.

옥상문을 닫은 두삼은 설예인에게 연락했다. 그녀는 묘한 상상을 불러일으키는 목소리로 전화를 받았다.

—하아! 하악! …네, 오빠.

"혹시 지금 유리온실에 있냐?"

—네. 오빠가 햇빛이 가장 좋을 때 운동하라고 했잖아요. 왜요?

설예인은 미연 학생이 건선을 노출하고 태양아래서 운동을 시키기 위해 자신도 비슷한 복장으로 함께하고 있었다.

"요즘 같은 날 운동하면 건강이 더 나빠질까 봐 공기청정기 설치하려고. 지금 옥상에 있어."

—꺅! 드, 들어오면 안 돼요!

"…소리 지르지 마. 사정 빤히 아는데 들어가겠냐? 옷 입고 문 열어줘."

—…네.

느긋하게 뿌연 하늘을 보고 있기 10분. 유리온실의 문이 열렸다.

직사각형 박스형 공기청정기를 밀고 안으로 들어가자 온실답게 따끈한 열기가 느껴진다.

작년부터 유행했던 롱패딩 코트를 입은 설예인은 땀이 송골

송골 맺힌 얼굴을 한 채 도와주려는 듯 공기청정기에 손을 올리며 물었다.

"…나중에 설치해도 되지 않아요?"

"잘하고 있나 겸사겸사 온 거야. 제발 그런 눈으로 보지 마. 좋은 일 하고 욕먹고 싶진 않다."

"제, 제 눈이 어때서요?"

"요래 가지고 변태를 보는 눈이야."

두삼은 양 검지를 이용해 눈꼬리를 올리며 말했다.

"아니거든요!"

"그렇거든요."

말을 하면서 전원 코드를 꽂고 스위치를 켰다.

내부 공기가 안 좋았는지 우웅! 하는 소리와 함께 빠르게 공기 청정을 시작했다.

"됐다! 근데 미연 학생은… 저기 있구나."

롱패딩을 입고 기둥 뒤에 숨어 있었다. 천천히 다가가 인사했다.

"그때 인사했었죠?"

"…네."

"그때처럼 손 좀 줘볼래요?"

한 번 해봤다고 이번엔 머뭇거림 없이 팔을 내밀었다. 패딩을 살짝 걷어 살펴보니 두께와 붉은 기운이 연해진 것이 한결 좋아졌다.

맥을 짚어 보니 양태일이 제대로 하고 있는 건지 한기가 조금 빠졌다. 다만 양태일의 기운으론 한계가 있는지 뼈까지 스며든

한기는 여전했다.

'조금 도와줘야겠네.'

두삼의 손이 새하얗게 빛나며 뜨거운 기운이 그녀의 팔로 스며들었다. 그리고 한기가 가득한 곳을 따뜻하게 덮었다.

"…선생님 손에서 뜨거운 기운이 제 몸으로 들어오는 거 같아요. 아니, 뜨겁다기보단 따듯해요."

한기에 너무 오랫동안 노출되어 따뜻한 기운이 느껴지는 건가? 아님, 타고난 능력?

타고난 능력이라면 대단한 능력을 가진 것 같은데 경영학과라고 하니 쓸모없는 능력이나 마찬가지다.

이런저런 생각을 하며 기운의 3분의 1을 불어준 후에야 손을 뗐다.

"치료 잘 받아요."

"…고맙습니다."

치료가 어느 정도 되고 있다는 걸 아는지 처음 봤을 때보다는 목소리가 밝았다.

설예인에게 수고하라는 말을 한 후 향한 곳은 한강대학교 대운동장.

학교 야구부에 양해를 구하고 케빈이 야구 경기처럼 투구를 하는 날이었다. 미세먼지가 심해 연기를 할까 했지만 하루쯤은 상관없다고 케빈이 강행했다.

대운동장이 가까워지자 '오오!', '이야!' 감탄사가 작게 들려왔다.

구경꾼들이 케빈의 투구에 지르는 함성이었다.

계단을 내려가 1루 측 벤치로 가자 제레미와 양태일이 앉아서 던지는 걸 구경하고 있었다.

양태일에게 물었다.

"몇 회냐?"

"20구를 던지기로 한 6회 말입니다."

"지금까지 몇 구나 던졌어?"

"87구요. 7회까지 105구 던지는 거로 했습니다."

"100구만 던지라고 했는데……."

마음에 들진 않았지만 9회까지 던지지 않는 것으로도 다행이라 생각하곤 의자에 앉았다.

포수도, 야수도 없는 운동장에서 세로로 세워진 매트를 향해 공을 던지는 케빈은 참 고독해 보였다.

현재 케빈은 투수 롤플레잉 중이다.

회마다, 공을 던질 때마다 시간을 정해뒀고 상황 역시 다 짜여 있었다.

옆에 놓여 있는 계획서를 보니 6회 말, 주자 1, 2루 상황에서 7번 타자에게 공을 던지고 있었다.

93구를 던진 케빈이 수비를 마치고 들어오다가 한을 보고 인사했다.

"한, 왔어요?"

"표정이 왜 그래? 만날 던지고 싶다고 노래를 부르더니 막상 던지니까 힘이 드는 모양이네."

"벌써 4점이나 줬거든요."

"이왕 하는 거 퍼펙트게임으로 할 것이지……."

"복귀해서 실망할까 봐요. 미리 예방주사 맞는 거죠. 헤헤."

"자신감이 우선 아냐?"

"그래서 7회는 세 타자 다 삼진으로 잡을 겁니다."

"앉아 봐. 어깨 상태 좀 보자."

몇 달간 함께했는데 도통 무슨 생각을 하는 건지 모르겠다.

어깨를 보니 실핏줄과 근육이 여러 군데 손상됐다. 하지만 근 개와 힘줄, 굵은 혈관은 무사했다.

'이젠 퇴원시키고 나머진 구단에 맡겨야겠네.'

야구 선수들을 전문으로 한다면 더 손볼 곳이 있을지 모르지 만, 지금으로서는 손댈 곳이 없었다.

마지막 문진이라고 생각하고 물었다.

"던질 때 어때?"

"아직 몸이 올라오진 않아 정확히 알 순 없지만 전성기 때랑 비슷해요. 왜요? 이상한 곳이 있어요?"

"아니. 너무 멀쩡해서 물어본 거야. 오늘 저녁은 스테이크로 먹자. 100번을 산다는 녀석이 도대체 언제 사려고 자꾸 미루 냐?"

"…그럼?!"

"사흘쯤 쉬다가 메이저리그로 가버려."

"으아아아아악!"

갑자기 미친 듯이 비명인지 함성인지 모를 고함을 치는 바람 에 깜짝 놀랐다.

"깜짝이야! 왜 고함을 지르고 난리야!"

"하하하하하! 너무 기분이 좋아서요. 이번 회엔 공 9개만 던질

게요. 지금이라면 다 삼구삼진 잡을 수 있을 것 같거든요."

"니 맘대로 하세요."

케빈은 7회 말 투구를 위해 마운드로 향했다. 그리고 100% 힘으로 뿌려댔다.

"…저 미친놈이 퇴원 결정한 날 다시 입원하고 싶나, 왜 저래?"

두삼은 투덜거리면서도 엉덩이를 떼지 않고 마지막 9구를 지켜봤다. 눈앞에서 보는 건 오늘이 마지막이니 눈에 담아두고 싶었달까.

다음에 그의 투구를 보는 건 분명 TV속 메이저리그 마운드일 것이다.

*   *   *

채널H의 문찬승 PD가 전화를 받았다.

─전설의 고수에 대한 제보를 받으시죠?

"네, 그렇습니다. 제보하시게요?"

─어느 정도로 방송을 할 건지 물어봐도 될까요?

"……?"

이 사람 뭐지? 라는 의문이 들었다.

그러고 보니 제보를 받는 번호는 조연출과 작가의 자리에 있는 일반 전화지, 자신의 스마트폰이 아니었다.

묘한 느낌을 받은 문 PD는 서둘러 답했다.

"정보에 따라 다릅니다. 방송할 분량만 많다면 특집이라도 할 생각입니다. 제보자께서도 아시겠지만, 저희 프로그램 이름이 전설을 찾아서가 아닙니까."

―그렇군요. 30분 후쯤에 퀵이 도착할 텐데 그걸 보시고 좋은 방송 부탁드립니다.

"물론이죠. 근데 전화 거신 분은 전설 분과 어떻게 되시는지 여쭈어봐도 될까요?"

―전해주라는 부탁을 받았습니다. 그럼 이만.

매정하게 끊기는 전화.

"그 양반 참 성질 급하네. 좋은 방송을 부탁하면서 제대로 답도 안 해주면 어쩌라는 건지……."

투덜거리면서도 남자의 진중한 목소리 때문인지 은근히 기대되는 건 어쩔 수 없었다.

초조하게 30분을 기다리니 퀵서비스가 도착했다.

금빛 보따리를 풀자 운동화 박스만 한 나전칠기 상자가 나왔다.

달칵! 하는 소리와 함께 상자가 열리자 여러 장의 사진과 오래된 서류들이 차곡차곡 쌓여 있었다.

문 PD는 마치 귀중한 골동품을 만지는 것처럼 맨 위에 있는 몇 장의 종이부터 확인했다.

오래된 주민등록등본과 최근에 뽑은 듯한 주민등록등본, 거기에 가족 관계 증명서까지 한 집안의 정보가 고스란히 적혀 있었다.

"…뭐지?"

한언수라는 이름 위에 형광펜으로 밑줄을 그어놓은 것은 이해했다. 근데 이상한 이름이 보였다.

한언수의 아들 한용세, 한용세의 아들 한두삼.

"한두삼 선생의 집안을 왜? 설마……!"

서둘러 다음 서류를 살피던 그의 눈은 두 장의 사진에서 멈췄다.

한 장은 전설이라고 생각되는 중년인의 사진. 다른 한 장은 오래된 고택을 배경으로 찍은 가족사진.

"…한 선생이 전설의 손자?!"

일부러 만들려고 해도 어려웠을 일이 실제로 일어난 것이다.

대박이었다!

*　　　*　　　*

부르스는 약속대로 한 달 만에 병원에 방문했다. 두삼이 기운을 유도할 때보다 더디긴 했지만 종양들은 착실하게 크기를 줄여 나가고 있었다.

마사지로 몸의 노폐물을 제거하고, 기운을 유도해 독맥과 임맥의 순환을 시켜주고, 한방색전술을 점검한 후에 말했다.

"다 됐습니다."

"수고했네. 한 선생이 마사지를 하고 나면 냄새가 너무 많이 난단 말이야. 샤워하고 와서 얘기를 나누지."

그가 샤워를 하는 동안 폴린과 간단한 수다를 떨었다. 부르스는 20분쯤 지나서야 샤워실에서 나왔다. 그는 나오자마자 팔을 내밀어 두 사람 사이에 내민다.

"킁킁! 혹시 역한 냄새 나나?"

"아뇨. 비누 냄새만 나는데요."

"이 냄새는 아무리 씻어도 계속 나는 것 같아. 지금 내 코에선 은은하게 풍기거든."

"그건 내부에서 나는 겁니다. 이걸 마시면 좀 괜찮을 겁니다."

두삼은 음료수를 건넸다.

"쯧! 몸에서? 어쩐지…… 앞으로 몸 관리를 더 철저하게 해야겠어."

"너무 무리하게 할 필요 없어요. 뭐든 적당히 하는 게 좋아요. 다시 홍콩으로 가세요?"

"아니. 미국에 가기 전에 들른 거야. 가면 꼼짝 못하고 20일쯤 있어야 하는데 한 선생에게 혼나지 않으려면 미리미리 들러야지."

"착한 부르스군요. 케빈도 내일 퇴원이에요."

"진짜? 그럼 미국으론 언제 간대? 오늘 간다면 내가 태워줄 수 있는데 말이야."

"아! 그럼 되겠네요."

투구 후 사흘간의 말미를 둔 것은 충분히 쉬고 가라는 의미였다. 한데 전용기를 타면 쉬면서 미국에 갈 수 있었다.

좋은 기회가 있는데 굳이 하루 더 잡아둘 이유가 없었기에 케빈에게 곧장 전달했다.

그동안 관광은 많이 해서인지 병실에서 쉬고 있던 그는 1시간이 지나서야 제레미와 함께 부르스의 병실로 왔다.

"챙길 것도 없을 텐데 왜 이렇게 늦었어?"

"챙길 게 왜 없어요. 치료비를 내일 새벽에 내려고 했는데 갑자기 출발한다고 해서 시간이 걸렸어요."

"미리미리 해둘 것이지. 그것도 아니면 미국에 가서 보내줘도 되고."

"마지막 날 멋지게 주려고 했죠."

"…멋질 것도 없다."

"아무튼 입금했으니 확인해 보세요."

루시가 귓속말로 '입금됐다'고 말했지만 일부러 스마트폰을 확인하는 척했다.

"확인했어. 고맙다."

"제가 감사하죠. 한……!"

그는 갑자기 두삼을 포옹했다.

"절대… 잊지 못할 거예요. 고마워요, 한……. 그리고 비시즌 동안 매년 한국에 올게요. 그때도 봐줄 거죠?"

너무 꽉 안아 답답해 밀어내려던 두삼은 울먹임이 섞인 그의 말에 등을 토닥거렸다.

"괜히 미련하게 굴다가 망가져서 오지 말고 조금이라도 이상이 있다 싶으면 와. 이왕이면 놀러 오는 게 더 좋고."

"…그럴게요."

케빈이 울었는지는 모르겠다. 팔을 풀고 떨어졌을 땐 그는 평소처럼 웃고 있었다.

"닥터 한, 나도 안아줘야 하나?"

"…참아줘요, 부르스."

"쳇! 나이 들었다고 너무 무시하는군."

"나이 때문이 아니라 냄새 때문이에요."

"……."

담당 간호사에게도 감사와 선물을 전달하고 나서야 차가 대기 중인 지하 주차장으로 갔다.

"또 봐요, 한. 참! 닥터 양에게 고맙다고 전해줘요."

"그래, 복귀 무대 기대하고 있을게."

차가 출발하고 지하 주차장을 벗어날 때까지 케빈은 고개를 내밀고 손을 흔들었다.

한국인이든 외국인이든 환자가 퇴원할 때의 모습은 비슷했다. 안도와 기쁨, 그리고 감사. 지켜보는 것만으로도 이 일을 하게 되어 다행이라는 생각이 든다.

진료실로 돌아오자 양태일이 안 보였다. 일하러 갔나 싶어 천 간호사를 부르려는데 벌컥 문이 열리며 양태일이 헐레벌떡 들어왔다.

"헉헉! 서, 선생님, 케빈 퇴원했습니까?"

"응. 베인 씨가 전용 비행기 태워준다고 해서 퇴원시켰어. 너한테 고맙다는 인사 전하라고 하더라."

"쩝! 그랬군요. 헉헉!"

"많이 친했냐? 너한테 알려줄걸. 미안하다. 시즌 끝나면 다시 오기로 했으니까 그때 봐."

"친하기도 했는데 뜬금없이 입금이 됐다는 메시지를 받아서요. 그것도 자그마치 5만 달러나요. 뭔가 싶어 봤더니 케빈이 입금을 했더라고요."

"너 수고했다고 주는 건가 보네."

"에?! 아무리 그래도 받기엔 너무 부담스러운데……."

"그냥 고맙다는 메시지나 보내. 어련히 알아서 줬겠지. 안 그래도 나도 줄까 했는데."

"선생님이 주시는 건 사양하지 않을 자신 있습니다."

"훗! 계좌 번호 줘 봐. 보내줄게."

많이는 아니더라도 그동안 수고해 준 VIP실 간호 팀과 양태일에게 얼마씩 줄 생각이었다.

"농담입니다. 5만 달러도 부담스러운데요."

"그럼 네 것은 간호 팀에 줄게. 이제 숨 좀 돌렸으니까 일이나 하자."

"네. 참! 그런데 한방내과에 새로운 선생님에 대한 소문 들으셨어요?"

"김장혁 선생?"

"네. 안마실 안마사들이 말하는데 김 선생님 실력 엄청 좋대요. 우리 과에서 할 때만큼 바빠질 것 같다며 잔뜩 긴장하고 있던데요."

"놀면서 불안한 거보다 바쁜 게 낫지."

"선생님은 안 불안하세요? 한방센터 내 선생님 자리가 위험하잖아요."

"난 김장혁 선생이 유명해질수록 좋아."

"…왜요?"

"너 작년이랑 재작년 엄청 바쁠 때 좋디?"

"전혀요. 뭐랄까 부잣집이라고 해서 결혼을 했는데 그 집이 대박 음식점이라 365일 돈 쓸 틈도 없이 일만 하고 있는 사촌누나 같달까요."

"아주 적절한 예네. 올해 우리 과는 평균만 하면 돼. 그러니 네가 들은 소문 혼자만 알고 있지 말고 여기저기 말하고 다녀."

"큭큭큭! 선생님도 엄청 짓궂으시네요."

전교선을 보낸 사람이 김장혁이라고 말해줘도 그렇게 말할까?

"이제 일하자. 다른 선생님들한테 혼나겠다."

성기능클리닉의 매뉴얼이 완성되면서 성기능 장애 때문에 온 환자든, 다른 이유에서 온 환자든 먼저 끝난 진료실로 배정됐다. 그래서 두삼이 놀면 그만큼 두 사람이 바쁠 수밖에 없었다.

근데 지금은 일할 때가 아닌 모양이다. 인터폰이 울리며 이방익이 보자고 했다.

"네, 선생님."

"한 선생, 부탁 하나만 하자."

두삼은 그동안 자리를 비워도 묵묵하게 버텨준 이방익과 엘튼에게 미안함을 많이 가지고 있었다. 오늘만 해도 왔다 갔다 하느라 외래는 두 사람이 거의 다하고 있었다.

"뭐든 말씀하세요."

"내가 전에 신세진 PD가 있어서 일을 하나 하기로 했었어. 근데 하필 성 선생과 중요한 약속이 생겼거든. TV에 나오는 건 아니고 뒤에서 출연자들 돕는 거야."

"당연히 해드려야죠."

"주말 끼어 있는데?"

"그 편이 낫죠. 근데 혹시 제가 생각하는 그겁니까? 하하!"

"얼마 전에 청혼을 했는데 대답이 없어서 포기하고 있었는데 갑자기 보자더라. 너무 기댄 안 하고 있다. 거절당하면 어떻게 표정을 지어야 할지 모르겠거든."

"거절하시면 동거는 어떠냐고 해보세요. 요즘은 꼭 결혼에 구속될 필욘 없잖아요."

"그건 너희들 때 생각이고. …뭐, 거절당하면 한번 고려해 보마."

"성공하실 겁니다."

"나도 그러길 빈다. 아무튼 잘 부탁해. PD에겐 연락해 두라고 할게."

"네. 걱정 마세요. 돌아오면 어떻게 됐나 얘기해 주시고요."

"성공하면 말해줄게."

전설을 찾아서와 비슷한 1박 2일이나 2박 3일 프로그램이라 생각하고 대수롭지 않게 허락했다. 근데 아니었다.

＊　　　＊　　　＊

—6박 7일입니다.

"……"

—무인도에서 생활할 거니 발생할 수 있는 일을 생각해 의료장비를 적당히 챙겨주세요.

"……"

—아! 응급처치과 선생님도 오니 한약 위주로만 챙기면 됩니다.

세상에! 6박 7일? 그리고 무인도?

그러고 보니 이방익이 지난달 중순쯤에 3월에 일주일간 자리를 비운다는 말을 했었는데 그걸 까맣게 잊고 있었다.

제대로 묻지도 않고 허락을 했으니 할 말은 없지만 그래도 일 주일짜리는 너무 타격이 크다.

양태일에게 꼼꼼히 지시를 내리고 혹시 모를 일을 대비해 여러 가지 한약을 만들고 나니 출발하는 날이 됐다.

가방을 보고 놀러가는 줄 알고 따라오겠다던 장려령은 무인도라는 말에 깔끔하게 징징거림을 멈추고 다시 자러 갔다.

새벽같이 나와 향한 곳은 인천. 약속 장소 근처에서 내려 차를 돌려보낸 후 약속 장소로 갔다.

생각보다 일찍 도착해 아무도 없을 줄 알았는데 수십 명의 스태프들이 열심히 짐을 나르고 있었다.

그들 중 유일하게 일을 하지 않고 있는 네 사람이 보였다. 그들은 임시 테이블을 놓고 뭔가를 상의 중이었다.

가까이 다가가자 모자를 쓴 남자가 돌아봤고, 대화가 멈추며 나머지도 쳐다봤다.

모자를 쓴 사람이 메인 PD인 이진환인 모양이다.

"말씀 도중 실례합니다. 이방익 선생님을 대신해 온 한두삼이라고 합니다."

"아! 한 선생님, 반갑습니다. 이진환입니다. 이쪽은 B팀 담당인 하내정 PD, 이쪽은 C팀의 김유빈 PD, 이쪽은 메인 작가인 선경미 작가입니다."

"반갑습니다."

"반가워요."

"안녕하세요!"

인사를 하고 나자 이 PD는 조연출을 불러 두삼을 맡겼다. '조연출 안유신'이라 소개한 그녀는 한적한 곳으로 안내를 한 후에 설명했다.

"섬에 도착할 때까지 스태프들과 같이 움직이시면 돼요. 그리고 저희의 요청이 있을 때까진 휴가 온 거로 생각하시고 편하게 생활하시고요. 아! 출연자들 촬영할 때만 조심해 주세요."

휴가를 무인도에서 보내는 사람이 얼마나 있을까, 라는 의문이 들었지만, 고개를 끄덕였다.

"출연자들 도착하면 짤막한 촬영 후 곧장 출발할 테니 가방은 배에 실어두시면 돼요."

"그렇게 하죠."

"더 궁금한 점 있으세요?"

"생기면 물어볼게요. 가서 일 보세요."

설명하면서도 연신 다른 곳을 보는 조연출을 잡고 있기 미안해서 몇 가지 궁금증은 나중에 풀기로 했다.

건장한 남자들이 배에 짐을 싣고 있는 곳으로 갔다.

"이 캐리어는 어디다 싣죠?"

"지금은 복잡하니 그냥 거기 놔두세요. 우리가 알아서 실어둘게요."

촬영 장비인지 엄청 무거운 짐을 들고 가던 남자가 말했다.

촬영 장비와 일주일간 먹을 각종 부자재까지 산더미처럼 쌓인 곳에 여행용 가방을 놔두고 물러서려던 두삼은 딱히 할 일이 없음을 깨달았다.

마침 아까 그 남자가 땀을 닦으며 오고 있었기에 물었다.

"이거 같이 날라도 됩니까? 전 촬영에 합류한 한의사입니다."

"…도와주면 고맙긴 한데 의사분이 하기엔 많이 힘들 텐데요?"

"힘들면 쉬엄쉬엄하죠. 이거 들면 됩니까?"

"그건 카메라라 엄청 무거워서 두 사람이……!"

"조금 무겁긴 한데 들 만하네요. 저기로 옮기면 되죠?"

"…그, 그래요."

아침 운동이나 하자는 심정으로 두삼은 부지런히 짐을 옮기기 시작했다.

땀이 조금 나긴 했지만 차가운 바닷바람이 금세 식혀줘서 편안하게 나를 수 있었다.

제법 묵직한 짐을 나르고 짐이 쌓인 곳으로 가는데 두 번이나 대화를 한, 외주 촬영 팀의 이사 겸 팀장인 최봉석이 불렀다.

"여어~ 유명한 한의사 양반, 이리 와서 커피 한 잔 하고 일해."

"아, 네."

그는 시원한 아이스커피를 건네며 옆으로 옮기며 자리를 만들었다.

"의사라는 사람이 무슨 힘이 그리 좋아? 우리도 둘이서 옮기는 공구를 혼자 척척 나르다니."

"타고난 거죠. 하하."

"난 촬영 팀 팀장인 최봉석이야. 일주일간 잘 부탁해."

"한두삼입니다. 부탁을 받고 온 거라 어안이 벙벙한 상탭니다. 잘 부탁드립니다."

"우리가 오히려 잘 부탁해야지. 아무튼, 덕분에 빨리 끝날 것 같으니 천천히 하자고. 어차피 이곳에서 촬영이 끝날 때까진 떠나지도 못하거든."

"근데 무슨 프로그램입니까?"

"엥……? 그것도 모르고 왔어?"

"어쩌다 보니……."

"스물네 명이 상금 1억을 걸고 하는 보물찾기 게임이라고나 할까."

"헐! 짐을 보니 규모가 장난이 아닌가 보네요?"

"이건 별거 아냐. 이미 한 달 전부터 이것보다 몇 배나 많은 물량이 섬으로 갔어."

"…대규모 촬영이군요?"

"3주간 촬영이니까."

"그렇군요."

일주일마다 의사가 바뀌는 모양이었다.

커피를 마시는 동안 승합차들이 하나둘씩 들어오며 출연자들이 도착했다.

*   *   *

인천의 여러 섬을 차례로 기항하는 쾌속선을 타고 승봉도에서 내려 고깃배를 타고 가야 하는 섬.

요즘 무인도에서 시간을 보내는 사람들이 많아졌다. 그러나 아직은 무인도에서 보내기에 좋은 날이 아니라 그런지, 아침이라 그런지 배엔 촬영 팀을 제외하곤 몇 명 없었다.

두삼은 촬영에 방해가 되지 않는 한구석에 앉아 책을 읽고 있었다.

질경질경 오징어를 씹으며 다가온 최봉석이 몇 조각의 오징어를 내밀었다.

"바다 안 봐?"

"일주일간 실컷 볼 텐데 지금부터 볼 필요가 있나요. 감사합니다."

"바닷가 출신? 아니면 전에 바다에 질린 적이 있나? 보통 바다에 나오면 감탄사를 뱉지 않나?"

"보통은 뱃멀미나 구토를 하죠."

출연진들을 턱짓으로 가리키며 말하자 최봉석이 껄껄 웃으며 답했다.

"껄껄! 그건 그렇네. 근데 멀미를 치료하는 방법은 없어?"

"있죠. 근데 이 PD님은 치료하길 바라지 않는 것 같은데요."

"…촬영은 해야 하니까. 우리 애들 좀 봐주면 안 돼? 내리자마자 짐 날라야 하는데 멀미 때문에 제대로 힘이나 쓸까 모르겠다."

"그래요."

땅에 내리면 곧 괜찮아지겠지만 힘이 소모되는 건 어쩔 수 없었다.

멀미약의 원리처럼 내이의 평형기관(반고리관, 달팽이관, 전정기관)에서 뇌로 정보를 전달하는 신경을 둔하게 만들면 간단했다.

두삼은 지압을 통해 멀미에 괴로워하고 있는 스태프들의 평형 감각기를 둔화시켰다.

"우와~ 신기하네요. 조금 전까지 죽을 맛이었는데 이젠 괜찮아요."

"대박이군요! 감사합니다, 선생님."

"도움이 되셨다니 다행이네요."

스태프들을 손봐주고 돌아서려는데 누군가가 등을 툭툭 쳤다.

돌아보니 출연자인 조막만 한 얼굴에 예쁜 여자가 퀭한 눈으로 말했다.

"저기요… 보아하니 멀미 치료하는 거 같은데 저도 해주면 안 되나요?"

"괜찮겠어요?"

촬영장을 흘낏 보며 말하자 여자는 미간을 좁혔다.

"눈치가 빠른 것도 서바이벌에 필수 아닌가요?"

"틀린 말은 아니네요. 귀 주위를 지압할 건데 괜찮겠어요?"

"지금은… 윽! 가, 가슴을 만진다고 해도 허락을 할 거예요. …어, 얼른 해주세요."

직설적인 말에 두삼은 피식 웃곤 그녀의 귀 주변을 지압하며 기운을 넣었다.

금세 좋아지자 놀란 표정으로 감사를 표한 그녀는 출연자들이 있는 곳으로 갔다.

옆에서 구경하던 최봉석이 말했다.

"내 딸이 아이돌 한다고 하면 유명 기획사에 들어가지 않는 이상 절대로 반대할 거야. 한 선생은 쟤 누군지 알겠어? 나름 이름 있는 아이돌 그룹 멤버였는데."

"알죠. 티미스의 부미잖아요."

하란과 사귀게 되면서 자연스럽게 직캠과 멀어져서 요즘 아이돌은 잘 모른다. 그러나 3년 전에 나온 아이돌의 경우 대부분 알고 있었다.

티미스의 부미라면 한때 직캠을 찍은 적도 여러 번 있었던 터라 잘 알았다.

"오! 유명한 멤버가 아니었는데 잘 아는 거 보니까 덕후였나 봐?"

"한때는요. 그러는 감독님도 만만지 않으시네요?"

"나야 전에 음악 방송 촬영해서 제법 알지. 그럼 출연자들은 대부분 잘 알겠네?"

"아뇨. 서너 명 빼곤 다 모르겠어요."

"하긴 잠깐 나왔다가 사라지고, 다시 나타나길 반복하는 곳이니."

정상급 아이돌 그룹이 아닌 이상에야 멤버 모두가 얼굴을 알리는 경우는 흔치 않다.

다섯에서 하나, 일곱이나 아홉에서 둘쯤 예능이나 드라마에 출연할 수 있으면 다행이다. 다른 멤버들의 경우는 마니아가 아닌 이상에야 '어디서 본 듯한 얼굴'로 사라진다.

그렇게 되지 않기 위해 기획사도, 연예인도 노력을 하는데 부미 역시 그러한 케이스인지도 모르겠다.

승봉도에 도착해 고깃배로 바꿔 타고 다시 30분쯤 이동하고 나서야 목적지인 상공경도에 도착했다.

하공경도가 보이는 모래사장에 근처 바위에서 내려 촬영을 시작한 출연진과 달리 다른 스태프들은 짐을 내려야 했다.

"지원 오신 분들은 각자 짐을 챙겨서 한쪽에 대기해 주시고 나머지 분들은 짐을 내려주세요."

갯바위에서 아침에 실었던 짐을 내리는 건 싣는 것보다 배는 힘든 일이었다.

거리도 거리지만 무엇보다도 울퉁불퉁한 바위라는 점이 평소보다 더 많은 힘을 쓰게 만들어 금방 지치게 했다.

"천천히 쉬면서 하세요. 다칩니다."

두삼은 짐 내리는 걸 도와주며 위험해 보이는 이들에게 주의를 줬다. 최봉석은 긴장을 하면 괜찮다고 독려했지만 힘이 빠지면 아무리 긴장해도 실수가 나올 수밖에 없었다.

"어어! 윽!"

"크윽!"

우당탕! 아슬아슬 유지되다가 결국 짐을 거의 다 내렸을 때쯤 두 사람이 큰 짐을 함께 옮기다 한 사람이 미끄러지면서 둘 다 뒹구는 일이 발생했다.

꽤 험악한 상황이었으나 운이 좋게 상자가 사람을 덮치는 일은 없었다.

최봉석이 짐을 내려놓고 크게 외쳤다.

"조심하라고 했잖아! 의사 선생님!"

두삼이 짐을 놓고 가려했는데 같이 고용된 응급의학과 전문의인 오영란 선생이 먼저 뛰어갔다.

모두들 잠시 손을 놓고 다친 사람들 주위에 모여 걱정스럽게 지켜봤다.

"다행히 뼈는 다치지 않은 것 같네요. 그러나 지켜봤다가 심해지면 병원으로 옮겨야겠어요. 이분은 간단히 긁힌 것뿐이니 소득하고 약을 바르면 될 것 같고요. 거기 두 분, 이분 옮기게 도와주시겠어요?"

꽤 빠른 판단과 조치였다.

두삼이 발목을 삔 사람을 볼까 하다가 지금은 아닌 것 같아서 조용히 물러나 다시 짐을 날랐다.

배에서 섬까지 짐을 나른 것이 끝이 아니었다.

일부는 섬에 있는 동굴—70년대 중석 광산이었던—로, 일부는 언덕 위에 마련된 숙소 쪽으로 옮겨야 했는데 끝났을 땐 점심이 훌쩍 넘어 있었다.

"진짜 고마워, 한 선생. 한 선생 아니었으면 분명 저녁에나 다 끝났을 거야."

"몇 개 나르지도 않았는데요."

"무거운 것 위주로 날랐는데도 나보다 1.5배 이상 날랐다는 거 다 알거든. 안 보는 거 같아도 내 눈에는 다 보여."

"하하! 그럼 그렇다고 해요."

"자! 점심은 간단히 도시락으로 때우고 저녁엔 내가 맛있는 거 해줄게."

"사양하지 않을게요. 참! 근데 아까 다리 삔 사람에겐 도시락 갖다 줬어요?"

"아니, 지금 갖다 주려고."

"그럼 저 주세요. 상처 살펴볼 겸 갖다 줄게요."

"아까 왜 안 나서나 했더니 오영란 선생 생각해서 나서지 않은 거였군?"

"그게 아니라 삔 것엔 침이 효과가 있을까 해서 그런 겁니다."

"껄껄! 어련하려고. 도시락 여기 있어."

도시락 두 개를 받아 발목을 삔 환자가 누워 있는 텐트로 갔다.

"실례합니다. 좀 괜찮아요?"

"방금 쑥쑥 아려서 진통제를 주셨어요."

"저런. 자 여기 도시락 있습니다. 제가 잠깐 발목을 봐도 될까요?"

"그러세요. 고맙습니다."

붕대가 감아둔 발목에 손을 올리고 살펴보니 인대 두 곳이 늘어나고 조금 부어 있었다.

"오 선생님이 제대로 해두셨네요. 며칠간 움직이지만 않으면 될 것 같아요. 전 붓기랑 고통만 조금 완화해 드릴게요."

"그래 주시면 저야 좋죠."

침을 이용해 치료했다. 그리고 도시락을 같이 먹은 후 침을 빼고 나왔다.

텐트로 가서 쉴까 하다가 무인도에서 밤새 할 일이 없을 테니 해가 있을 때 최대한 돌아다니는 게 나을 것 같았다.

섬이나 한 바퀴 돌자는 생각으로 발걸음을 옮겼다.

바닷가에 가까워지자 출연자들의 목소리가 들렸다.

"여긴 작은 소라도 있어."

"소라는 좀 이따 생각해 보고. 일단 굴부터 따자."

"첫날부터 너무 빡빡한 거 아냐? 도착하자마자 도시락 하나

주고 저녁부터는 알아서 하라니."

"선택을 잘했어야죠."

"내가 알았냐고. 재수가 없었던 거지. 그래도 내일부터 쓸 도
구는 얻어봤으니 그리 손해도 아냐."

"그건 인정. 그나저나 초장이라도 있으면 좋겠네. 굴이라도 실
컷 먹게."

첫날부터 밥을 안 주는 모양이다. 그러나 아직까진 목소리에
여유가 있었다.

두삼은 열심히 도구를 이용해 열심히 굴을 모으고 있는 네
명을 일견하고 카메라 감독 뒤에서 팔짱을 낀 채 서 있는 김유
빈 PD에게 다가갔다.

"지금 굴 생으로 먹으면 안 돼요."

"어? 한 선생님. 근데 굴을 먹으면 안 돼요? 서바이벌 전문가
는 문제가 없다던데."

"보통 2월까지 제철이니 3월 초까지는 먹어도 괜찮죠. 근데 요
즘 날씨가 예년보다 따뜻해요. 이럴 땐 충분히 삶아서 먹는 게
좋아요."

"음, 알았어요. 전달하죠."

김 PD가 말을 전달하자 출연자들은 불만을 토했다.

"아깐 괜찮다면서요. 기껏 열심히 땄더니 삶아 먹으라는 건
너무한 거 아니에요?"

"그냥 먹어도 이상 없을 확률도 있지 않아요?"

"이상이 있으면 바로 탈락인데 괜찮겠어요?"

"…너무하시네요. 그럼 불이라도 주세요."

"불은 직접 피워야 한다는 것이 규칙입니다."

"아잉~ PD님. 불 피우다간 이건 다 상하게 될 거라고요. 그럼 저녁 굶어야 하는데 그래선 내일 식량 획득 게임에서 어떻게 이기겠어요?"

출연자들이 떼를 쓰고 아양을 부려 봐야 PD는 단호했다. 하긴 처음부터 예외를 두면 골치 아프리라.

두삼은 그들의 처절한(?) 말다툼을 뒤로하고 걸음을 옮겼다.

PD에게 말해 봐야 소용이 없음을 아는지 티미스의 부미는 물웅덩이에서 열심히 손가락 마디만 한 소라를 줍고 있었다.

저렇게 주워 봐야 한입거리라도 될까.

시선이 느껴졌을까, 그녀가 흘낏 시선을 돌렸다. 두삼인 걸 확인한 그녀가 빙긋 웃으며 말했다.

"아! 선생님. 아깐 감사했어요."

"당연히 할 일을 한 것뿐인데요."

"아우! 발이 깨질 것 같네요."

그녀는 차가운 바닷물에 들어가 있기가 힘든지 몇 마리 잡지 못하고 밖으로 나왔다.

그 모습에 자신도 모르게 중얼거렸다.

"쉽게 잡는 법이 있는데……."

"어떻게요?"

"아! 미안해요. 잡으려면 일단 생선 토막이 필요하기도 하고, 카메라가……."

카메라맨 쪽을 보자 카메라맨이 씨익 웃으며 중얼거렸다.

"어? 배터리가 떨어졌네요. 배터리 갈고 계속 촬영할게요. 가만 있자 배터리가 어디 있지?"

그는 어색하게 배터리를 찾는 시늉을 했다.

아까 짐을 날라준 것에 대한 보답인가.

부미는 기회라 생각했는지 허리춤에 차고 있던 비닐을 꺼내며 물었다. 비닐 안에는 도시락에 있던 고등어 조각이 보였다.

"혹시 이것도 돼요?"

"조리된 거로 가능할지 모르겠지만… 가능할 거예요. 채가 있으면 좋겠지만 없으면 옷 같은 것도 괜찮아요. 그걸 깔고 적당히 돌로 괸 후에 그 위에 고등어 조각을 올려놓고 모래로 적당히 덮어둬요. 그럼 알아서 소라들이 모일 거예요. 그동안 불을 피우면 될 테고요."

"감사해요. 해볼게요. 이거 번번이 신세를 지네요."

"별것도 아닌데요. 그리고 전에 팬이었어요."

"지안의 팬이 아니고요?"

티미스의 가장 인기 있는 멤버가 지안이었는데 그녀는 여전히 TV에 나오고 있었다.

"지안보다 부미나 다른 멤버 찍는 걸 좋아했죠."

"직캐머?"

"한때는요?"

"마니악한 팬을 만나 기쁘긴 한데 과거형이라 왠지 슬프네요."

"후후! 연인이 생기니 자제하게 되더라고요."

"그렇다면 이해해야죠. 헤어지면 다시 팬으로 복귀할 건가요?"

"직캠을 안 찍는다 뿐이지, 팬심이 사라지는 건 아니에요. 하하! 꼭 끝까지 살아남아요. 파이팅!"

"팬의 응원이 있으니 노력해 볼게요. 후후후!"

소라를 잡느라 붉어진 손으로 입을 가리고 웃는 모습에 두삼은 안도했다.

그녀가 무대에 있을 때만큼은 반짝반짝 빛나진 않았지만 여전히 빛을 잃지 않고 있었기 때문이다.

꼭 가수여야만, 꼭 연예인이여야만 빛나는 건 아니다. 현재를 열심히 사는 사람은 누구나 빛났다.

두삼은 과거 자신에게 살아갈 용기를 준 그녀가 가수를 그만두고 연예인을 그만둬도 지금처럼 빛나길 바랐다.

'배터리 찾았다!'라는 카메라맨의 외침에 두삼은 조용히 물러났다.

부미는 방금 두삼이 말해준 것을 실행하기 위해 부산히 움직이기 시작했고, 배터리를 교환한 카메라맨은 열심히 그녀의 뒤를 쫓았다.

*　　　　　*　　　　　*

출연자들이 안전하게 촬영을 할 수 있도록 제작 팀 외에도 여러 명이 합류했다.

자칭, 타칭 생존 전문가, 혹시 모를 일이 발생했을 때 승봉도에 헬리콥터를 출동시킬 수 있는 구급대원, 섬에 대해 잘 아는 이웃 섬 주민, 경호원, 그리고 두 명의 의사.

꼭 필요한 인원이면서도 일이 발생하지 않는 한 가장 한가한 사람들이기도 했다.

물론 할 일이 없는 건 아니다.

다른 사람들은 무얼 하는지 모르지만 두삼과 오영란은 아침, 저녁으로 출연자들의 상태를 살피고 자잘한 상처를 입는 이들을 치료했다.

다만 몇 시간씩 걸리는 일도 아니었기에 책을 보거나 시간을 죽이는 일이 대부분이었다.

"저 낚시 좀 하고 올게요."

"오늘은 회가 먹고 싶어. 특히 돔이 당기네. 빨리 잡아서 가져와."

"오 선생님……."

"누나!"

"…네네, 누나. 제발 마누라처럼 말하지 말아요. 왠지 일 나가는 남자 기분이 든다니까요."

"호호호! 곧 결혼하니 익숙해져야지."

"그런 건 천천히 익숙해지렵니다."

사방이 바다로 막힌 외딴섬 무인도.

옛 광산의 흔적과 정수기를 사용해야 하는 우물을 제외하고 아무것도 없는 곳에서 이틀은 주위 사람들과 친해지는데 최상의 조건이었다.

특히 도착 첫날, 최봉석이 준비한 삼겹살과 약간의 소주는 다들 호형호제하는 사이로 만들었다.

"두삼아, 낚시 가?"

어디론가 향하던 구급대원인 진성균이 물었다.

"네. 형님은 아침부터 어딜 그렇게 열심히 다니세요?"

"출연자들이 불을 제대로 안 껐을까 봐. 혹시 불이라도 나면 안 되잖아."

"천상 소방관이라니까."

"그냥 일이야. 조심해라. 오늘 파도가 높더라."

"형도 조심히 다녀요."

가볍게 인사를 나누고 어제 낚시를 한 갯바위에 올랐다.

"쩝! 바다를 보며 시간을 죽이는 일은 두 번 다시 없을 줄 알았는데."

이제는 그리 끔찍하지 않은, 그래도 여전히 생각하고 싶지 않은 기억이 자연스레 떠올랐다.

그러나 그때보다 심적으로 수천 배, 아니, 수억 배 좋은 상태니 나름 버틸 만했다.

이웃 섬마을 주민 아저씨가 갖다 준 크릴새우를 미끼로 끼우고 출연자들에게 게임 상품으로 주려고 가져온 낚싯대를 던졌다.

그리고 낚싯대를 잡은 손에 기운을 둘렀다.

특별한 의미가 있는 건 아니었다. 그저 물고기가 무는 것이 좀 더 잘 느껴진다고나 할까.

그 덕에 제법 잘 잡아서 낚싯대는 두삼의 것이 됐다.

"웃차!"

20㎝가량의 노래미(놀래미)가 올라왔다. 시작부터 좋다. 이대로 계속된다면 회를 먹어도 될 것 같다.

물고기들이 아침밥을 먹으러 나왔는지 드리는 족족 올라왔다. 이러다 그물망이 부족할지도 모르겠다. 한창 신나게 잡고 있는데 웅성거리는 소리가 들린다.

출연자들이 점심 보물찾기가 시작된 모양이다.

메인 PD인 이진환 PD는 뭐든 그냥 주는 법이 없는데 점심은 보물찾기 방식으로 찾아야 했다.

나무에 과일이 걸려 있거나 모래사장에 감자나 고구마를 묻어놓기도 하고, 바위 사이에 라면이나 햄 따위를 숨겨놓는다.

"한의사 선생님, 물고기 잘 잡혀요?"

이름도 헷갈리는 아이돌 그룹의 남자애가 반가운 목소리로 물었다.

사흘째, 처음 볼 때와 달리 점점 밥 사 먹으러 나온 동네 형처럼 변하는 모습이 안쓰럽다.

"오늘 잘 잡히네요. 점심 찾으러 다녀요?"

"네. 근데 혹시 거기 자리 좋아요? 어제 낚싯대를 받아서 잡아보려 했는데 안 되더라고요."

"웬만한 데는 다 잘될 거예요. 특히 저쪽에 돌에서 해보면 어때요?"

"나중에 해 봐야겠네요. 수고하세요."

두삼이 턱짓으로 가리킨 방향을 흘깃 보곤 대수롭지 않게 생각하고 팀원들과 함께 언덕 쪽으로 가버린다.

라면이 있는 곳을 알려준 건데. 어쩌겠는가. 운이 없음을 탓해야지.

근데 뒤따라 오던 부미 팀의 부미는(나이 때문인지, 첫날 많은 소라를 잡아서인지 팀의 대표가 됐다) 두삼의 행동을 예의 주시했는지

라면을 찾아냈다.

스쳐 지나가면서 카메라 모르게 '고맙다'라는 말을 했지만 두삼은 모른 척했다.

지나가는 팀이 말을 걸어오면 두삼은 적당히 둘러대며 숨겨둔 위치를 말해줬는데 운이 좋은 팀은 부미 팀뿐이었다.

"한 선생님! 한 선생님!"

11시쯤 됐을까, 안유신 조연출이 뛰어왔다.

촬영장에서 가장 먼저 쓰러지는 사람이 나오면 그녀일 것이 분명할 정도로 초췌했다.

"천천히 와요. 그러다 쓰러지겠어요."

"헉헉! …저, 전화요."

위성 전화를 건네는 그녀. 무슨 일인가 싶어 전화를 받았다.

"여보세요?"

―선생님, 저 양태일입니다.

"위급 상황 아니면 연락하지 말라고 했는데 한 거 보면 전교선 씨가 또 온 거냐?"

―…안타깝게도 전교선 씨가 아니더군요.

"진짜 환자라는 말이냐?"

―그건 모르겠습니다. 다만 선생님의 얘기를 듣고 찾아왔답니다.

"증상은?"

―팔을 못 씁니다.

"시도는 해 봤어?"

―두 시간쯤 했습니다.

테스트가 끝난 줄 알았는데, 실력 행사를 하는 거라면 이딴 식으로 할 것 같진 않고…….

김장혁이 보냈을까, 장려령의 아버지가 보냈을까?

잠시 고민하던 두삼이 말했다.

"환자에게 말해서 괜찮다고 하면 침구과의 김장혁에게 도움 요청하고 보내."

─…중국 고수는 어쩌고요?

"아닐 수도 있잖아. 설령 있다고 해도 다른 곳에 보내면 내가 없는 줄 알겠지. 더 할 얘기 없음 끊자."

─있습니다!

"뭔데?"

─건강하게 보내다 오십시오.

"훗! 그래, 고생해라."

양태일답지 않은 말에 피식 웃곤 전화를 끊었다.

"고맙습니다. 앞으론 그냥 저한테 무전 보내세요. 그럼 찾아갈 게요."

"괜찮아요. 솔직히 잠깐 숨 돌리려고 왔어요. 세 PD님이 어찌나 부르는지 귀가 아플 지경이에요. 근데 낚시 잘하시나 봐요? 엄청 잡았네요."

"오늘 물고기가 눈이 멀었는지 던졌다 하면 나오네요. 혹시 회좋아하세요?"

"없어서 못 먹죠."

"오느라 고생했는데 몇 마리 잡아드릴게요. 전화기 저 주시고 잠깐 앉아 있으세요."

"전화기는 왜?"

"하는 척해야 눈치가 안 보이죠."

"아하! 근데 너무 오래 걸리면 힘든데……."

"그리 오래 걸리진 않을 겁니다."

바다가 바로 옆이니 칼과 초고추장만 있으면 회 뜨는 것 식은 죽 먹기다.

일단 우럭.

딱밤으로 기절을 시킨 후 곧장 지느러미와 내장을 제거하고 양쪽 살을 떼어냈다. 그리고 껍질을 벗겨내고 두툼하게 썰기만 하면 됐다.

혹시 몰라 챙겨온 1회용 접시 담고 한 쪽에 초고추장을 짜면 끝.

한 점을 집어 초고추장에 찍어 입에 넣어 우물거리면 천국이 따로 없다.

"우물우물! 맛있네요. 먹어요."

안유진 앞에 던져준 후 두 번째는 어제오늘 처음 본 돔을 잡았다.

'오 선생님이 보면 난리 나겠지만 빈둥거리는 사람보단 고생하는 사람에게 주는 게 낫겠지.'

그런데 오영란이 먹을 복이 있는지 떠서 막 한 입 먹는데 다가왔다.

"어라! 어라! 애인이 있는 남자가 외간 여자와 회를 먹고 있다니 이건 무슨 그림이지? 이상한데?"

"…이상할 것도 없네요."

"충분히 이상해! 물고기 잡아오라고 새벽부터 일어나 정성껏 지은 아침을 먹여 보낸 남편이 옆집 과부와 잡은 고기를 먹고 있는 그림이랄까."

"……."

"어! 이건 돔 아냐? 대박! 이건 물고기만 같이 먹고 있는 그림이 아냐. 뭐라고 해야 할까? 음……."

"어울리지도 않는 말 생각 말고 회나 먹어요. 옆집 과부가 다 먹겠네."

"시집도 안 간 처녀에게 과부라니, 농담이라도 너무한 거 아니에요?"

억울하듯 말하면서도 안유신은 연신 회를 입에 넣고 있었다. 오영란은 그런 그녀를 볼을 살짝 꼬집으며 말했다.

"시집을 안 가고 동거를 했는지 어떻게 알아."

그러고는 안유신에게 지지 않겠다는 듯 회를 삼킨다.

"동생은 뭐 해?"

"…제가 먹을 것도 없어 보이는데 드세요."

"그게 아니라 회 뜨라고. 줄어드는 거 안 보여?"

"…네네."

네 마리까지 뜨고 다섯 마리째를 잡으려는데 갑자기 '치익!' 소리와 함께 무전기에서 다급한 말소리가 들려왔다.

―우 선생님! 한 선생님! 환자 발생했습니다. 곧장 스태프 숙소 있는 곳으로 와주십시오.

"저 먼저 갈 테니 조심히 오세요."

말이 끝났을 땐 이미 달리고 있었다. 빠르게 스태프 숙소에 도착했다. 옮기면서 연락을 했는지 환자 역시 막 도착했다.

아침에 인사했던 남자 아이돌이었다.

얼른 손을 올리며 물었다.

"어떻게 된 겁니까?"

"나무에서 떨어졌어요! 한데 하필이면 아래에 돌이 있었나 보더라고요. 우리가 도착했을 땐 등이 아프다면서 못 일어나고 있었어요."

"으… 으~"

등 부분이 많이 불편한지 연신 신음 소리를 내고 있었다. 그 사이 내부를 살핀 두삼이 걱정스러워하는 이들을 향해 말했다.

"다행히 척추나 뼈는 다치지 않았지만 넓은등근은 물론 척추기립근까지 손상이 있어요. 얼음 좀 갖다 주시겠어요?"

"네!"

"많이 아프죠? 일단 고통부터 없애줄게요."

두삼은 그의 등을 가볍게 눌러 등의 감각을 없앴다.

"…안 아파요."

"움직이지 말아요. 사나흘이면 깔끔하게 털고 일어날 타박상이라고 생각하면 되니 다른 분들은 각자 일 보셔도 됩니다."

"혹시 머리는……?"

이진환 PD가 걱정스레 물었다.

"등 근육을 제외하곤 건강하니 걱정 마세요."

"후우~ 다행이군요. 잘 부탁드립니다. 상겸 씨, 불편한 거 있음 한 선생님께 바로 말해요."

"…괜찮습니다, PD님. 조금 쉰 후에 금방 다시 촬영에 참석하겠습니다."

"촬영 걱정 말고 푹 쉬어요."

얼음을 갖다 준 스태프를 제외하곤 다들 가고 난 후에야 오영란이 도착했다. 그녀는 상겸의 옷을 깐 후 등의 상처를 살펴보며 말했다.

"등 근육이 많이 다친 것 같은데? 적어도 일주일은 요양해야 할 것 같지 않아?"

그녀의 질문에 놀란 건 상겸이었다.

"…어? 방금 한 선생님은 사흘이라고 했는데요?"

"그랬어?"

"사나흘이라고 했어요."

"그게 그거지. 동생에게 방법이 있나 보구나? 뭐, 그럼 동생이 맡아. 난 약만 처방할게."

기분이 나쁘기보단 시원하다는 말투였다.

점심과 약을 챙겨온다면서 그녀가 나가자 상겸이 조심스레 말했다.

"…선생님, 지금 전혀 아프지 않은데 저녁까지만 쉬고 촬영에 합류할 수 없을까요?"

"마취를 시켜둔 것뿐이야. 지금 하루 무리할 때마다 낫는데 일주일씩 더 걸릴 거예요."

"하아, 진짜 안 되는데……."

"그렇게 1등 하고 싶어요?"

"1등이 문제가 아니라 여기 출연하려고 매니저 형이랑 제가 얼마나 애썼는데요."

한번 나온 그의 신세한탄은 길게 이어졌다. 회사 사정, 팀 사정, 개인 사정까지. 중소기획사의 아이돌이 겪는 일들의 표본이랄까.

근데 지금 참가한 출연자 중에 상겸 같은 애들이 대부분이다. 그렇지 않고서야 이런 서바이벌 프로그램에 합류를 했겠는가.

만일 병원에서 이런저런 사정들로 다져지지 않았다면 눈물을 흘렸을지도 모르겠다. 그러나 오늘을 위해 내일을 망치는 일은 할 수 없었다.

"그래도 안 돼요."

"형님! 아니, 선생님! 제발이요. 오늘이 안 되면 내일이라도 꼭 합류하게 해주세요. 늦어지면 하루 이틀 못 나오는 게 아니라 아예 빠져야 할지도 몰라요. 이게 서바이벌이라고 하지만 오디션 프로그램이랑 비슷해서 처음에 임팩트를 못 주면 다 편집당하거든요."

"……."

"이대로 쫓겨나면 제가 방송에서 팀 이름이라도 언급하길 기다리는 여섯 멤버들에게 무슨 말을 할 수 있겠어요? 제발 부탁드려요."

다시 냉정하게 거절하려던 두삼은 상겸의 눈에 담긴 간절함을 보고야 말았다.

눈빛 따윈 절대 읽지 못한다고 확신했는데 이번엔 너무 또렷이 보였다.

냉정하게 다시 말하려던 두삼은 한발 물러섰다.

"최선을 다해 빨리 고쳐볼게."

"선생니~임!"

"내가 할 수 있는 말은 여기까지야."

"에휴……. 최선을 다해 빨리 부탁드릴게요."

더 이상 찔러 봐야 소용이 없음을 깨달았는지 한숨을 쉬며 말했다.

그런데 약간의 시간 단축을 위해 두삼은 많은 기운을 소모해야 한다는 사실을 그는 알까 모르겠다.

* * *

"다 됐습니다. 안마실에 가서 지방 분해 안마를 받고 다음 예약일에 오시면 됩니다."

"수고하셨어요."

온화한 미소를 짓던 김장혁은 환자가 진료실 문을 나가자 미간을 좁히며 인상을 썼다.

'…상황이 이상하게 되어버렸어.'

두삼에게 복수를 하러 왔는데 왠지 일만 하는 기분이랄까?

물론 장강룡이 시키는 대로 기본적인 테스트도 했고, 원하는 대로 두삼의 명성을 뺏기 위한 일도 착착 진행되고 있었다.

근데 이 불쾌한 기분은 뭐란 말인가.

김장혁은 불쾌한 기분을 없애려는 듯 애써 답을 만들어 낮게 뱉었다.

"빌어먹을 놈! 그때 그 이죽거리는 모습 때문이야."

"네?"

"아! 신경 쓰지 말아요. 이 간호사. 비만이라는 놈을 생각하니 짜증이 나서 말이야."

"호호호! 선생님은 표현도 문학적이세요. 하긴 처진 배를 보면 이죽거리는 사람의 얼굴을 닮기도 했네요."

"…으응."

특이한 간호사다. 그러나 자신의 옆에 착 달라붙어 있는 사람이 눈치가 없으면 그걸로 족했다.

솔직히 악명, 오명, 흉명을 떨치는 건 작은 말실수, 혹은 행동으로도 충분한 반면 명성, 좋은 평판을 얻는 과정은 지난하다.

본성을 억누르고 착한 척, 순진한 척, 대범한 척, 즐거운 척 등 수많은 '척'을 해야 했다.

김장혁은 그러한 척을 잘했다. 대학 6년과 전문의 4년을 그렇게 살아왔다. 그래서 얻은 것이 '믿을 수 있는 선후배'라는 타이틀.

자아가 붕괴되는 듯한 끔찍한 일이었다.

미래를 위한 투자라고 생각하고, 차 실장을 이용해 자신에게 함부로 했던 인간들이 망가지는 모습을 보는 즐거움이 없었다면 결코 버티지 못했을 것이다.

각설하고, 그 짓을 다시 하고 있으니 죽을 맛이다.

똑똑!

노크 소리에 얼굴엔 미소를 짓고, 자세를 바로 했다. 빌어먹을 연극의 시간이었다.

'씨발! 하루 종일 연극이군.'

이번엔 다행히 밖으로 뱉지 않았다.

환자인 줄 알았는데 아니었다.

"서프라이즈! 혁이 형. 아! 김 선생님이라고 불러야 되나? 아무
럼 어때요, 그렇죠? 하하하!"

류현수. 진심으로 망가뜨리고 싶어지는 인간이다. 두삼을 철
저하게 망가뜨리고 나면 그 다음은 류현수의 차례가 될 것이다.

"…다음 환자가 기다리고 있어, 류 선생."

"혹시 머리카락은 금발로 탈색하고, 조금 튼튼해 보이는 아주
머니 환자분 아닌가요?"

"도대체 어떻게 해야 다른 과 환자까지 파악할 수 있는 거야?
태블릿을 해킹했어?"

"하하! 그냥 약간의 관심이죠. 방금 그 환자 황 과장님 진료실
로 들어갔습니다."

"…어떻게?"

"제가 옆에서 혼잣말 좀 했죠. 하하하! 어떻게 했느냐는 게 뭐
가 중요합니까. 잠깐 쉬는 시간이 생겼다는 게 중요한 거죠. 짜
잔!"

류현수는 뒤에 감추고 있는 커피를 꺼냈다. 김장혁이 좋아하
는 커피숍에서 파는 초콜릿 커피였다.

두삼보다 먼저 망가뜨릴 수 있음에도 굳이 다음으로 미룬 것
은 가끔 마음에 드는 짓을 하기 때문이다.

게다가 류현수의 앞에선 가식의 탈을 하나 벗어도 상관없었
고, 두삼에 대해 물을 수도 있었다.

"근무시간에 이래도 너희 과장은 가만히 계시냐? …아무튼 잘
마실게."

"이건 이 간호사님 거. 근데 혁이 형이랑 두삼이 형이랑 고향이 같아서 그런지 하는 소리가 비슷해."

"네가 하는 짓이 똑같은 거겠지."

"말투 역시 비슷해요. 지방 특색인 건가? 형, 너무 스트레스 받지 말아요."

"…제발 부탁인데 말 좀 두서 있게 하면 안 되겠냐?"

"하하! 가끔 말이 일방적이라는 얘기 듣긴 하죠."

"가끔? 아무튼 스트레스는 없어."

"에이~ 거짓말 말아요. 얼굴에 나 스트레스 많아, 라고 쓰여 있는데요. 걱정 마세요. 두삼이 형도 처음엔 덩치 좋은 사람들만 치료했어요. 조금 지나자 어우야! 대단했다니까요. 모델 같은 이들을 막 주무르고……."

"……."

여기가 안마과가 아니라 침구과라는 걸 알기는 아는 걸까?

그나저나 두삼 그 녀석은 역시 용서할 수가 없다.

한참 두삼이 얼마나 행복한(?) 시간을 보냈는지에 대해 듣고 있는데 다시 노크 소리가 들렸다.

이제 일할 시간이니 나가라는 말이 무색하게 안마과에서 일하는 레지던트가 찾아왔다.

"안녕하세요, 선생님. 전 안마과 레지던트 양태일이라고 합니다."

"반가워. 근데 여긴 어쩐 일이야?"

"다른 게 아니라 저희 과에 팔을 쓰지 못하는 환자가 찾아왔는데 도저히 원인을 알 수 없어서 선생님께 부탁드리려고요."

"…팔을 쓰지 못하는 환자?"

이상한 일이다. 김장혁의 테스트는 끝났다.

장강룡이 보낸 환자인가?

그럴 가능성도 적은 게 장강룡은 김장혁이 두삼을 꺾을 시간을 충분히 주기로 약속했었다.

'그 늙은이가 나서지 않았다면… 설마 내가 보낸 것을 눈치채고 날 테스트하기 위해? 아냐. 놈이 알 수 있을 리가 없잖아.'

정보 없이 고민해 봐야 머리만 아플 뿐이었다.

"안마과에 한 선생 있잖아?"

"이 과장님 대신에 무인도에 갔습니다."

"무인도? 언제?"

"사흘 됐습니다. 방송 출연하는 건 아니고 출연자들 사고 생기면 치료해 주는 일이라고 하던데 정확한 건 잘 모르겠습니다."

"훗! 고생하네."

고생은커녕 낚시하고 있다고 말해줄까 하다가 선배 욕을 다른 과 선배에게 하는 게 마음에 걸려 조용히 고개를 끄덕였다.

"환자에 대해 정확히 말해 봐."

"여섯 달 전부터 팔에 힘이 빠지는 증상이 있었답니다. 그러다 최근 점점 심해지다가 어제부터 갑자기 움직일 수 없게 됐답니다."

아무래도 그냥 환자인 것 같다.

예전이라면 엄두도 내지 못할 환자였지만 이젠 해볼 만하다는 생각이 들었다. 그리고 이번 기회를 성공하면 더 큰 명성을 얻을 수 있을 것이다.

마침 류현수가 있으니 소문은 금방 날 것이다.

"알았어. 보내."

"감사합니다, 선생님."

"같은 식군데 도와야지."

그의 생각을 알지 못하는 양태일은 그의 대인배 같은 모습에 존경의 표정을 지었다.

＊　　　　＊　　　　＊

상겸의 사고 이후로 이진환 PD는 안전사고에 더욱 신경을 썼다. 그러나 무인도 생활이 길어지자 손가락을 삐다거나 돌에 긁힌다든가 하는 소소한 일은 어쩔 수 없이 발생했다.

"다 됐어요. 그저 갑자기 힘을 써서 쥐가 난 것뿐이에요. 충분히 풀어줬으니 괜찮을 거예요."

"…감사합니다, 선생님."

발과 종아리를 주물러줘서인지 여자 아이돌 그룹 멤버는 부끄럽다는 듯 말했다.

그녀가 떠나고 나자 옆에 앉아서 치료 과정을 지켜보고 있던 오영란이 물었다.

"미인 아이돌의 다리를 만져서 좋아?"

"…치료할 때 사적인 감정은 배제합니다만."

"난 또, 하도 정성을 다해서 만지길래."

"걱정되면 다음부터 오 선생… 누나가 해요."

"난 냄새나는 발을 만질 만큼 비위가 좋지 못해서."

"제가 비위 좋게 해드릴까요?"

"악! 싫어! 손 저리 안 치워!"

두삼은 기겁을 하는 그녀의 얼굴에 방금 발을 만지던 손을 문질렀다. 그리고 일어났다.

"훼! 저녁 해야지, 어디 가려고?"

"밥하러 여기 온 거 아니거든요! 오늘 저녁은 누나가 해요."

"감당할 수 있겠냐? 탈날 때 먹는 약은 많이 챙겨왔으니 굳이 원한다면 해줄게."

"…누나는 형님한테 감사하면서 살아야겠어요."

"나도 알아. 그래서 웬만큼 사고 쳐도 잘 토닥거리고 살고 있잖아."

오영란과 얘기를 하다 보면 결혼을 해야겠다는 생각이 저만치 달아나 버린다.

텐트에서 나온 두삼은 자신의 텐트로 가 가방 속의 한약을 잔뜩 챙겨서 약간 떨어진 곳에 위치한 스태프들의 텐트촌으로 갔다.

그들이 일하는 시간을 생각하면 무리라고 해도 좀 청결이 하고 살 것이지 텐트를 지날 때마다 시금털털한 냄새가 풍겼다.

출연자들 저녁 먹는 걸 촬영하고 있을 줄 알았는데 이 PD는 허겁지겁 식사를 하는 중이었다.

"이 PD님."

"한 선생, 어서 와요. 저녁은요?"

"이거 전해 주고 먹으려고 했죠."

"뭔데요?"

"기운을 보충해 주는 한약이요. 혹시나 해서 챙겨왔는데 출연자들이나 힘없는 스태프들에게 주세요. 특히 출연자들의 경우 기운이 많이 없어서 자칫 큰 사고가 날 수 있습니다."

"애고! 촬영까지 생각해 주다니 고맙습니다. 안 그래도 내일 하루쯤은 휴일을 줘야 하나 생각 중이었습니다. 그래서 드리는 말인데 혹시 촬영이 끝날 때까지 같이해 주실 수 있으신가요?"

"학교 수업 때문에 그건 곤란합니다. 물론 병원 일도 밀려 있고요."

"쩝! 역시 그러시군요. 혹시나 해서 여쭈어본 것이니까 너무 신경 쓰지 마세요."

신경 안 쓴다.

솔직히 일이 없다고 해도 더 머무를 생각 따위 없다. 이곳에 와서 배운 것이 있다면 한적한 곳에 살 팔자는 못 된다는 것이다.

"참! 상겸인 괜찮겠죠?"

"다시 떨어지지만 않으면 괜찮을 겁니다."

기운을 이용해 이틀 만에 치료를 끝냈는데 기운이 망가진 근육 치료에도 탁월하다는 걸 확인할 수 있었다.

"그렇군요. 아무튼 모레 아침에 탈락자 8명과 함께 나가는 걸로 알고 있겠습니다."

"8명이나 탈락하는 겁니까?"

"일단은 생존 서바이벌이니까요."

"생각해 보니 그러네요. 혹시… 아닙니다. 식사 맛있게 드세요."

부미가 잘리는지 물어보려다가 괜한 오해가 생길까 그냥 돌아섰다. 과거 팬이었다고 답하면 믿을 것 같지 않았기 때문이다.

다음 날, 아침을 먹고 느긋하게 낚싯대를 들고 예의 그 자리로 갔다. 한데 먼저 온 손님들이 있었다.

게임을 통해 낚싯대를 얻은 출연자들.

이진환 PD가 오늘 촬영을 쉬기로 했다더니 낚시를 하러 온 모양이다.

"한 선생님, 안녕하세요."

"좋은 아침이에요!"

"네. 쉬게 됐으면 푹 쉬지, 낚시를 하고 있어요?"

"팀원들이 회가 먹고 싶다고 해서요."

"저희 팀도요. 근데 선생님, 여기 고기 잡히긴 해요? 미끼만 홀랑 먹고 가버려요."

"나도 잘 몰라요. 그냥 물었다는 느낌이 올 때 낚아챌 뿐이에요."

가르쳐 달라는 말을 할까 미리 약을 쳤다. 감으로 낚시하는데 어떻게 가르치겠는가. 다행히 선수를 친 덕분인지 가르쳐 달라는 말은 하지 않았다.

자리가 없었기에 조금 떨어진 바위로 가서 낚싯줄을 던졌다.

오늘도 낚싯줄이라는 걸 보지 못한 물고기들이 연신 올라온다. 물 반, 고기 반인 모양이다. 6일 연속 낚시를 하다 보니 흔히 낚시를 좋아하는 사람들이 말하는 손맛을 조금 알 것 같다.

낚아챌 때의 무게감? 아무튼, 그런 느낌으로 크기를 짐작할 수 있었다.

세 사람이 있는 곳에서 가끔 비명과 같은 함성이 터지는 거 보니 슬슬 느낌이 오나 보다.

두 시간쯤 지나자 옹기종기 모여 있던 세 명 중 유일하게 물고기를 못 잡은 남자가 포기했는지 낚싯대를 접고 다가왔다. 그러고는 물고기가 담긴 그물망을 보더니 소리쳤다.

"와! 대박! 들은 대로 엄청 잘 잡으시네요? 의사가 아니라 낚시꾼을 하셔야 하는 거 아니에요?"

"하하! 여기 물고기들이 순진한 거예요."

"순진한 물고기도 못 잡는 전 어쩌라고요."

"운이 없는 거죠. 서너 마리 가져가요."

"진짜요? 감사합니다! 팀원들 볼 면목이 없었는데."

"회는 뜰 줄 알아요?"

"그냥 껍질 벗기고 자르면 되는 거 아닌가요?"

"초보가 하면 아마 먹을 게 많지 않을 거예요. 갈 때 말해요. 그때 해줄게요."

"그럼 지금 해주세요. 더 있어 봐야 딱히 잡을 것 같지도 않네요."

"그래요. 참! 일회용 접시는 있으니 비닐 구해올래요? 가다가 쏟기라도 하면 아깝잖아요. 국거리도 만들어줄게요."

"넵!"

그가 봉지를 구하러 간 사이에 두삼은 씨알이 굵은 놈들로 회를 떴다. 어차피 같이 지내는 사람들은 나흘간 실컷 먹었다.

네 마리를 잡았을 때쯤 그가 여러 장의 비닐봉지를 들고 왔다.

"맛있게 먹어요. 촬영 잘하고요."

"네! 근데 선생님은 어디 가세요?"

"내일 아침에 떠나요."

"에? 정말이요? 그럼 저희 치료는요?"

"오 선생님은 계속 있을 거고, 다른 선생님 한 분 오실 거예요."

"그렇구나. 수고하셨어요."

출연자와 접점은 부미와 상겸을 제외하곤 거의 없었기에 작별 역시 쉬웠다.

회를 떠줬다는 말을 했는지 낚시를 하던 나머지 두 사람도 고기를 들고 왔다.

"선생님, 저희도 회 떠주시면 안 돼요?"

"당연히 되죠."

예상하였기에 흔쾌히 그러겠노라 답했다.

두 사람이 잡은 물고기는 5마리에 불과했고 씨알이 작은 것도 3마리나 있었다. 그에 3마리는 놓아주고 남아 있는 물고기를 털어 회를 떠 줬다.

감사 인사를 하고 두 사람마저 떠나자 그물망은 텅 비어 있었다.

더 잡을까 하다가 그만두기로 하고 낚싯대를 챙겼다.

출연자들에게 회를 먹였으니 유종의 미는 거둔 셈이라 생각하고 콧노래를 흥얼거리며 숙소로 향했다.

당연한 얘기지만 이때는 또 다른 일이 생길 거라곤 생각지 못하고 있었다.

94. 쉬는 꼴을 못 봐

무인도에서 해가 지고 나면 할 일이 없다. 모닥불을 피우고 둘러 앉아 가볍게 한잔하면서 얘기를 한다 해도 9시를 넘기긴 힘들었다.

　피곤하다며 하나둘씩 일어날 때 두삼 역시 일어났다. 작별 인사도 충분했기에 내일 아침 배를 타고 떠나기만 하면 됐다.

　텐트 근처에 온 두삼은 텐트로 들어가지 않고 조금 지나 한적한 공터로 가서 가볍게 몸을 풀었다. 일찍 누워 봐야 잠이 오지 않을 게 빤했기에 운동을 할 생각이었다.

　스트레칭을 통해 근육을 풀어준 후 스쿼트 자세를 반복했다.

　"후우~ 홉! 후우~ 홉!"

　주위가 워낙 조용하다 보니 낮고 안정적인 호흡이 시끄러울 정도로 크게 들린다.

1시간쯤 지나 이마에 땀이 송골송골 맺힐 때쯤 광산 입구 근처에서 소란이 이는 게 느껴졌다.

'출연자들이 있는 곳 같은데, 무슨 일이 생겼나?'

소란이 점점 커지더니 아직 옆에 차고 있는 무전기가 '치익!' 울며 켜졌다.

그리고 조연출 안유신이 다급하게 외치는 목소리가 들렸다.

─오 선생님! 한 선생님! 중석광산 입구 쪽으로 와 보셔야 할 것 같습니다. 출연자 중 두 명이 숨을 못 쉬고 있습니다. 다시 말씀드립니다. 오 선생님…….

"지금 내려가고 있습니다!"

무전기가 울리자마자 걸음을 옮겼다. 환할 때처럼 빠르게 움직이진 못했지만, 웬만한 건 훤히 보이는 시력 덕분에 PD와 조연출이 얘기를 나누는 시점에 중석 광산 입구에 도착할 수 있었다.

누운 채 숨을 헐떡이는 출연자 두 사람, 그 옆에서 그들을 지켜보며 무전을 보내고 있는 조연출, 불안함에 서성이고 있는 사람들.

두삼은 손뼉을 강하게 치며 말했다.

짝짝!

"유신 씨는 물러나서 무전하고 나머지 분들은 한쪽에서 조용하고 계세요!"

혼란을 잠재운 두삼은 두 사람에게 다가갔다.

오전에 첫 번째로 회를 가져갔던 남자와 촬영할 때 얼핏 본 게 다였던 여자였다.

"으~ 허억! 서, 선생님 숨 쉬기가… 하아! 하아! 고, 곤란해요. 하악!"

"하아! 하아! 하아!"

"아무 일 없을 테니까 마음 편하게 먹고 있어요. 그래야 숨 쉬기가 편할 거예요."

하얗게 빛나는 손으로 두 사람의 손을 잡았다.

곧바로 느껴지는 이질적인 기운. 그 기운은 빠르게 근육과 신경을 마비시키고 있었다.

테트로도톡신!

우리가 흔히 아는 복어 독이다. 신경 독의 하나로 서서히 호흡 근육을 마비시켜 질식사에 이르게 한다.

'빌어먹을! 도대체 얼마나 먹은 거야. 여자애는 증상이 너무 심해.'

테트로도톡신은 아직 치료제가 없다.

기도를 확보한 후에 중환자실에 누워 일주일 정도 독이 빠지길 기다리는 것이 다다. 경우에 따라선 더 오래 걸리거나 후유증이 남을 수 있었다.

"…복어 독에 중독됐네요."

"흑! 주… 죽고 싶지 않아요. 서, 선생님. 헉헉!"

"죽을 일은 없을 테니 차분히 기다리세요. 조연출만 남고 나가 계세요."

사람들이 나가는 것을 보고 곧장 그들의 두툼한 옷을 벗겼다. 그리고 얇은 면티만 남았을 때 침을 꺼내 심장 박동을 느리게 만드는 침술을 시행했다.

기운으로 충분히 가능했지만 지금은 기운을 아껴야 할 때였다(침을 이용하는 것이 기운이 훨씬 덜 든다).

"정신은 멀쩡할 테니 잘 들어요. 계획은 승봉도로 가서 헬리콥터를 타고 서울의 병원으로 향하는 겁니다. 근데 사정이 여의치 않으면 안 될 수도 있어요. 그땐 다른 방법이 있으니 안심하고 있어요. 흥분하면 더 위험합니다. 그러니 릴렉스하세요."

"……."

당사자로서는 당연히 흥분할 일이지만, 그러면 심장박동을 느리게 만들어놓은 게 소용없어진다. 그러니 일단은 안심을 시키는 게 우선.

거짓말, 아니, 자랑이라도 해야 했다.

"나에 대해 잘 알죠? 인천 건물 붕괴 사건, 차이나타운 총기 난사 사건의 주인공. 이런 말을 제 입으로 하긴 뭐하지만, 그때에 비해선 쉬워요."

자랑질(?)이 통했는지 흔들리던 두 사람의 눈빛이 다소 가라앉았다.

"요 앞에서 헬리콥터가 뜨는 게 가능한지 알아보고 올 테니까 쉬고 있어요. 조연출님은 별일은 없겠지만 혹시 모르니 옆에서 상태가 어떤지 지켜봐 주세요."

"…네, 선생님."

동굴 입구 쪽으로 나가자 사람들은 불안한 표정으로 서성이고 있었다.

이 PD는 막 도착했는지 다급하게 물었다.

"어떻습니까?"

"복어 독에 중독됐습니다. 한시라도 빨리 병원으로 이동하는 게 좋습니다."

"아! 대체 어떻게 복어 독을……."

"그건 제가 알아볼 테니 PD님은 헬리콥터를 알아보십시오."

"알겠습니다."

이 PD가 구급대원과 헬리콥터를 알아보는 사이 두삼은 복어 독의 중독 원인을 알아보기 위해 아까부터 심하게 안절부절못하고 있는 승봉도의 선장에게 다가갔다.

그는 벌벌 떨리는 손으로 반백의 머리를 긁으며 물었다.

"…그, 그 친구들은 괜찮소?"

"아직까지는 괜찮습니다. 어떻게 된 겁니까?"

"…그게, 그러니까… 낚시를 했는데 회를 떠달라고 부탁을 하더이다."

"그중에 복어가 있었군요?"

"네. 처, 처음에 버리려고 했었소. 근데 주책없게 이 입이 방정이었소. 말끝에 뱃사람들은 자주 먹는데 맛이 끝내준다고 말했더니……."

다음 얘긴 뻔했다. 출연자들이 먹고 싶다고 했을 테고 선장은 평소처럼 해준 것이다. 그 와중에 실수가 있었을 테고.

복어를 다루는 것은 자격증이 필요할 정도로 위험한데 사람들은 너무 쉽게 그 사실을 잊는다.

지금까지 이상이 없었으니까, 오랫동안 다뤄왔으니까, 설마 내가 걸리겠어, 따위의 안일함이 결국 사고를 만드는 법이다.

불행 중 다행이라면 다른 두 명이 지레 겁을 먹고 먹지 않았다는 점이다.

이미 벌어진 일, 그를 다그친다고 문제가 해결되는 게 아니었다.

"경찰 조사야 받겠지만 너무 걱정 마세요. 근데 지금 승봉도까지 배를 띄울 수 있습니까?"

"…승봉도까진 눈 감고도 갈 수 있지만 내륙까진 안개가 많이 끼어서 힘들 거요."

"…헬기도 힘들겠군요?"

"아마 그럴 거요. 내가 예상하기론 이런 날씨엔 해가 떠야 안개가 사라질 거요."

그의 예상이 맞았다. 이 PD와 구급대원은 심각한 표정으로 고개를 저으며 다가왔다.

"현재 해상에 안개가 심해 헬기가 뜨지 못한답니다. 어떻게 하죠?"

"사람 목숨 구하기 위해 다른 사람이 목숨을 걸 수는 없죠. 언제쯤 올 수 있답니까?"

"일단 비행이 가능할 정도가 되면 오겠다고는 했는데… 6시는 넘어야 할 것 같다고 합니다."

"그럼 그때까지 버티고 있어야겠네요."

"가능하시겠어요?"

"해 봐야죠. 다들 물려주시고 입구 쪽에 커튼 좀 쳐주세요. 출입은 금해주시고요."

"…선생님만 믿겠습니다."

두렵긴 이 PD도 마찬가진가 보다. 조명에 비친 그의 얼굴은

창백했다.

하긴 혹시나 출연자가 죽기라도 한다면 프로그램을 내려야 하는 것은 물론이고 방송국의 문책을 받을 건 불 보듯 빤했다.

"방법이 있으니까 너무 걱정하지 말고 각자 할 수 있는 일을 하죠."

힘을 주기 위해 그의 어깨를 잡고 말하자 그는 곧 고개를 끄덕였다. 그러고는 지시를 내려 사람들을 물리고 입구를 막으라고 지시했다.

그 후, 섬 전문가인 선장에게 언성을 높이는 소리가 잠깐 들리긴 했지만 이동을 했는지, 화를 내 봐야 소용이 없다고 생각한 건지 조용해졌다.

드르륵! 드르륵!

가방 끄는 소리와 함께 오영란이 도착했다.

"테트로도톡신에 중독됐다며?"

"네. 근데 왜 가방을 가져왔어요?"

"기도 확보는 해야지. 물론 수동식이고, 그것도 하나밖에 없지만."

"그건 필요할 때 사용하기로 해요."

"다른 방법이 있나 보네?"

"네. 한의학적인 방법이랄까요?"

"혼자만 할 수 있는 거 아니고?"

"글쎄요. 그리고 그에 앞서 독을 빼볼 생각이에요."

"알아서 해. 지켜봐 줄게."

"네. 유신 씨, 여자분 상의 좀 벗기게 도와줘요."

"…뭐 하시려고……."

"아! 오해 마세요. 일단은 전부 벗기진 않아도 충분해요. 그리고 이 두 분 갈아입을 옷 구해주시고요."

"네!"

몸의 약 기운과 노폐물을 태울 때처럼 해볼 요량이다.

옷을 벗긴 후 두삼은 여자의 얼굴을 보고 설명했다.

"마사지를 통해 몸을 뜨겁게 만들어 땀으로 독이 배출되는지 확인할 거예요. 성공하면 병원에 누워 있는 시간이 줄어들고 후유증도 덜할 겁니다. 만일 마사지하는 게 불편하면 눈을 두 번 깜빡이세요. 싫은 일을 억지로 할 수는 없잖아요."

"……."

"그럼 시작할게요."

허락했기에 목부터 시작해서 뜨거운 기운을 밀어 넣으며 주물렀다.

침묵 속에서 30분 정도 지나자 환자의 몸에서 서서히 땀이 나기 시작했고, 40분쯤 되자 사우나에 들어온 것처럼 뚝뚝 떨어진다.

옆에서 보고 있던 오영란이 손수건으로 닦으려고 손을 뻗었다.

"누나, 혹시 모르니까 장갑 끼세요."

"아! 맞다. 독을 땀으로 빼내는 건 상상도 못 했던 일이라… 미안."

"원래 조금씩 빠지는데 워낙 적은 양이라 무시하는 거죠."

"네네. 명심하겠습니다~"

그녀는 수술 장갑을 끼고 땀을 닦았다. 그러나 곧 손수건으론 불가능하다고 생각했는지 수건을 꺼냈다.

1시간 동안 한 후에야 손을 멈췄다.

'다음은 코에서 폐까지 기운으로 관을 만드는 작업인데…….. 가능할까 모르겠군.'

기운의 특별함이야 익히 알고 있지만, 지금까지 해왔던 것과는 차원이 다른 방법으로, 실패한다면 링거 줄을 이용해 거리를 최대한 줄이는 방법을 시도해야 할지도 몰랐다.

기운이 쭉쭉 빠져나가면 투명한 관을 만들어 코부터 폐까지 연결했다. 안마한 것까지 40%가 넘는 기운이 사라져 버렸다.

"후우~ 몸 닦아주고 속옷까지 갈아입혀 주세요. 그동안 전 저쪽에서 이 친구 마사지하고 있을게요. 그리고 끝나면 말해주세요. 지금부터 한시도 방심해선 안 되거든요."

"내가 한 농담 때문에 그런가 본데 그냥 옆에서 고개 돌리고 해. 넌 의사야."

"알아요. 그래도 이게 편해요."

김장혁이 만들어낸 것이라고 해도 성추행이라는 꼬리표가 달리자 아무래도 마음에 걸렸다.

남자를 안아 커튼이 쳐진 옆으로 가자 안이 보이지 않았다. 남자를 눕히고 옷을 벗겼다. 그리고 여자에게 그랬던 것처럼 물었다.

"마사지해도 되면 눈 두 번 깜빡거려요."

깜빡! 깜빡!

눈을 깜빡이면서도 그는 걱정스러운 눈빛을 하고 있었다. 왜 그렇지 싶었는데 문득 떠오르는 것이 있었다.

"걱정하지 말아요. 땀 닦는 건 내가 안 할 테니까. 나도 피하고 싶은 일이거든요."

깜빡! 깜빡! 깜빡! 깜빡!

안도하는 그를 보고 피식 웃곤 안마를 했다.

한데 그가 예상치 못한 것이 있었다.

아무리 땀을 많이 흘려도 나올 것(?)은 나오게 마련. 특히 다들 알다시피 소변과 대변을 조이고 푸는 것도 근육이었다.

그의 마사지가 끝나고 난 후의 일은…….

다만 냄새와 여자들의 알 수 없는 탄성, 그의 입에서 새어 나온 처절함이 담긴 흐느낌……. 더러우니 이쯤에서 생략하자.

아무튼, 긴 밤이었다.

마사지를 끝내놓고 기운을 회복하기 위해 소주천을 여러 차례 하면서도 두 사람의 동태를 살피는 걸 잊지 않았다.

다행히 마사지가 도움이 됐는지 두 사람의 근육과 신경은 완전히 마비된 것은 새벽 3시쯤이었다.

20%에서 50%로 기운이 되살아났기에 다시 두 사람을 차례차례 마사지했다.

꾸벅꾸벅 졸던 오영란과 밖에서 기다리는 이 PD에게 사정을 알린다고 왔다 갔다 한 안유신은 졸린 눈을 비비며 다시 옷을 갈아입혔다. 물론 이번에는 남자는 두삼이 몸을 닦고 옷을 입혀야 했다.

끔찍한 일이 끝나고 나자 이 PD가 밖에서 헛기침하며 들어왔다.

"큼! 지금 헬리콥터 뜬다고 연락이 왔어요. 지금 승봉도로 이동해야 합니다."

"천만다행이네요."

"두 사람은 어떻습니까? 유신이 말로는 괜찮은 것 같다고 하던데……."

"생각보다 좋습니다."

"그리고… 이번 일은 방송국에서도 그렇고 저 아이들 소속사에서도 그렇고 덮었으면 합니다."

"무슨 말인지 알겠네요. 환자들이 밝히길 원하지 않는데 제가 입을 놀릴 일은 없을 겁니다."

"감사합니다. 이번 일은 절대 잊지 않겠습니다."

"좋은 일도 아닌데 우리 모두 잊죠."

두삼은 감고 있는 눈이 파르르 떨리는 듯한 남자 환자를 보며 중얼거렸다.

널찍한 낚싯배를 타고 다소 거친 바다를 건너 승봉도에 도착했다. 그리고 5분쯤 기다리자 환자를 태울 헬리콥터가 여명을 뚫고 날아왔다.

*　　　　*　　　　*

헬리콥터에서 내릴 때 민규식에게 '복귀할 땐 언제나 환자를 데리고 오는군'이라는 말을 들었다.

환자 덕분이라고 하긴 이상하지만, 어쨌든 편하게 서울까지 왔다.

입원을 시키고 두 사람에게 호흡기가 장착되는 걸 보고 집으로 향했다.

집엔 아무도 없었다.

―두삼 님 마중 간다고 조금 전에 인천에 갔어요.

"이런! 헬기 타고 왔는데. 얼른 연락을 해야겠네."

―두삼 님, 신호가 잡혔을 때 하란 님께 알렸어요. 출발한 김에 차이나타운이랑 바다를 구경하고 온답니다.

루시는 전화기 신호를 통해 위치를 파악하고 말을 했다. 무인도에선 통하지 않으니 당연히 상황을 몰랐다.

하란에게 전화했다.

―도착했어?

"응. 어디야?"

―올림픽대로. 아직 서울을 못 벗어났어.

"미안. 복어 독에 중독된 환자가 발생하는 바람에 헬기로 병원까지 왔어."

―훗! 그게 오빠 탓인가. 피곤할 텐데 쉬어. 나온 김에 려령이랑 구경하고 갈게.

"그래. 저녁에 보자."

전화를 끊고 샤워를 했다. 그리고 침실로 들어가 누웠다. 간만에 기운을 소모하고 채웠다를 반복했더니 피곤했다.

점심을 먹고 학교로 가야 했기에 시계를 2시간 후로 맞춰놓고 잠들었다.

Rrrrrr!

거짓말 조금 보태서 눈 감자마자 시계가 울리는 기분이다. 더

자고 싶지만 일어났다. 다행히 기분과는 달리 몸은 2시간을 자고나자 조금 개운해졌다.

"루시, 볶음밥 하나만 해줄래?"

─새우, 제육, 소고기가 있는데 어떤 걸로 할까요?

"소고기."

샤워는 아까 했기에 양치와 세수, 헤어스타일을 매만지고 식탁으로 갔다.

막 준비가 끝났는지 로봇 팔이 식탁에 볶음밥이 담긴 접시를 놓고 있었다.

근데 평소 보던, 자동차 조립라인에 있는 것과 유사한 로봇 팔이 아닌 아주 미래 영화에서 나오는 깔끔하고 세련된 팔이었다.

"로봇이 바뀌었네?"

─하란 님의 연구소에서 만들어진 팔이에요

"응? 연구소가 있었어?"

─하란 님이 이번에 만든 게 로봇 연구소예요. 그동안 부지 마련과 연구원 모집 때문에 바빴죠.

"아! 그래? 난 또 사업을 할 줄 알았는데 연구소라니 의외네."

─연구소라고 연구만 하는 게 아니니까요.

"그런가? 아무튼 깔끔한 게 보기 좋네. 잘 먹을게."

─네. 근데 최근 두삼 님을 감시하고 있는 이들이 있어요.

"…언제부터?"

─촬영하러 가기 전부터요. 오늘 또 집 근처에서 서성이고 있어요.

"누군지 조사했어?"

─현재까지 '차 실장'이라는 남자가 배후라는 것밖에 몰라요. 2G폰에 대포폰을 사용하는지 누군지 알아내진 못했고요. 하지만 지금 수신 지역으로 보내놨으니 조만간 알 수 있을 거예요.

"수신 지역이 어딘데?"

─진주요.

악양에 있을 때 김장혁이 보낸 깡패들이 진주에서 왔다고 했었는데, 우연일까.

"혹시 차 실장이라는 놈 찾으면 구린 것도 찾아봐."

─그럴게요. 감시하는 이들은 어떻게 할까요?

"일단 지켜봐. 혹시나 허튼 짓을 할 것 같으면 먼저 움직이고."

만일 김장혁의 수족이라면 미리 싹을 잘라 버리는 것이 나았다.

학교로 가기 위해 집을 나섰다.

누군가가 감시를 하고 있다니 괜스레 잘 다니는 길도 불안해진다. 이런 기분 딱 질색인데.

그냥 예전처럼 처리해 버릴까 하다가 증상을 들으면 김장혁이 알 가능성이 높았기에 참아본다.

학교에 도착해 한의학과 주차장에 주차하고 교수실이 있는 건물로 걷는데 전과 달리 못 보던 얼굴과 함께 북적거리는 느낌이 든다.

"안녕하세요, 교수님!"

"응, 성아구나. 어디 가?"

"후배들이랑 학생 식당에서 밥 먹고 차 마시러 가요."

"착하네. 많이 도와줘라."

"네~ 수업 때 뵐게요."

인사를 꾸벅하고 후배 3명과 함께 가는 모습을 보니 작년에 고생한 것이 헛일은 아닌 것 같아 뿌듯했다.

성아 말고도 몇몇이 후배들을 데리고 어디론가 향하는 모습이 보며 교수실에 도착했다.

"든 자리는 몰라도 난 자리는 표가 난다더니……."

배수진이 들락거릴 땐 들어서면 커피 향부터 났는데, 지금은 새 건물의 페인트 냄새가 난다.

일단 커피를 끓였다.

츠으! 하는 소리와 함께 커피가 포트로 떨어지기 시작할 때 노크 소리가 들렸다.

박동수가 고개를 내밀며 물었다.

"들어가도 돼?"

"새삼스레 왜 그래요? 들어오세요."

"볼 낯이 없어서 그렇지."

"그런 소리 마요. 그러는 게 더 불편해요. 커피 드실래요?"

"마셨어. 처제한테 들었어. 모든 공을 처제에게 돌렸다면서?"

"아닌데요. 설 선생이 요즘 유리온실에서 고생한다는 소리 안 해요?"

"그것도 안 하면 담당의라고 할 수도 없지. 아무튼 어려운 부탁인데 들어줘서 고마워. 이건 고마워서 주는 거니까 받아."

그는 책처럼 생긴 상자를 건넸다.

"아~ 진짜, 이러지 마요. 형 봐서 도와준 건 맞지만 이건 아니죠. 제가 선물을 마다하지 않는 성격이지만 친한 사람에게까지 받고 싶지 않아요. 그냥 나중에 저 한 번 도와주세요."

"별거 아냐. 그냥 성의야. 간다! 수고해."

그는 선물 상자를 던지다시피 놔두고 가버렸다.

두삼은 머리를 긁곤 상자를 일단 책상 서랍에 넣어뒀다. 환자가 퇴원을 하고 나면 열어보든가 할 생각이다.

두삼의 2학점짜리 수업, 한방해부학개론은 총 3시간 수업으로 오후 2시부터 5시까지다.

아무래도 해부학 하면 양방이 기본이 될 수밖에 없었기에 가르치는 방향이 중요했다.

두삼은 자신의 능력으로 본 것과 치료했던 것을 양방 해부학을 합쳐서 가르치기로 했다.

교양이 아닌 전공 수업이라 2학년 학생 45명이 모두 모였다.

처음 50명에서 적성, 집안 사정 등의 이유로 5명이 휴학을 했다.

"지난주에 갑자기 학과 행사가 있어 수업 시작하자마자 끝냈지? 그래도 인사는 한 거 같으니 오늘은 바로 수업으로 들어갈까?"

"교수님! 그땐 얼굴만 봤는데요."

"내 얼굴 모르는 사람 있어? 나도 너희들 다 알고. 그럼 된 거 아닌가? 넌 이대양이잖아."

"그야 그렇지만 궁금한 게 있습니다."

"수업과 관련이 없는 질문은 안 받는다."

"관련 있습니다!"

"뭔데?"

"차이나타운 총기 사건에서 총상 환자를 구하셨는데 해부학적으로 어떤 방법을 사용하신 건가요?"

"……."

이 질문이 나올 것 같아서 수업과 관련 없는 질문은 하지 말라고 한 건데 이렇게 나오다니, 학생이 한 수 위였다.

"다 궁금한 거야? 아니면 대양이 혼자 궁금한 거야?"

"다 궁금합니다!"

"다 궁금해요!"

학생들은 일제히 외쳤다.

"알았어. 얘기해 주지. 대신 교묘하게 쓸데없는 질문을 한 대양이는 이번 학기 B학점 이상 바라지 마라."

"…너무해요, 교수님!"

"궁금한 것엔 대가가 따르는 법이야. 아무튼, 간단하게 말하자면 총상으로 망가진 혈관을 막았어."

"총상이라면 많은 혈관이 망가졌을 텐데 그게 가능합니까?"

"가능하니까 했겠지?"

"제가 의학 프로그램에서 봤는데 현대 의학으론 거의 불가능한 일이라고 하던데요."

"내가 했으니 불가능한 일은 아니지. 물론, 나의 타고난 재능이 없었다면 나 역시 힘들었겠지만."

우우~

잘난 척한다고 생각했는지 장난 같은 야유가 나왔다. 그래서 두삼은 웃으며 말을 이었다.

"너희들도 불가능하지 않아. 해부학 실력과 기운을 이용한 침술만 잘 이용한다면 가능해."

"…상상이 안 되는데요?"

"마취 침술의 연장이라 생각하면 돼. 너흰 마취 침술이 불가능하다고 생각해?"

"아뇨. 마취 침술은 이미 증명이 되어 실제 수술에서 사용되고 있다고 들었어요. 교수님이 출연하는 TV에서도 봤고요."

"그래, 마취 침술은 맥을 막는 거야. 그렇다면 혈관을 막는 것도 가능하지 않을까?"

"해부학적으로 혈도는 없는 거 아닙니까?"

"틀린 말은 아냐. 아직은 말이야. 근데 찾으려는 노력이 부족한 건 아닐까. 기가 존재한다고 믿는다면 기의 통로 역시 있겠지? 너희 선배, 직속 선배는 아니지만, 기의 존재를 믿지 않은 채 한의학과를 졸업한 애가 있었어."

"아! 양 조교님."

"어디에서 들었어?"

"작년에 술 마실 때 양 조교님이 말해주셨어요."

"…그 자식은 부끄럼도 없나 보네. 아무튼, 양태일 걘 기의 존재를 믿지 않았어. 믿지 않으니 당연히 기를 이용하지 못할 수밖에. 너희들은 그런 우를 범하지 마라. 혹시 해서 묻는데 못 믿는 사람 있냐?"

"……."

다들 눈치만 볼뿐 말이 없었다.

"눈치 보지 마. 너흰 똑똑해. 그래서 비과학적이라 생각되는 혈과 맥을 믿을 수 없을 수도 있어. 양태일의 경우는 팔을 마비시킨 후, 서양의학으로 가능한 모든 검사를 받게 했어. 결과는 원인 불명. 그때야 믿더군. 너희에겐 그렇게까지 할 수 없으니 수업 끝날 때까지 팔이든 다리든 못 움직이기 만들어줄게. 기의 존재를 믿더라도 테스트해 보고 싶은 사람은 나와."

머뭇거리던 이들은 이대양이 나서자 우르르 나왔다. 모두 15명.

"…테스트해 보고 싶은 거냐? 믿음이 없는 거냐? 뭐, 말은 내가 했으니… 원하는 부위를 말해."

"전 왼팔이요."

두삼은 학생의 팔을 잡고 몇 군데 혈을 꾹꾹 눌러 팔을 마비시켰다.

"다음."

"…벌써 끝났어요?"

"팔을 움직여 봐."

"…어? 어! 아, 안 움직여요."

"마취 침술, 아니, 마취 안마야. 곧 같은 처지의 동료가 생길 테니 가 봐. 넌 어디?"

"전 다리요."

하필 여자애가 반바지에 스타킹을 신은 채 다리를 마비시켜 달라니……

"만진다?"

"얼마든지요."

배수진이 조용하니 또 다른 애가 도발이다.

뭐, 허락을 받았으니.

허벅지와 종아리 부근을 만지며 마비를 시켰다.

그냥 발목을 잡거나 손목을 잡고도 가능하지만, 나중에 어떤 혈을 찔렀는지 설명을 해야 했기에 정석대로 했다.

한 명, 한 명 마비를 시켜 나갔다. 엉뚱하게 목을 마비시켜 달라는 요청을 하는 학생도 있었지만 어려운 일이 아니었기에 시키는 대로 해줬다.

15명을 다한 것 같은데 어느새 셋이 더 나와 있었다. 그중에 배수진도 있었다.

"…수업 시간 잡아먹으려고 이러는 건 아니지? 어디?"

"다리요."

"……."

'너 이럴래?'라는 눈빛을 보냈지만, 두삼과 마찬가지로 배수진 역시 눈빛을 읽는 능력은 없었는지 다리를 앞으로 내밀 뿐이었다.

인제 와서 빼는 것도 이상해서 얼른 해줬다. 나머지 두 명까지 해주고 난 후 말했다.

"두 시간쯤 지나면 자동으로 풀리는 사람도 있겠지만 안 풀리면 수업 끝날 때 꼭 얘기해라. 이제 궁금한 거 없지?"

"있습니다!"

"…이대양 오늘만 살기로 했냐?"

"이왕 B학점 이상 받을 수 없는데 궁금한 거라도 해결하려고요."

"말해. C학점."

"…질문드리고 재수강 준비해야겠군요. 너튜브에 보면 범인을 처치한 사람이 선생님밖에 없었다고 나와 있던데 진실을 알고 싶습니다."

음모론자들 같으니라고.

"너튜브에 내가 했을 수가 없다는 얘기는 못 들었냐? 투석기 같은 발사 장치가 아니면 불가능한 힘이라잖아."

"에이~ 인천 건물 붕괴 사고 때 괴력을 발휘하셨잖아요. 그걸 생각하면 불가능한 일도 아니죠."

세상은 넓고 또라이는 많다더니 그걸 찾아내서 갖다 붙일 줄이야. 역시 꼬리가 길면 잡히는 법이었다.

이럴 땐 경멸하는 우리나라 정치권의 인물들이 즐겨 쓰는 수법을 이용하면 좋다.

배울 것이 없는 사람들인 줄 알았는데, 자괴감이 들지만 어쩔 수 없다.

"나도 그만큼 힘이 셌으면 좋겠다. 그럼 UFC에 나가서 우승도 할 수 있을 텐데. 흠! 아무튼, 네가 믿고 싶으면 그렇게 믿어라. 내가 백날 아니라고 해도 넌 또 다른 이유를 댈 테니까. 대답이 됐나 모르겠네. 이제 진짜 수업하자."

두삼은 단호하게 말했고 더는 쓸데없는 질문을 하는 학생은 없었다.

"한의사가 해부학을 배우는 걸 이상하게 보는 사람들이 있어. 이 중에도 그런 사람이 있을 거야. 근데 허준 선생님의 일대기를 그린 드라마에서 스승의 몸을 해부하는 장면이 있어. 본 사람 있어?"

"저요!"

이대양과 몇 명이 손을 들었다.

"아주 감동적인 장면이지. 그리고 허준 선생은 그 후에 마치 각성을 한 사람처럼 엄청난 실력을 보여주고."

칠판에 그림을 그리며 말을 이었다.

"이대양이 말했던 것처럼 혈맥은 해부한다고 해도 볼 수 없는데 왜 해부학이 필요한지 설명해 보자. 한의학의 기본이라 할 수 있는 시침의 가장 큰 숙제는 정확하게 혈에 시침하는 거야. 가령 배꼽 밑에 있는 석문혈의 정확한 위치를 말할 때 흔히 배꼽 정중앙 2촌 지점이라고 말하고, 검지, 중지, 약지 세 손가락을 붙였을 때를 대략 2촌쯤이라 말해. 정말 그럴까?"

"……."

"2m 장신의 석촌혈과 150㎝의 아가씨의 석문혈이 같은 위치에 있을까? 상체가 긴 동양인과 상체가 짧은 서양인은? 어른과 아이는?"

"……."

"그럼 어떻게 해야 하냐? 간단해. 양방의 해부학을 의사들보다 더 잘 알면 돼. 어느 근육이 어떻게 지나가는지 겉만 보고도 속을 알 수 있어야 정확한 석문혈에 시침을 할 수 있어. 경험이 많은 한의사들은 손끝 감각으로 안다고 하지. 근데 그전에는 일 안 할 거야?"

두삼은 해부학이 왜 필요한지에 대해 예를 들어가며 열정적으로 설명했다.

* * *

어디 갔다가 몇 일만에 돌아오는 게 익숙해졌다. 과의 다른 사람들도 익숙해졌는지 '잘 다녀왔냐?'는 짤막한 말로 그간의 안부를 묻곤 곧장 본론으로 들어간다.

"호호! 이번엔 헬기 타고 오셨다면서요? 어떤 환자였어요?"

"…도 간호사님, 그거 비밀인데 어떻게 알았어요?"

도대체 이 병원에 비밀이 있나 싶다.

"헬기 뜨는 일이 많지 않잖아요. 게다가 우리 병원 최고의 트러블메이커 한 선생님이 타고 왔다니 사람들의 이목이 쏠릴 수밖에요."

"…제가 트러블메이커였습니까?"

"어떤 의미에서는요. 호호호!"

"트러블메이커라 죄송하네요. 비밀이라 말할 수 없는 것도요."

"비밀까지 말해달라곤 할 수 없죠. 어? 과장님 오셨어요?"

도 간호사와 얘기를 하고 있는데 이방익이 왔다.

"하하하! 모두 굿모닝!"

"어서 오세요, 이 선생님."

"오오! 한 선생 왔어? 고생했지? 오늘은 느긋하게 환자를 봐. 내가 많이 볼 테니까 말이야."

한방부인과 성 과장과 잘됐는지에 대해서 굳이 물을 필요가 없어 보였다. 잘 안 되었는데 저런 표정을 지을 수 있다면 그는 감정 변태가 분명했다.

물론 이방익이 감정 변태일 수 있었기에 은근히 물어봤다.

"하하하! 성 선생이 반지를 받아줬어."

"축하드려요. 결혼 날짜는 잡으셨어요?"

"결혼은 그냥 주변 사람들 몇 명 모인 자리에서 잘살겠다는 인사만 하기로 했어."

"에? 성 선생님이 그러자고 하셨어요?"

"응. 나이 들어서 그런 거 하는 거 싫대. 왜? 결혼식 해야 할 것 같냐?"

"글쎄요. 여자들의 언어는 이해하기가 어려워서. 돈도 많으시니 화려하게 해줘도 상관없으시잖아요."

"…그런가?"

"여자 간호사들에게 조언을 구해보시든가요."

"닥칠 때까지 입 다물고 있으려고 했는데……. 도 간호사에게만 살짝 물어볼까?"

"…아뇨. 우리 병원 말고 다른 곳에서 물어보세요."

아마 물어보면 내일이면 온 병원에 결혼한다는 소식이 퍼질 게 분명했다.

외래 진료가 시작되고 10시가 넘자 양태일이 헐레벌떡 안으로 들어왔다.

"미연 학생 치료하고 오느라 늦었습니다, 선생님."

"괜찮아. 많이 좋아졌어?"

"예. 처음 볼 때랑 비교도 안 되게 좋아졌어요. 설 선생님은 슬슬 퇴원을 생각하는 것 같더라고요."

"담당이니까 알아서 판단하겠지."

"근데 미연 학생이 바르는 한약 만드는 방법은 안 가르쳐 주십니까?"

"기나 먼저 느껴야 하지 않겠냐?"

"기를 느끼는 거 것도 중요하지만 나중을 생각하면 피부 한약 만드는 것도 중요한 거 같은데……."

"너무 날로 먹으려고 하다간 이도 저도 안 돼. 기운부터 느껴. 때 되면 알려줄게."

"때가 언제 오는데요?"

"네가 하기 나름이겠지? 환자나 들어오라고 해라."

"네. 참! 침구과 김장혁 선생, 마취침술 하러 수술실에 들어간 거 아세요?"

"그랬어? 잘됐네."

"…지난번 한방내과가 잘되길 바란다는 말 진짜였나 보네요?"

"네가 거짓말을 왜 해. 참! 팔 못 쓴다는 환자는 잘 보냈어?"

"아! 맞다. 잘 보내긴 했는데 그 환자 알고 봤더니 유명한 차관의 딸이라서 VIP실로 옮겼대요."

"음, 김장혁이 VIP실까지 들어갔다는 얘기네?"

"담당의는 김장혁 선생이니까요."

그가 VIP실까지 가길 바라진 않았다. 배경이 좋아져 봐야 남 괴롭히는 힘만 세질 테니 말이다. 그러나 이미 들어간 걸 어쩌겠는가.

"환자는?"

"아직은 치료 중인가 보더라고요. 근데 다시 데리고 오시게요?"

"너 같으면 그렇게 한다고 하면 기분이 어떻겠냐?"

"더럽겠죠. 화도 날 테고요."

양태일의 말을 들으니 갑자기 뺏어오고 싶어진다. 하지만 마음이 그렇다는 거지, 진짜로 할 마음은 없었다. 그랬다간 한방내과 황오열이 개지랄을 떨 게 확실했다.

"혹시 내가 한방내과랑 싸우길 바라냐?"

"아뇨! 전 그냥 그런 생각을 하고 계시면 하지 말라고 드리는 말입니다. 김장혁 선생님, 꽤 멋지더라고요. 제가 환자를 부탁하러 갔는데 환자의 상태에 대해서 묻고는 바로 허락하더군요."

"…그래서 반했냐?"

"바, 반하긴요."

"반했네. 거기 가서 김 선생한테 배울래?"

"에이~ 무슨 말씀을 그렇게 하세요. 전 선생님 옆에 꼭 붙어 있을 겁니다. 헐! 시간이 언제 이렇게 됐대, 환자 들어오라고 하겠습니다."

그리 순진하다고 할 수 없는 양태일을 반하게 하다니 김장혁의 연기력이 꽤 좋은 모양이다.

그러나 언제까지 그럴 수 있을지.

열심히 일하는 김장혁을 떠올리자 피식 웃음이 나왔다. 그리고 입가의 웃음을 지우듯 머릿속의 김장혁을 지우고 들어오는 환자에 집중했다.

*   *   *

'전설을 찾아서' 촬영 이틀 전, 점심을 먹고 있는데 문 PD에게 연락이 왔다.

"촬영 날이 바뀌기라도 했습니까?"

—바뀌긴, 그대로지. 다만 이번 촬영에 한 선생은 쉬어줬으면 해서 연락했지. 싫어?

"아뇨. 근데 뭔가 느낌이 조금 묘하네요."

—…이상하게 생각할 것 없어. 섭외된 한의원에서 한 선생을 꺼리는 눈치더라고.

"왜요?"

—나도 몰라. 다만 자신들의 기술을 알아차릴까 걱정하는 것 같기도 해. 안 하겠다고 하다가, 자네가 안 올지도 모른다고 하니 냉큼 하겠다니 어쩔 수 없잖아.

마치 사람을 도둑처럼 보는 것 같아 살짝 기분은 상했다. 그러나 이해하지 못할 바는 아니었기에 수긍했다.

"알았어요. 그럼 다음 촬영에 합류할게요."

—너무 기분 나쁘게 생각하지 마. 세상에 이런 사람도 있고 저런 사람도 있는 법이잖아.

"괜찮으니 신경 쓰지 마시고 촬영 잘하세요."

—촬영 끝내고 연락할 테니 술 한잔해.

"그래요."

전화를 끊고 곰곰이 생각해 보니 차라리 잘됐다는 생각이 들었다. 이번 기회에 말을 잘해서 방송 출연을 그만두는 것도 나쁘지 않을 것 같았다.

'술 마실 때 은근히 말을 해 봐야겠네.'

가능성은 희박하겠지만 이런 기회가 없을 듯싶다.

방에서 기다리고 있는 민규식을 더 기다리게 할 수 없어 얼른 들어갔다.

"죄송합니다."

"괜찮으이. 더 식으면 맛이 없으니 얼른 먹게."

"네."

최근 새로 생긴 중국집으로 마라탕이 일품이라는 소문에 왔다.

솔직히 중국에서 먹던 것과 달랐다. 조금 덜 맵고 입안의 얼얼함도 덜 하다고 할까, 그래도 소문이 날 만큼 잘 만든다는 건 인정해야 했다.

마라탕과 쇼롱샤를 다 먹고, 후식으로 차를 마실 때 민규식이 말했다.

"요즘 바쁘지?"

"양태일 가르치는 거 말고는 한가합니다. 시키실 일이라도 있습니까?"

"알고 있었나?"

"식사하자고 말씀하실 때 평소와 조금 달랐거든요."

"허허! 마음을 숨기지 못하다니 나도 늙은 모양일세. 그래도 부탁할 것을 알고 있다니 마음이 편하군."

"앞으론 편하게 말씀하세요. 다른 사람 부탁이라면 몰라도 원장님 부탁은 거절하는 일 없을 겁니다."

"내가 엉뚱한 부탁이라도 하면 어쩌려고?"

"그럴 분이라면 이런 말도 안 했겠죠."

"허허. 그 사람 부담을 주는군."

"스트레스 받지 말라고 말씀드리는 겁니다. 오래오래 이사장을 하셔야 하지 않겠습니까."

"늙은이를 부려먹겠다는 말로 들리네만. 허허허!"

"능력 없는 후배가 병원을 맡아 말아먹으려면 어쩌려고요. 오래오래 하셔야죠."

"그렇다고 해도 원망하는 사람은 없을 걸세. 아! 잘리는 사람들은 원망할지도 모르겠군."

"…더 들었다간 도망갈지도 모르겠네요. 이번엔 누굴 치료하면 되는 겁니까?"

"많아."

"병원 살림에 많이 보탬이 되겠네요."

"아주 많이 될 걸세. 지금까지와는 비교도 안 되게 말일세."

"어떤 사람들이기에… 진짜 궁금하네요?"

"직접 보게. 참고로 RC를 비울 생각이네."

"네에? 재활치료센터 전부를 비운다고요?"

"그래. 거기엔 양태일은 안 되네. 내가 지정해 주는 사람 이외엔 데리고 갈 수 없네. 필요하다면 나한테 말해서 허락을 받은 후에나 가능하고."

"…그렇게 알고 있겠습니다."

도대체 어떤 사람들이 오기에 이러는 건지 겁이 난다.

한 번 더 물어봐도, 은근히 물어봐도, 민규식은 더는 말하지 않고 평소 하던 대로만 하라고 했다.

　　　　　*　　　　　*　　　　　*

　민규식의 말을 들은 후 병원에 변화는 없었다.

　출근길에 재활치료센터 쪽을 유심히 살펴봤지만, 그곳 역시 마찬가지.

　소문 역시 조용했다. 비밀이 없을 것 같던 병원에서 유일한 비밀이 생긴 것이다.

　처음엔 신경 쓰다가 며칠이 지나자 두삼도 잊고 환자에 집중했다.

　평소와 다를 바 없는 날, 잠깐 틈이 생겨 따뜻한 음료수라도 마실 겸 밖으로 나왔다.

　대기실에 켜둔 TV를 보더니 양태일이 말했다.

　"독일 총리가 우리나라에 왔네요."

　"정치에 관심 있냐?"

　"없더라도 가져야죠. 그래야 저희 세대를 위한 법이 하나라도 더 생기죠."

　"네가 나보다 낫네. 난 관심 없었는데. 근데 독일 총리가 우리나라에 뭐 하러 온 거냐?"

　"글쎄요. 그것까지는……. 경제 교류나 북방 정책에 대한 지지를 위한 건 아닐까요?"

　"나한테 묻지 마라. 모른다."

　"…보고서라도 쓸까요?"

　"할 일 없으면 그러든가."

　"할 일 엄청 많습니다! 그럼요! 외래 환자 봐야지, 저녁엔 입원 환자 봐야지, 쪼~기도 봐야지. 무지 바쁩니다. 그렇고말고요."

"홋! 혼자 북 치고 장구 치고 난리네, 난리야. 음료수는 뭐로 마실래?"

"이런 건 제가 쏘겠습니다."

양태일은 카드를 대 두 개의 음료수를 뽑아서 하나를 두삼에게 건넸다.

"고맙다. 잘 마실게."

"에이~ 선생님이 사주시는 것에 비하면 약소합니다."

"마음이 중요한 거지."

"선생님도……. 참! VIP 병동에 입원한 환자 얘긴 들으셨어요?"

"누구? 팔을 못 쓰는 환자?"

"네. 그게 영 안 낫는 모양이더라고요."

"그래? 이럼 곤란한데……."

"네?"

"아냐. 아무것도. 그래서 어떻게 한대?"

"모르겠습니다. 아무튼, 그 때문에 고민이 많은 것 같더라고요."

지금은 김장혁이 잘나가야 한다. 그래야 딴짓을 할 마음을 먹지 않을 터.

이를 어쩐다.

두삼은 음료수를 마시며 고민하다가 양태일에게 말했다.

"나 좀 도와줘야겠다."

"선생님의 부탁이라면 죽으라고 해도… 큼! 그 정도는 아니더라도 열심히 돕겠습니다."

"그럼, 지금 VIP실로 가."

"…지금 딱히 할 일이 없는데요."

"가서 환자 주변에 아무도 없을 때 연락해. 물론, 환자를 재워야 하는 것도 잊지 말고."

"…뭘 하시려고요?"

"뭘 하긴 몰래 환자의 상태를 살피려는 거지."

"살피기만 한다고요?"

"고칠 수 있으면 고치고."

"왜 몰래……? 도무지 이해가 안 되네요."

"지금은 이해하려 하지 마. 나중에 말해줄 테니까. 물론 절대 비밀로 해야 한다는 거 잊지 말고."

양태일은 나름대로 생각해 보려는 듯 음료수를 입에 댄 채 대답을 미뤘다. 그러다 도무지 모르겠는지 머리를 벅벅 긁곤 답했다.

"다른 건 생각 안 하고 환자만 보겠습니다."

"그거면 돼. 이걸로 올라갈 때 간호사들 마실 거랑 먹을 것도 사 가."

"알겠습니다. 연락드릴게요."

카드를 들고 VIP실로 간 양태일은 5시가 넘어서 연락을 했다. VIP실로 올라가자 양태일이 다가와 조용히 소곤댔다.

"6호실에 있습니다. 안마를 해주며 재워뒀는데 제대로 잠들었는지 모르겠습니다. 이렇게 하면 됩니까?"

"…이렇게 하는 게 더 수상해 보이거든."

"큰소리로 외칠까요?"

"어째 넌 중간이 없냐. 간호사들이랑 잠깐 얘기 좀 하고 있어. 갔다 올게."

"반나절 내내 얘기해서 할 얘기도 없는데……."

"너 첫사랑 얘기라도 해줘."

"은서 얘기를 하라고요? 그건 사귀는 사람에 대한 예의가 아니죠."

"…은서가 첫사랑이었냐? 네 삶도 참 팍팍했구나. 네가 좋아하는 소문 얘기나 해주든가."

"뭔가 기분이 묘하게 나쁘네요."

투덜거리는 양태일을 뒤로하고 병실에 노크하고 들어갔다. 침대엔 처녀가 잠들어 있었다.

조용히 다가가 먼저 그녀의 잠든 상태를 살폈다.

제대로 해놨다. 곧장 팔 상태를 살폈다.

팔이라면 케빈을 고치면서 지겹도록 봐서인지 대번에 이상한 곳을 알 수 있었다.

뇌에서 팔로 내려오는 전기적 신호가 제대로 전달이 되지 않아 팔을 못 쓰는 거였다.

"이걸 못 고치다니, 기를 느끼는 정도이려나? 한꺼번에 고치면 안 되겠지?"

전기선을 연결하듯이 끊어진 부위 몇 곳을 연결했다. 두삼은 병실에 들어온 지 5분도 되지 않아 밖으로 나왔다.

*　　　　*　　　　*

팅! 정지신호에 차를 멈춘 김장혁은 운전대를 거칠게 치며 뱉었다.

"빌어먹을!"

기운을 느끼게 되고, 장강룡에게 침술을 배우면서 앞으로는 거칠 것이 없을 거로 생각했다. 근데 그러한 생각이 이토록 빨리 깨질 줄이야…….

물론 환자의 치료 기록을 보면 지금껏 양방이든, 한방이든 아무도 고치지 못했으니 스스로를 폄훼할 이유가 없었다.

그러나 스스로가 남들보다 더 우월하다는 생각을 가진 그로써는 현 상황을 참을 수가 없었다.

끼이이이이익!

운전을 할 수 없을 만큼 격앙된 그는 차를 옆으로 세웠다. 그리고 한참을 발광했다.

"…씨발! 망할 노인네에게 전화하게 될 줄이야. …설마 그 노인네도 못 고치는 건 아니겠지?"

정권 실세의 딸을 꼭 고쳐야 했다.

김장혁은 전화를 걸었다.

—명성 얻을 때까지 시간 달라더니 웬일이냐?

"…못 고치는 환자가 있습니다."

—어디가 이상이 있는데?

"팔이 움직이지 않습니다."

—혹시 한두삼이 보낸 자인가?

"아닌 것 같습니다. 차관의 딸이고, 오래전부터 병을 앓아왔습니다."

―그래? 시시하군.

거절할까 싶어 얼른 말을 덧붙였다.

"…놈과의 대결을 위해서라도 꼭 고쳐야 합니다."

―그래? 그렇다면 내일 병원으로 가지.

"…감사합니다."

전화를 끊은 김장혁은 핸들을 텅! 소리 나게 다시 한번 때렸다. 늙은이에게 아쉬운 소리를 한 것 역시 마음에 들지 않았기 때문이다.

이대로 들어가 봐야 잠이 오지 않을 터. 기분을 조금이라도 풀고 들어가자는 생각에 집이 아닌 술집으로 차를 돌렸다.

다음 날 아침, 김장혁은 출근을 해서 외래 진료를 하다가 장강룡이 출발한다는 메시지를 받았다. 잠시 양해를 구한 후 VIP실로 갔다.

다른 사람에게 진맥을 받아야 함을 어떻게 설득할지는 어제 생각을 해뒀기에 노크를 하고 바로 들어갔다.

차관이라는 사람이 할 일도 없는지 이 시간에 웬일로 와 있는 건지.

솔직히 차관이 특별하게 불만을 표하진 않았다. 그러나 치료 내내 인상을 쓰고 있어서 불편했다.

한데 오늘은 웬일인지 차관 부부도, 환자인 딸도 그를 보자 환하게 웃는다.

차관이 벌떡 일어나며 다가와 김장혁의 손을 잡았다.

"김 선생, 고마워요!"

"…네?"

"우리 애 팔 말입니다. 어젯밤부터 조금씩 움직이고 있어요."

"……!"

"선생님 실력을 잠시나마 의심한 거 미안합니다."

"…그럴 수 있죠. …확인해 볼게요."

얼떨떨해하다가 그들의 행동을 이해한 그는 일단 환자의 상태를 확인했다. 팔이 어깨까지 올라가고 손가락이 절반쯤 움직였다.

딱히 방법이 없어 한 기운을 빠르게 돌게 하는 치료법이 통한 모양이다.

'이럴 줄 알았으면 영감탱이에게 연락하지 말걸. 괜히 자존심만 구겼네. 연락 오면 됐다고 그냥 가라고 해야겠어.'

그러나 그의 뜻대로 되지 않았다. 5분도 지나지 않아 장강룡에게 연락이 왔다.

─도착했네. 데리고 오게.

"조금 전에 확인했는데 어젯밤부터 팔이 조금씩 움직입니다."

─다행이군.

"괜스레 귀찮게 해드려 죄송합니다."

─음, 어째 여기까지 왔는데 그냥 가라는 말처럼 들리는데?

"그게 아니라 제가 치료할 수 있을 것 같다고……."

그냥 돌아가라는 말이 맞았다. 그러나 직접적으로 말하기엔 장강룡이 두려웠다.

2년간 그에게 당한 것이 몸에 새겨진 기분이랄까.

─누가 못한대? 그냥 어떤 증상으로 헤맸는지 알고 싶어서 그

런 거니 데리고 오게.

"……"

―왜 싫어?

"…아, 아닙니다."

―어디에서 기다리면 되나?

"한방센터 606호 비워놨습니다. 거기에서 기다리시면 데리고 가겠습니다."

―차 마시고 있을 테니 천천히 데려 오게.

말은 천천히 오라고 하지만 실제로 그랬다간 욕을 할 게 분명했다.

전화를 받기 위해 병실을 나와 있었기에 서둘러 다시 들어갔다. 그리고 환자에게 말했다.

"경아 학생, 좀 더 빠른 치료를 위해 전문의 한 분을 모셨는데 한방센터로 갈 수 있겠어요?"

"지금요?"

"응, 지금. 곤란해?"

"아뇨. 더 빨리 나을 수 있다면 당연히 해야죠. 준비할게요."

설득하기 쉽지 않을 거로 생각했는데 차도가 있어서인지 어렵지 않게 데리고 나갈 수 있었다.

606호로 가자 장강룡이 예의 개량 장포를 입은 채 기다리고 있었다.

경아는 그의 복장 때문인지 경계를 하며 물었다.

"…이분인가요?"

"응. 간단히 진맥만 할 테니 너무 걱정하지 마."

"허허허! 그래요. 손목만 잠깐 잡을 거예요."

장강룡은 가증스러울 정도로 부드러운 목소리로 말했다. 그런 그의 행동에 경계가 줄었는지 경아는 손을 내밀었고, 장강룡은 그녀의 맥을 살짝 잡았다.

눈을 감고 천천히 살피던 장강룡의 백미가 꿈틀댔다.

'응?! 이 흔적은?'

그의 느낌에 전기적 신호가 거칠게 이어진 흔적이 보였는데 그건 인위적으로 치료를 했다는 의미였다.

장강룡과 두삼이 전기적 신호를 알아채는 방법은 비슷하면서도 달랐다.

두삼의 경우는 눈으로 본다면 장강룡은 기를 퍼뜨려 느끼는 타입이랄까.

각기 장단점이 있었는데 장강룡 방법은 이상함을 찾는 것이 훨씬 최적화되어 있었다.

'그 녀석인가? 아직 기운이나 다룰 줄 알았는데……. 훗! 2년간 헛일했군.'

어린 나이라고 너무 무시한 모양이었다.

"…어떤가요?"

경아의 물음에 상념에서 깼다.

"음… 치료가 잘되고 있군요. 좀 더 빨리 낫도록 도움이 되는 침 몇 개만 꽂으려 하는데 괜찮죠?"

"네! 감사해요, 할아버지."

"허허허! 그래요."

아직 끊어져 있는 곳이 많았다. 그러나 두삼이 흔적을 남겼듯이 그도 딱 그럴 정도로만 연결하기로 했다.

*   *   *

'헐! 이게 뭐야?'

장강룡이 두삼의 치료 흔적을 발견했듯이 두삼 역시 장강룡의 치료 흔적을 발견했다. 보란 듯이 두삼이 전에 치료한 신경의 바로 옆 신경을 치료해 뒀기에 모를 수가 없었다.

'설마 나를 끌어들이기 위해 그동안 치료를 안 하고 있었던 건가?'

두삼으로서는 장강룡이 치료를 한 건지 몰랐기에 김장혁이 함정(?)을 판 것이 아닐까 의심했다.

물론 확신을 할 순 없었다. 그래서 일단 지켜보기로 하고 치료를 한 후 병실을 나왔다.

양태일은 두삼이 나온 것도 눈치채지 못하고 열심히 대화 중이었다.

"하하하! 유 간호사님, 제 선배 중에 진짜 괜찮은 사람 있으니까 소개해 드릴게요."

"말만 하지 말고요."

"진짜요. 대신 얼굴 보지 않는다는 말 사실이죠?"

"완전히 안 보진 않는데……."

"저보다 조금 부족하지만 성격은 최고예요."

"…그냥 포기할래요."

"에?"

유 간호사의 갑작스러운 변심의 이유를 모르는 듯 양태일은 당황했다. 그러나 두삼은 유 간호사가 왜 그런지 알 것 같았다.

남자가 여자의 얼굴을 보듯이 여자도 남자의 얼굴을 본다. 여자라고 미적 기준이 다르지 않다.

만일 그랬다면 로맨스 드라마에 나오는 남자 주인공의 얼굴이 지금과는 달랐을 테지.

얼굴을 보지 않는다는 건 능력을 먼저 보고 얼굴도 본다는 뜻으로 해석하면 되지 않을까.

엘리베이터를 타고 내려오는데 양태일이 투덜거렸다.

"그 선배 진짜 좋은 사람인데 왜 싫다는 건지 모르겠네요."

"너보다 못 생겼다는 말에 충격을 받았는지도."

"…제 얼굴 어때서요?"

"남들의 생각보다 네 생각이 중요한 거지."

"…위로인 것 같은데 더 기분이 나쁘네요."

"기분 탓이겠지. 난 퇴근한다. 내일 보자."

길게 얘기해 봐야 그의 자존감만 무너질 것 같아 서둘러 작별을 고했다. 그러나 옷을 갈아입기도 전에 민규식에게 문자를 받았다.

[RC에 환자가 도착했네.]

기다리던 VVVIP환자가 도착한 것이다.

본관에서 나와 RC로 향했다.

조금 올라가자 전엔 없었던 검문소와 2미터는 족히 넘을 철조망이 보였다. 언제 저런 공사를 한 건지.

검문소의 경비원들은 두삼을 보곤 별다른 확인 없이 올라가라는 듯 문을 열어줬다. 조금 허술하다는 생각이 들긴 했는데 금방 착각임을 알게 됐다.

건물에 도착하기 전에, 건물 입구에서, 그리고 환자가 있다는 병실 앞에서 검문을 받아야 했다.

천만다행이게도 병실 앞 검문이 마지막이었다. 병실 안으로 들어가자 VIP실에서 입 무겁기로 유명한 이 간호사가 보였다.

몇 번 같이 일한 적이 있는데 업무 관련 얘기를 제외하곤 거의 말을 하지 않아 조금 답답하다는 느낌을 받기도 했었다. 그러나 일처리는 확실했기에 꽤 선호했다.

그녀가 태블릿을 건넸다.

"안녕하세요, 한 선생님. 여기서도 함께 일하게 됐네요. 이건 환자 진료 기록이에요."

"그러게요. 잘해 봐요. 근데 환자는요?"

"곧 나올 거예요."

"그럼 얼른 봐야겠군요."

두삼은 태블릿에 떠 있는 환자의 정보를 살폈다.

이름 코넬리아 볼름, 성별 여, 나이 74세로 고요산혈증, 이상지질혈증, 동맥경화증 등 다양한 성인병을 앓고 있었다.

굳이 따지자면 강창동보다 좀 더 위험한 상태.

"음, 심각하네요. 이 정도면 그냥 제대로 입원을 하는 게 나을 것 같은데요."

"그러고 싶은데 그럴 수가 없네요."

독특한 억양의 영어가 바로 뒤에서 들렸다. 돌아본 두삼은 상당히 놀랐다.

"어?! 당신은⋯⋯! 오늘 독일로 돌아갔다는 뉴스를 본 것 같은데, 아닌가요?"

"공식적으론 그래요. 비공식적으론 오늘부터 휴가죠."

"그런데⋯ 한국말을 알아들으시는 건가요?"

"어느 정도는요. 한국인 친구가 있거든요."

민규식이 아무 말을 해주지 않은 것도, 검문이 세 번 연속 이루어진 것도 눈앞의 사람을 보자 이해가 됐다.

독일의 여성 총리, 코넬리아 볼름.

솔직히 그녀의 이름이 코넬리아인 건 처음 알았다.

놀람도 잠시, 두삼은 현실적인 얘기를 꺼냈다.

"휴가가 얼마나 되는데요?"

"일주일이에요. 다음 주엔 프랑스로 가 회의에 참석해야 해요."

"⋯일주일 만에 나을 수 있는 병이 아니라는 거 아시죠? 아니 약간의 차도가 있을지도 의문이네요."

"알아요. 그래도 당신이라면 악화되는 건 막아줄 거라고 하더군요."

"누가요?"

"부르스 베인."

그 양반 설마 세상을 돌며 소문을 내는 건가?

소문을 내더라도 MSG를 더하지 말아야 하는데 뿌려도 너무 뿌렸다.

"부르스가 허풍이 심할 줄은 몰랐네요."

"호호! 사업가잖아요. 너무 부담가지지 않아도 돼요. 일주일간 쉰다는 생각으로 왔으니까요."

"총리님이 그리 말해주시니 마음이 가벼워지네요."

"그럼 좋은 홍차 있는데 차를 마시면서 얘기 계속할까요?"

"아뇨. 시간이 없으니 문진부터 시작하죠."

일주일 안에 뭘 할 수 있을지 솔직히 모르겠다. 그러나 병원에 도움이 된다니 해보지도 않고 포기할 순 없었다.

그동안 병원에서 많이 받았으니 돌려줘야 하는 것이 인지상정. 지금이 그때라 생각했다.

"병원 기록을 봤습니다. 고요산혈증과 이상지질혈증이 특히 심하더군요."

고요산혈증은 요산이 몸에 많은 것이고, 이상지질혈증은 혈중 지질의 이상을 통칭하는 것으로, 흔히 고지혈증에 속하는 고중성지방혈증, 고콜레스테롤혈증을 모두 포함하는 말이다.

"맞아요. 특히 고요산혈증으로 인한 Gout(통풍)가 심해요. 관절이 죽을 만큼 아플 때가 많아요."

고단백 음식의 섭취는 혈중 지방을 증가시킬 뿐만 아니라 요산 생성 또한 증가시킨다.

체내에 요산이 많아지면 그러한 요산이 관절이나 몸에 쌓여 통풍성 관절염, 관절결절, 콩팥돌증 등의 증상을 나타내게 되는데 종종 극심한 통증을 발생시킨다.

특히 술을 마시면 고젖산혈증이 발생하여 고요산혈증이 더욱 나빠지는데 맥주가 소주보다 좋지 않다.

혹시나 관절 부위가 갑자기 아프다면 피검사를 통해 요산 수치를 살펴보는 게 좋다.

"그렇군요. 혹시 다른 증상은 없습니까?"

"가끔 자리에서 일어날 때 어지럽거나 오래 서 있으면 발작 증상처럼 부들부들 떨릴 때가 있어요."

"또 다른 건요?"

"나이 들면 아픈 곳은 다 아프다고 봐야죠. 괜히 미안하네요. 호호!"

이런 상황에 웃음이 나올까 싶다. 뭐, 우는 것보다는 낫지만 말이다.

"진맥해 보죠."

"손만 잡으면 어디가 아픈지 대번에 안다는 것 말이죠? 부르스의 암을 고쳤다는 얘기보다 전 그게 더 신기하다고 생각했어요."

해맑기도 하셔라.

두삼은 진맥을 통해 그녀의 몸을 스캔했다.

진맥 결과, 예상은 했으나 총체적 난국이다. 좋은 곳을 찾아보는 게 힘들 지경이랄까.

강창동은 그나마 관리라도 했지, 코넬리아는 평생 그냥 살아온 것 같은 느낌이다.

독일이 의료 만족도가 좋은 곳이라던데 왜 이렇게 관리를 안한 건지. 일하느라 관리할 시간이 없었나?

치료를 어떤 식으로 할지 곰곰이 생각해 봤다.

오늘은 상태만 보고 가려고 했는데 아무래도 일주일 동안 구체적인 성과를 내려면 당장 시작해야 할 것 같았다.

"바로 치료에 들어가죠."

"지금부터요?"

"네. 일단 물 한잔 마신 후에 시작하죠. 이 간호사님, 물 드시고 나면 링거 떨어지지 않게 놓아주세요."

신체를 바꾸지 못하는 이상 일단 내부 청소가 우선이었다.

95. 할아버지를 찾아서

과하거나 적은 양의 물의 섭취가 몸속 나트륨 균형을 깨뜨려서 건강에 오히려 좋지 않다는 것은 전에 언급한 적이 있다.

두삼은 지금까지 그 균형을 깨뜨리지 않는 범위 내에서 물을 마시게 하고 그 물이 몸속 노폐물과 함께 배출되도록 유도했다.

사실 빨리 제거할 능력이 없어서라기보단 환자의 몸에 부담이 가지 않고 기운을 아끼기 위함이었는데, 대신 그런 만큼 시간이 오래 걸렸다.

그러나 코넬리아의 경우 시간이 없었다.

그래서 나트륨과 영향의 균형은 양방의 생리식염수와 영양제에 맡기고 최대한 몸속 노폐물을 빼는 데 집중하기로 했다.

그에 두삼은 아침, 점심, 저녁 세 번 RC 건물에 있는 코넬리아에게 가기로 했다.

막 식사를 마친 두삼은 스마트폰을 꺼내 시간을 확인하자 이방익이 물었다.

"한 선생, 어디 갈 때 있어?"

"아침에 말씀드렸잖아요. 1시부터 2시 30분까지 갈 곳이 있다고요."

"아! 그랬지? 그럼 한 가지만 듣고 가."

"10분 정도 여유 있으니 천천히 말씀하셔도 돼요."

그는 클러치에서 여러 장의 봉투를 꺼내더니 안마과 사람들에게 한 장씩 건넸다.

굳이 봉투 속을 보지 않아도 뭔지 알 것 같았다.

"청첩장이에요?"

"…응."

"오! 축하드려요."

"어머머머! 진짜요? 축하드려요, 과장님!"

같이 식사를 하던 간호사와 수련의들이 모두 합창하듯이 외쳤다.

"근데 승낙한 지 얼마나 됐다고 벌써 청첩장이에요?"

"머뭇거려 봐야 뭐해. 이왕 할 거 빨리 합치자는 생각에 5월 초에 하기로 했어."

"차라리 그게 나을 수도 있겠네요. 어! 근데 조용히 하신다더니 호텔에서 하시네요?"

"네 말 듣고 호텔에서 하는 게 어떠냐고 물어봤더니 싫다는 소릴 안 하더라. 그래서 사람들에게 알리고 호텔에서 화려하게 하자고 했지."

"잘하셨네요. 돈이 없는 것도 아니시잖아요."

돈이 없는 신혼부부가 30분, 길어야 1시간이 넘지 않는 결혼
에 수천에서 많게는 억 단위의 쓰는 건 솔직히 부담될 수밖에
없다.

그러나 이방익의 경우 원활한 경제순환(?)을 위해서라도 써야
했다.

"아! 그리고 축의금은 안 받을 거니까 편하게 와."

"대박! 멋지십니다, 과장님."

짝짝짝짝!

간호사들과 수련의들의 표정이 결혼한다고 할 때보다 더 밝
아 보였다. 하긴 직장인들에게 각종 축의금과 조의금은 꽤 부담
스러웠다.

두삼은 나지막이 선물로 뭘 받고 싶은지 생각해 보라고 한 후
에 식당에서 먼저 나왔다.

한데 양태일이 쫓아 나오며 불렀다.

"선생님, 어디 가세요?"

"비밀. 그거 물으려고 나온 거냐?"

"아뇨. 미연 학생 상태가 많이 좋아져서 설 선생님이 흉터 치
료는 어떻게 하면 좋겠냐고 물으셔서요."

"일광욕해서 피부를 적당히 태우라고 해."

"그게 다예요?"

"약을 꾸준히 바르면 연해지긴 하겠지만 단숨에 없애는 방법
따윈 없어."

"선생님이라면 방법이 있을 줄 알았는데… 여자앤데 왠지 짠하잖아요. 아무튼, 그렇게 전하겠습니다."

"단숨에 없애는 방법이 없다는 거지, 방법이 없는 건 아니야."

"뭔데요?"

"지금처럼 꾸준히 마사지를 병행하는 거야. 그럼 더 빨리 좋아지겠지."

"…못 들은 거로 해야겠네요."

"그래. 의사가 다 해줄 순 없잖아."

측은지심에 이끌리는 건 나쁘지 않다. 다만 해줄 수 있는 것과 없는 것은 구분하는 게 좋다.

"정 마음에 걸리면 마사지하는 법을 가르쳐 주든가."

"아! 그러면 되겠군요!"

"난 간다. 좀 이따 보자."

"수고하세요!"

병원으로 들어가 곧장 RC 건물로 갔다.

어제도, 아침에도 한 세 번의 검문을 마치고 병실에 들어가자 반가운 얼굴이 보였다.

"오랜만이다, 청하야."

"잘 지냈어요, 오빠?"

"나야 항상 잘 지내지. 넌?"

"조금 힘든 시간을 보내긴 했는데, 바쁘게 보내다 보니 금방 잊히더라고요."

체내 전해질과 영양 균형을 맞출 의사가 필요하다고 민규식에게 말했는데 민청하를 보내준 모양이다.

"남자 친구는 안 만들었어?"

"그럴 시간도 없었어요. 오빠가 소개 좀 해줘요."

"그러고 싶은데 내 인간관계가 워낙 좁다 보니 소개해 줄 만한 사람이 없네."

"한방내과에 새로 왔다는 선생은 어때요? 듣자 하니 오빠 고향 친구라면서요."

"친구 아냐. 아는 사람이지. 근데 너 나쁜 남자한테 끌리는 모양이다?"

"쳇! 그 사람도 나쁜 놈이에요? 웬만하면 같은 병원에서 일하는 사람들과는 안 사귀려고 했는데 어쩔 수 없나."

"하하! 넌 웬만하면 잘 아는 사람으로 사귀어야겠다."

민청하와 잠깐 수다를 떨고 있을 때 1시가 되었는지 마사지복을 입은 코넬리아가 들어왔다.

"두 사람 아는 사이인가 봐요?"

"친한 동생입니다."

"유혹하려 했는데 실패해서 동생으로 남았어요."

"……."

"호호호! 동생 하다가 좋은 기회가 생기겠죠."

"포기했어요. 애인이 너무 예쁘더라고요."

"닥터 민도 아름다운데요."

"감사해요. 미세스 볼름에게 들으니 기분이 좋네요."

"코넬리아라고 불러줘요."

"총리님을 그렇게 불러도 되나요?"

"당연하죠, 닥터 민."

"그럼 전 청하라고 불러주세요."

두 여자는 카페라도 온 듯 정답게 얘기했다. 가만 놔두면 계속 얘기할 것 같았기에 말을 끊었다.

"얘기는 마사지를 받으면서 하기로 하고 바로 시작할까요?"

"호호! 말이 많았네요. 그렇게 해요."

코넬리아가 두툼하고 큰 수건으로 덮힌 침대에 눕자 이 간호사가 링거를 연결했다.

두삼은 시작한다는 말과 함께 침향을 피우고 목 뒤부터 천천히 마사지를 했다.

"아아~"

"…참으세요."

지금까지 환자가 편안함 속에서 서서히 노폐물을 제거했다면, 코넬리아의 경우 힘과 기운으로 노폐물을 강제로 밀어내고 있었다.

자연 자극이 강해질 수밖에 없었고, 그에 고통이 발생했다. 그러나 두삼은 무시하고 계속했다.

뜨거운 기운과 자극이 몸속 지방과 요산을 녹여 혈관으로 내보냈고, 높아진 체내 수분량을 이용해 소변, 땀구멍 등을 통해 배출시켰다.

물론 약해진 신장과 방광을 보호하기 위해 기운을 계속 주입하는 것 역시 잊지 않았다.

두삼이 마사지를 하는 동안 민청하는 환자의 상태를 살피며 이 간호사에게 지시를 내렸다.

"생리식염수 0.9 용액으로 바꿔주세요. 포도당 키트도 연결해 주시고요."

30분도 되지 않아 코넬리아의 옷은 흠뻑 젖을 만큼 땀이 배출됐다. 그와 함께 차츰 퀴퀴한 냄새가 코를 찌른다.

"옷 벗으세요. 후크도 푸시고요."

고개를 돌리고 있자 '됐다'는 소리가 들렸다. 돌아보자 벌거벗은 널찍한(?) 등판이 보였다.

어색함은 없었다.

솔직히 할리우드 미녀 스타가 벗고 있다고 해도 지금은 딴 생각을 할 틈이 없다. 기껏 데워둔 몸의 열기가 빠질까 마사지 젤을 바르고 다시 마사지를 했다.

마사지 젤로 사용한 한약—노폐물 배출에 도움이 되는—과 땀이 섞여 옆으로 흘러내릴 때까지 마사지는 계속됐다.

"됐습니다. 화장실 다녀오세요."

아직 할 일이 남았는데 관절에 쌓인 요산 결정을 본격적으로 녹여내야 했다. 딱딱한 요산 결정은 마사지만으로 한계가 있었다.

화장실에 다녀온 코넬리아가 다시 침대에 눕자 침대의 온도를 높이고 두툼한 수건을 이불처럼 덮었다. 몇 시간 이대로 땀을 흘려야 마사지를 통해 녹아내린 노폐물들이 충분히 빠질 것이다.

요산이 쌓여 있는 발가락, 발목, 무릎에 구멍을 뚫어 뜸을 떴다. 30분간 부지런히 뜸을 뜬 후에야 두삼은 한숨을 돌렸다.

코넬리아는 깊은 잠에 빠져 있었기에 민청하에게 말했다.

"2시간은 이대로 지켜봐. 그 후에 한약을 먹이고 수분 보충도 하게 해주고."

"그럴게요."

"일어날 때 많이 어지러울 수 있으니까 천천히 샤워실로 이동하게 해주고 입욕제는 이걸로 사용해."

"오빠가 만든 거예요?"

"응. 피부의 혈류를 증가시키고 땀구멍을 확장시켜 노폐물 제거에 좋고 피부를 부드럽게 해주는 역할을 하는 한약 입욕제야."

"뭔가 굉장히 좋게 들리네요?"

"좋지. 비싼 게 흠이지만."

"…얼마나 하는데요?"

"한 번 하는데 10만 원쯤."

시간을 아끼기로 한 이상 돈은 얼마든지 써도 좋다는 허락을 받았다.

"헐! 목욕 한 번에 그렇게 들어가요?"

"원가만이야. 차이나타운의 생환에서 착안한 건데……."

"이게 생환 성분이라고요?"

TV를 본 모양이다.

"똑같진 않지. 거긴 정말 비싼 한약이 들어가거든. 이건 저렴하게 대신할 한약으로 바꿨어. 뭐, 그래도 비싸긴 하지만."

"대박! 나 10일치만, 아니… 5일치만 만들어주면 안 돼요? 얼마나 좋은지 해보게요."

"그러지 뭐. 넌 일주일에 한 번만 하면 돼."

"그래요? 계좌번호가 어떻게 돼요? 지금 현금이 없어서 보내 줄게요."

"됐어. 약재실에서 조금 쓰면 돼. 이 간호사님도 해드릴까 요?"

"전 군이 없어도……."

"하하! 이 간호사님이 공범이 되어야 민 선생에게도 그냥 주 죠. 안 그래, 청하야?"

"맞아요. 이 간호사님 한번 써 봐요, 네? 한 선생님이 만든 거 잖아요."

그녀 역시 써보고 싶었는지 고개를 끄덕였다.

일단 만들어둔 입욕제를 하나씩 나눠주고 내일 새로운 입욕 제를 만들어주기로 했다.

*   *   *

시간 대신 능력과 돈을 쏟아부은 덕분인지 5일쯤 지나자 코넬 리아의 상태는 처음보다 한결 나아졌다.

물론 처음 그녀의 상태와 비교해서지, 꾸준히 치료해서 건강 해지는 것과는 차이가 있었다. 발생 확률이 낮아졌지만, 위험성 은 여전하다고나 할까?

아무튼, 한정된 시간에 얻은 결과치고는 꽤 만족스러웠다.

부우우웅! 메시지가 왔다. 메시지를 확인한 두삼은 인터폰을 눌러 접수대에 연락했다.

"도 간호사님, 방규식 선생 어디 있어요?"

―입원실, …어! 저기 오네요.

"안으로 오라고 해주시겠어요?"

인터폰이 끝나기 무섭게 레지던트 1년 차인 방규식이 노크와 함께 들어왔다.

"부르셨습니까, 한 선생님."

"응. 할 일 있어?"

"아뇨. 인턴들이 엘튼 선생님 방에 있어서 지금은 딱히 할 일이 없습니다."

"그럼 여기서 양 선생 좀 도와줘."

"옙!"

"너무 딱딱하게 대답 안 해도 돼. 혹시 태일이가 널 갈구냐?"

"아, 아닙니다!"

"당황하는 거 보면 갈구는 모양이네. 못 견디겠으면 나한테 말해. 내가 대신 갈궈줄 테니까."

"선생님과 비교하면 전혀 안 갈구고 있습니다만……."

"내가 널 갈궜냐?"

"설마, 가족처럼 대해줬다고 말씀하고 싶은 건 아니시죠?"

"쩝! 역시 잘해줘 봐야 아무 소용이 없다니까. 이제부터 '족같이 대해 줄게."

"…농담입니다. 가족처럼 해주셨습니다. 진짜 그렇게 생각합니다. 근데 가실 데 있는 거 아니세요? …하하."

"일단은 진료보고 있어. 한약재의 효능에 대한 보고서에 대해서 갔다 와서 얘기하자."

"헉! 진짜 농담이었다니까요, 선생님! 선생니임~"

한약재는 크게 식물류, 동물류, 광물류 세 가지로 나뉜다. 또한, 식물 한 가지만 보더라도 잎, 가지, 뿌리, 열매, 껍질 등등으로 나뉘고 처리 방법에 따라 또 달라진다.

그걸 보고서 형식으로 일일이 쓰려면 책 수십 권 분량은 족히 나올 것이다.

방규식의 외침을 뒤로하고 RC 건물로 향했다.

방금 민규식에게 온 메시지엔 새로운 환자가 도착했다는 글이 쓰여 있었다.

이번에는 어떤 사람이 왔을까 궁금했는데 처음 보는 외국인 가족이었다.

외국인치곤 조금 왜소해 보이는 평범한 금발의 중년 남자와 가무잡잡한 피부가 라틴계임을 말해주는 듯한 중년 여자, 그리고 엄마를 닮아 모델만큼 잘생긴 큰 청년.

"안녕하세요. 한두삼입니다."

"반갑소. 윌리엄 부시오. 차이나타운의 영웅을 보다니 무척 기쁘오."

"별말씀을요. 혹시 아드님 때문에 오셨습니까?"

잘생긴 청년은 틱 장애라도 있는 듯 문득, 문득 고개를 우측으로 갸웃거리며 눈을 깜박였다.

"내 건강 상태를 체크하러 왔는데, 가족들도 함께 봐줄 수 있으면 그렇게 해주시오."

이런, 입이 일을 몇 배로 만들었다.

"…그러시죠. 일단 부시 씨부터 시작하죠."

윌리엄 부시, 그가 정확히 어떤 사람인지 알게 된 건 1년이 지나고 나서였다.

*　　　*　　　*

4월 초, 병원의 햇볕이 잘 드는 곳엔 벚꽃이 하얗게 피어나고 있다.

가장 활짝 핀 벚나무 아래 기대서 커피를 마시며 벚꽃을 물끄러미 바라본다.

고향 섬진강의 도로 양측으로 해마다 아름답게 피는 벚꽃을 보며 커서인지 두삼은 벚꽃을 무척 좋아했다.

고향에서 가까운 곳에 한의대가 있음에도 굳이 경해대를 선택한 것도 봄이면 캠퍼스의 가득 채우는 벚꽃 때문인지도 모른다.

공중보건의 때 겪었던 일로 몇 년간 벚꽃이 필 때마다 씁쓸한 기억을 떠올라 싫어한 적도 있었지만 이젠 그것도 지난 일.

지금은 어린 시절처럼 흐드러지게 핀 벚꽃을 기분 좋게 구경할 수 있었다.

그런데 벚나무 뒤에 있는 벤치에 앉은 두 간호사의 대화가 상념을 깼다.

"한방내과 김 선생님 겁나 멋지지 않니?"

"겁나까진 아니지."

"왜 아냐? 인물 좋지, 매너 좋지, 게다가 실력도 엄청나잖아."

"그렇게 따지면 안마과의 한 선생님이 최고지."

"에이~ 그 선생님은 유부남이잖아."

"에에! 결혼했다는 소린 못 들은 거 같은데 언제 결혼했대?"

"결혼은 아직 안 했지만, 임자가 있잖아. 그럼 유부남이지. 안 그래?"

"한 선생님은 그렇다고 치더라도 침구과의 류현수 선생님이 더 낫지 않아?"

"그건 아니다! 너무 느끼하게 생겼잖아."

"사람마다 미적 감각이 다르다지만 너도 참 별나다. 김 선생님이 그리 좋니?"

"웅! 너무 멋있잖아."

"난 그 선생 좀 그렇던데. 뭔가 좀 숨기는 것 같기도 하고, 아무튼 그래."

감이 좋은 사람이 있다더니 저 간호사가 그런 모양이다.

"너 어디 가서 그런 소리 마. 김 선생님 얼마나 인기가 많은데. 게다가 한 선생님도 못 고친 환자를 고쳤다는 소문도 있어."

"정말?"

"그렇다니까. 그래서 요즘 여기저기서 막 부르는지 눈코 뜰 새 없이 바쁘대. 그 때문에 안마과 한 선생님이 완전 한가해져서 틈만 나면 산책하러 다닌다더라."

"혈! 한 선생님, 씁쓸하겠다."

전혀 안 씁쓸하다.

오히려 예상보다 더 빨리 명성을 가져가 줘서 고맙다. 물론 여유가 생길 거라는 생각과 달리 여전히 바쁘지만 말이다.

"기집애! 누가 들으면 한 선생님이 네 애인인 줄 알겠다. 뭘 그렇게 안타까워해?"

"애인이었으면 좋겠다. 그래서 그 마사지 실력으로 날 막 주물러 줬으면 좋겠다."

"호호호! 미친년. 예전에 난 소문을 믿는 거니?"

"특실 간호사 했던 언니랑 술 먹으면서 들은 건데 그거 진짜래. 어떻게 된 거냐 하면……"

아름다운 벚꽃 나무 아래서 밤꽃 냄새 풍기는 얘기라니. 게다가 자신의 얘기를.

더 듣고 있기 민망해서 잠깐 자리를 옮기려는데 만나기로 한 이상윤이 소리를 치며 다가왔다.

"여어~ 한두삼!"

"……!"

얼른 검지를 입술에 대며 조용히 하라고 했지만 이상윤은 애초에 눈치를 보는 인간이 아니었다.

결국 벤치에서 얘기하던 두 간호사와 눈이 마주쳤고 그녀들은 얼굴을 붉히며 도망쳤다.

"왜? 왜? 저 간호사들은 왜 저래?"

"…됐다. 내 얼굴에 침 뱉기지."

"그럴 일 있으면 말해라. 내가 대신 뱉어줄게."

침을 뱉고 싶은 걸 억지로 참으며 커피를 건넸다.

"마시고 왔는데… 성의가 있으니 마시기로 할까? 근데 침 뱉은 건 아니지?"

"의심스러우면 먹지 마, 이 자식아!"

"아니면 아니지, 왜 발끈해? 요즘 스트레스 받는 거 있냐? 아! 혹시 김장혁인가 김장독인가 하는 친구 때문에 그러냐?"

"내가 왜 김장혁의 일로 스트레스를 받아?"

"그 친구 실력 엄청나다는 소문이 자자해서 그 때문에 스트레스받나 했지."

"니가 더 스트레스다. 만나자고 한 본론이나 말해."

"센터장이 언제부터 한방색전술 재개가 가능하냐고 묻더라. 네가 전에 치료하던 사람들이 소문을 낸 건지 요즘 부적 문의하는 사람들이 많거든."

"아! 바쁘게 지내느라 생각 못 하고 있었다. 얼마나 되는데?"

"글쎄다. 얼핏 듣기론 백 명은 넘는다고 하던데."

"음, 꽤 많네? 언제 다 하냐. 잠깐 시간 내서는 한참 걸리겠네."

RC, 지금은 VVVIP병동에 투자하는 시간이 있다 보니 오전에 3시간, 오후에 3시간이 낼 수 있는 전부였다. 그중 3시간을 투자하면 안마과에 부담이 될 게 분명했다.

두삼의 생각을 읽었는지 이상윤이 한마디 했다.

"안마과에 보물이라도 묻어놨냐?"

"뭔 소리야?"

"네가 하는 꼴이 이상해서 하는 말이야. 성기능 장애나 어깨에 담이 걸린 환자가 중요해? 그 환자들을 폄훼하려고 하는 말이 아니야. 바로 옆에서 시시각각 죽어가는 환자를 무시할 만큼 중요하냐고 묻는 거다."

"……"

"솔직히 네가 없어도 안마과엔 문제없잖아. 근데 병원 전체를 따지면 네가 없으면 안 되는 환자들이 넘쳐. 어디에 집중해야 할까? 혼자 하는 개인 병원이라면 이해가 돼. 근데 여긴 종합병원이잖아. 난 네 능력을 좀 더 효율적으로 사용했으면 좋겠어."

이상윤은 본관과 한방센터를 구분하지 말고 환자의 심각한 정도에 따라 치료하라고 말했다. 오래전부터 가끔 생각하던 문제였기에 반론을 제기하지 않고 듣고만 있었다.

사실 안마실 옆에 따로 진료실을 내고 환자를 치료한 적도 있다. 한계라면 그것이 한방센터 내에서 이루어졌고 잡다한 치료역시 병행했다는 것이다.

'간섭하기 싫어하는 이 녀석까지 말하는 거 보면 슬슬 결정을 내릴 때가 된 건가.'

아직은 부족하다는 생각에, 죽음에 대한 두려움에 피해 왔는지도 모르겠다.

"생각해 볼게."

"표정을 보니 너도 전부터 고민했었나 보다?"

"했으니까 시간을 쪼개서 다른 과를 도와줬지. 참! 설령 내가 분리해 나간다고 해도 한방색전술 환자는 안마과로 잡히는 거다."

"…가끔 보면 나보다 더 속물이라니까."

"그런 고민도 없는 네가 어린 거야. 더 할 말 없으면 간다."

"아직 할 말 있거든."

"얼른 얘기해. 일하러 가야 돼."

"아주 병원 일은 혼자 하지. …자!"

그는 시선을 피하며 봉투를 내밀었다.

아주 화려한 봉투. 뭔지 알 것 같았다.

"도전장이냐?"

"…미친! 내가 왜 너한테 도전을 해. 하려면 하수인 네가 해야
지."

"음, 청첩장인가? 그나저나 결혼한다고 정신이 없나 보네. 고
수와 하수를 헷갈리다니. 아무튼, 축하한다. 4월이냐, 5월이
냐? 요즘 청첩장 주는 사람들이 많아 잘못하면 못 갈 수도 있
다."

"4월 말. 못 오더라도 선물은 잊지 마라."

"아주 날강도가 따로 없구나. 뭐 갖고 싶은데?"

"네 애인 LA에 집이 있다며. 그거 신혼여행 동안만 빌려주
라."

"내 집도 아닌데 당장 말해줄 순 없고. 얘기해 보고 전화 줄
게. 근데 용케 청혼했네? 평생 결혼 안 한다고 그렇게 말하더
니……."

언젠가 이상윤은 그의 결혼관에 대해 말했는데 절대 결혼은
하지 않을 거라 했었다. 이유를 물었더니 좋은 아빠가 될 자신
이 없다든가.

"바꿀 수밖에 없었어."

"희정 씨가 그렇게 좋디?"

"그것도 그건데……. …임신했어."

"사고 쳤구나?"

"희정이 앞에선 그런 소리 마라. 애 듣는다."

"…좋은 아빠 되겠네. 아무튼, 애 가진 것도 축하한다. 집은 걱정하지 마. 큰아빠가 그 정돈 해줘야지."

"…누가 큰아빠야."

발끈하면서도 투덜대는 소리가 없는 걸 보니 아빠가 된다는 걸 알자마자 철든 모양이다.

좋은 현상이기에 더 놀리진 않았다.

"이만 가야겠다. 한방색전술 시행은 의논하고 연락 줄게. 수고해라."

"나도 가야지. 너도 수고."

이상윤과 헤어져 약재실에 잠깐 들렀다 RC로 갔다. 그리고 코넬리아를 치료한 후에 바로 위층에 머물고 부시 가(家)의 세 사람에게 갔다.

"아침, 저녁 두 번 온다더니 이 시간에 웬일이요, 닥터 한."

"전해줄 것이 있어 왔습니다."

윌리엄 부시는 그동안 관리를 잘해왔는지 딱히 아픈 곳은 없었다. 그저 나이 때에 맞게 몸이 노쇠해졌달까. 그도 이러한 사실을 잘 알고 있었는데, 그가 바라는 건 숨겨진 병이 있는지와 지금 나이보다 건강해지는 것이었다.

조안나 부시 역시 남편과 비슷했고, 가장 상태가 안 좋은 건 부부의 아들인 테슬라 부시였다.

테슬라는 사고인지, 타고난 건지 전뇌 일부분이 제대로 자라지 않아 정신이 불안정하고 독특한 동작을 자주 반복했다.

"뭔데요?"

"두 분의 체질에 맞는 보약이라고 생각하면 됩니다. 꾸준히 복용하면 정력 증강에도 좋을 겁니다."

"험! 아주 좋은 약이군요. 근데⋯⋯."

그는 조안나 쪽을 흘낏 보더니 조용히 말을 이었다.

"조안나는 지금도 충분합니다. 그러니⋯ 제 말이 무슨 말인지 알겠죠."

"⋯알고 있습니다. 조안나는 피부와 몸매를 좋게 하는 한약입니다."

웃음이 터지려는 걸 참으며 대답했고 그는 만족스러운 듯 OK 제스처를 취했다.

사실 체질(속궁합)로 보자면 두 사람의 궁합은 잘 맞지 않았다. 약한 양기와 강한 음기가 만난 격이랄까.

남자가 약해질 수밖에 없었다.

각설하고, 두삼은 잠시 망설이다가 진짜 방문한 목적을 말했다. 조심스러운 부분이라 말투 역시 조심스러울 수밖에 없었다.

"미스터 부시, 테슬라 군의 치료는 어떻게 하고 있는지 물어봐도 되겠습니까?"

"⋯뭔가 안 좋은 것이라도 있나?"

"아닙니다. 전뇌 부분을 제외하곤 다른 곳엔 이상이 없습니다."

"한데?"

"한번 치료해 볼까 하고요."

"⋯가능성이 보입니까?"

"좋아질 거라고는 장담을 하지 못합니다. 그저 살펴만 보다가 끝날 수도 있고요. 솔직히 말하자면 임상 시험이나 마찬가지입니다. 물론 거절하셔도 됩니다."

그는 미간을 찌푸린 채 멍하니 앉아 있는 테슬라를 바라봤다. 3분쯤 그러던 그는 테슬라에게 눈을 떼지 않고 말했다.

"치료는 재작년에 멈췄소. 지금은 심리 치료와 사회성 치료만 하고 있죠. 솔직히 그전엔 안 해본 치료가 없었소. 최신 치료라고 할 수 있는 줄기세포 치료도 해봤지만, 모두가 무용지물, 아니, 오히려 치료 때마다 이상 증상을 하나씩 얻었다는 게 맞을 거요."

"테슬라 군도 힘들었겠지만 두 분도 힘들었겠군요. 안타까워 권한 것인데 상처를 건드린 것 같군요. 죄송합니다."

그의 격앙된 목소리에 당연히 거절이라고 생각했다.

자신이 윌리엄의 입장이라고 해도 포기했을 거다. 자식이 낫기는커녕 치료할 때마다 더 상태가 안 좋아지면 어느 부모가 화가 나지 않을까.

"사과할 필요 없습니다. 솔직히 닥터 한에게 맡기면 어떨까 고민하다가 테슬라도 데려온 겁니다. 조금 전까지 고민했는데 이젠 결정을 내렸습니다. 나서서 치료를 해보겠다고 말해줘서 고맙습니다. 부디… 우리 테슬라, 잘 부탁합니다."

꾸벅!

뜻밖에 윌리엄이 정중한 말끝에 고개를 숙였다.

사실 그는 코넬리아와 달리 겉으로는 예의 바르게 행동은 했지만, 사람을 대할 때 마치 아랫사람을 보는 듯한 말투와 행동을 보였다.

거만함이 몸에 배어 있달까.

그런 그가 동양의 예법에 따라 정중하게 부탁을 하니, 어떤 마음으로 부탁을 하는지 알 것 같았다.

'이거 부담스럽네. 괜히 한다고 했나?'

약간의 후회. 그러나 반드시 더 좋아지게 만들겠다는 의지가 훨씬 더 컸다.

저녁부터 살펴보기로 하고 안마과로 왔다. 그리고 곧장 이방 익을 만나 이상윤과 했던 얘기를 전했다.

이방익은 대수롭지 않다는 듯 말했다.

"그렇게 해."

너무 쉽게 허락하니 약간 서운한 마음이 든다. 표정에 드러났 는지 이방익이 피식 웃으며 말을 더했다.

"막는다고 안 할 것도 아니잖아?"

"고민은 해보지 않겠습니까?"

"고민해 봐야 뭐해? 어딜 가나 사람 고치는 건 마찬가지인데. 그리고 목숨을 구할 수 있는 사람이 거시기를 살리고 있는 것도 별로 보기 안 좋고."

"목숨보다 중요하다는 사람도 있는데요?"

"말이 그런 거지. 참! 가는 건 좋은데, 네가 번 건 우리 과 매 출이다."

"그건 당연하죠. 근데 제가 가면 진료실은 어떻게 할 생각이 세요?"

안마과로 언제 돌아올지 모르는 상태에서 비워놓는 건 좋지 않았다.

"혹시 태일이 데리고 갈 생각이냐?"

"아뇨. 필요할 때만 부를 생각입니다."

RC 건물 환자 치료 때문에 계속 데리고 다니면 양태일에게
좋지 못했다. 그래서 가르칠 환자가 있을 때 부르기로 마음먹었
다.

"그렇다면 새로운 선생 구하기도 쉽지 않으니 태일이를 중심
으로 2년 차들에게 맡기려고."

"좋은 생각이네요."

이방익도, 엘튼도, 두삼도 전문의가 아니다. 그러니 외래 진료
를 레지던트 2년 차가 본다고 해서 문제될 것은 없었다.

"언제부터 갈 텐가?"

"원장님께 얘기해야 하니, 다음 주부터 하면 될 것 같습니
다."

"알았어. 그렇게 준비하지."

*   *   *

프리를 선언했다고 해서 곧장 본관의 힘든 환자를 모두 맡는
건 아니었다.

김장혁이 열심히 활동하게 내버려 두려면 최대한 조용히 할
필요가 있었다. 그래서 일단은 암센터와 VVVIP치료만 하기로
했다.

"다음 환자분 들어오라고 해주세요."

"네, 선생님."

물론 암센터 한 곳만 하더라도 24시간이 부족할 정도로 환자가 많았다.

"다 됐습니다."

"…금방이군요?"

"종양으로 가는 혈관과 림프만 막으면 되니까요. 짧더라도 일반 색전술에 비해 효과도 좋고 확실하니까 너무 걱정 마시고 항암 치료 잘 받으세요."

"수고하셨어요."

가격에 비해 치료 시간이 너무 짧다고 생각하는 모양이다. 두삼은 간단히 안심을 시켜줬다.

암센터에서 지난번 한방색전술을 행했던 환자들을 한방색전술만 한 환자군과 항암 치료를 병행한 환자군으로 나눠 경과를 지켜봤었다.

그리고 그 결과, 치료 경과와 암세포 전이를 생각했을 때 항암 치료를 병행하는 게 더 낫다는 결론을 내렸다.

"다음 분요."

"오전 예약 환자는 다 끝났어요."

"아! 그래요?"

시계를 확인하니 11시 20분. 내일부터는 한 명 더해도 될 것 같다.

"홍 간호사님, 먼저 식사하러 가세요. 오늘 센터장님과 같이 먹기로 했거든요. 내일은 같이 먹어요."

"네. 맛있게 드세요."

홍 간호사가 가고 20분쯤 지나자 정시형 센터장이 왔다.

"벌써 끝났나 보군. 식사하러 가세."

"네. 아! 내일부터는 오전에 한 명 더 해도 괜찮을 것 같습니다."

"시술 능력이 좋아졌나 보군?"

"익숙해져서 좀 더 빨라진 거죠."

"그럼 인원을 늘리는 것보다 다른 환자를 봐주는 건 어떤가?"

"오전, 오후 해서 1시간 정도밖에 시간이 없는데 괜찮을까요?"

"시간이 오래 걸리진 않을 걸세. 설령 오래 걸린다고 해도 천천히 해도 되는 일이야."

"어떤 일인데요?"

"일단 식사를 하면서 얘기를 하지."

병원 근처 부대찌개 가게로 자리를 옮긴 후에 그는 말을 이었다.

"암 환자를 볼 때 언제 가장 힘이 드는지 아나?"

"글쎄요. …저라면 아무것도 해줄 수 없을 때가 아닐까 합니다."

살아 있는 사람에게 죽음을 선고한다. 당사자야 말할 것도 없고, 말하는 의사의 입장에서도 못할 짓이었다.

"맞네. 돌려서 말하고, 항암 치료를 하면 불가능하지 않을 거라 말하지만 솔직히 말하는 의사로서도 스트레스가 이만저만이 아니지."

"약간은… 이해합니다."

"힘들게 말하고 나면 환자의 반응이 다양해. 현실을 부정하거나, 큰 충격을 의외로 담담하게 받아들이거나, 남겨진 사람을 걱정해 울거나…… 그리고 둘 중 한 가지를 선택하지. 치료를 거부하고 생의 마지막을 보내려는 이들과 치료를 통해 마지막 끈을 붙잡으려는 이들."

그는 담담하게 말했지만 목소리에 안타까운 감정이 담겨 있었다.

"어떤 선택이 맞는지는 모르겠어. 가끔 치료를 선택한 이들의 마지막 시간을 뺏는 건 아닌지 고민할 때도 있거든."

"어떤 일을 맡기시려는 건지 모르지만, 지금 기분으로선 거절하고 싶네요."

죽음은 여전히 익숙하지 않았다, 아니, 평생 익숙해지지 않을 것이다.

"죽은 사람을 살리라는 것도 아닌데 겁먹긴. 다른 건 아니고, 혹시 우리가 판단을 잘못해서 치료가 가능한 환자를 회생 불가라고 낙인을 찍지 않았을까 해서 말이야. 자네가 다시 한번 검사해 줬으면 해."

"……"

"환자에게 설명하는 건 담당의가 할 테니까 걱정하지 않아도 돼. 그저 의견만 말해줘."

말은 쉽다. 담당의가 단지 참조를 한다고 하지만 자신의 판단이 죽음을 선고하는데 일조한다는 건 달라지지 않는 사실이다.

'근데 정 센터장님 말씀도 맞아. 조금 더 확실하게 구분해 줄 수 있다면 환자들이 선택을 하기에도 더 나을지도…… 물론 그

전에 구분을 할 수 있어야겠지만.'

솔직히 정답은 없는 일이었다.

능력이 돼서 정확한 판단을 내렸다고 해도 담당의와 생각이 다를 수 있었다.

"반드시 하라는 얘긴 아니니까 고민해 봐."

"아뇨. 고민할 이유가 있나요. 하겠습니다."

"무리하지 않아도 돼."

"지금이 아니면 언제 말기 암 환자 케이스를 마음대로 볼 수 있겠습니까. 공부를 겸해서 하겠습니다."

"그리 생각한다면야. 언제부터 할 텐가?"

"내일부터 하죠."

"알았네. 스케줄을 짜서 보내주지. 일단 시간이 얼마나 걸릴지 모르니 1명씩 하세나."

"그러죠."

안마과를 나와 일하는데 쉬엄쉬엄 일하는 것도 우스웠다. 이왕 하는 거 빡세게 해볼 생각이다.

오후 근무를 마치고 많은 이들이 퇴근을 준비할 때 두삼은 RC로 향했다.

먼저 코넬리아의 병실로 들어갔다. 한데 민청하와 이 간호사는 없고 코넬리아는 편안한 옷이 아닌 정장을 입고 있었다.

"떠나시는 겁니까?"

"영국 쪽에 긴히 만나야 할 사람이 있어서요. 근데 떠나기 전에 닥터 한에게 인사는 하고 가야 할 것 같아 기다렸어요."

"그냥 메시지만 보내도 괜찮은데."

나흘째, 그녀는 언제든 떠날 수 있다고 말했었다. 그래서 언제든 그럴 수 있게 침향에, 한약, 그리고 식이요법 방법까지 꼼꼼하게 챙겨줬다.

"다음 휴가 때 다시 오려면 작별 인사는 제대로 해야지 않겠어요?"

"하하! 꼭 다시 오세요. 챙겨 드린 건 잊지 않으셨죠?"

"날 아프게 한 사람의 말을 어떻게 잊겠어요."

"짧은 시간에 효과를 보게 하려다 보니……."

"변명 안 해도 돼요. 닥터 한이 얼마나 애썼는지 내 몸이 느끼고 있는데요. 다시 와도 된다고 했으니 이만 가 봐야겠네요."

"다음 휴가 때 봬요. 무리하지 마시고요."

그녀는 무리하면 위험하다는 것을 알고 있다는 듯 대답 대신 푸근한 미소를 짓고 떠났다.

그녀가 떠나는 바람에 시간이 떠서 윌리엄에게 전화를 걸어 일찍 간다고 전한 후 위층으로 올라갔다.

"아래층이 오후부터 시끄럽더니 퇴원을 했나보군요?"

"네. 제가 모르는 사이에 왕래라도 있으셨어요?"

"서로 비밀로 온 건데 마주해 봐야 어색하기만 하죠."

"그렇군요. 누우세요. 시작하죠."

윌리엄은 1시간가량 마사지를 하고 한약을 먹는 게 치료의 다였다.

조안나의 경우는 윌리엄이 있는 데서 마사지하는 것이 불편해 한약 이외의 치료는 하지 않았다.

테슬라의 차례. 두삼은 테슬라가 좋아하는 사탕을 건네며 말했다.

"테슬라, 머리 좀 만져봐도 될까?"

"…웅! 한이 머리 만져주면 좋아."

"사탕이 좋은 거 아니고?"

"…사탕도 좋아. 헤헤!"

테슬라의 치료는 두피 마사지를 하면서 해서인지 거부감이 없었다.

쪽쪽! 의자에 앉아 사탕을 먹는 테슬라의 머리를 쓰다듬은 후 천천히 그의 머리에 기운을 넣었다.

그의 뇌가 홀로그램처럼 떠오른다.

두삼은 확대와 축소를 반복하며 어제에 이어 꼼꼼히 전뇌의 혈류, 전기적 신호, 호르몬의 변화를 살폈다.

뇌전증 치료를 위해 수없이 많이 본 뇌지만, 여전히 작은 것 하나 만지는 것조차 부담스러운 영역이다.

'전뇌 쪽으로 온 전기적 신호와 호르몬들이 모조리 불안정하게 변해서 뇌 곳곳으로 퍼지고 있어. 그렇다면 신호를 끊어야 한다는 소린데……. 괜찮을지 의문이네.'

뇌는 여전히 미지의 영역이다.

언어를 담당하는 부분의 뇌가 제거되어 언어능력을 잃을 줄 알았던 환자가 언어능력에 아무 문제가 없는 예가 있어 뇌의 신호를 제거해도 괜찮을 거로 생각하면 너무 긍정적이다.

오히려 언어능력뿐 아니라, 행동능력마저 이상하게 되는 예도 있기 때문이다.

그렇다고 손을 놓고 구경만 하고 있을 수 없기에 불안정한 신호를 안정으로 만들거나, 전뇌 영역이 아닌 다른 곳으로 가게 만들어야 했다.

물론 전자는 불가능이다. 전뇌로 향하는 신호가 무슨 신호인지, 어디로 보내야 하는지 일일이 알아내려면 몇 년이 걸릴지도 몰랐다.

남은 건 하나, 후자를 해볼 수밖에 없었다.

'최대한 안전하게⋯⋯.'

가장 먼저 제일 불안정한 전기적 신호부터 끊어보기로 했다.

신경세포를 죽이는 건 아니고 그저 기운을 이용해 연결 고리를 막는 정도.

전뇌의 A지점으로 오던 a라는 전기적 신호를 막자 a는 곧장 방향을 바꿔 B지점으로 움직인다.

B를 막자 다시 C로, C를 막자 D로⋯⋯.

'전뇌로 오지 말고 다른 곳으로 가란 말이야!'

a라는 신호는 새로운 길을 찾으려 했고 두삼은 막는데 정신이 없었다. 자연 이리저리 막다 보니 하나만 막겠다는 생각과 달리 여러 신호를 막게 됐다.

움찔!

막는 곳이 많아지자 테슬라가 반응을 보였다. 다행히 잠시 움찔하고 사탕 빨기에 여념이 없었다.

전기적 신호 a와의 술래잡기는 20여 분이 지나서야 끝났다. 본의 아니게 b, c, d 등도 막혔지만 어쩔 수 없었다. 신호들은 전

뇌가 아닌 좌뇌로 가서 그곳에서 작동하기 시작했다.

"테슬라, 이상한 거 없어?"

"…뭐가요?"

"느낌이 이상하다거나, 기분이 이상하다든가."

"……?"

"아니다. 오늘은 여기까지 하자. 사탕 먹고 양치하는 거 잊지 말고."

"네!"

정신이 온전치 않은 테슬라에게 묻는다고 될 것 같지 않았다.

"윌리엄, 오늘 밤 테슬라의 행동을 유심히 봐주세요."

"뭔가를 했나 보군요?"

"전뇌로 향하는 신호 몇 개를 막았습니다."

"무슨 소린지 모르지만, 치료했으니 달라진 것이 있나 지켜보라는 얘기군요."

"네. 가능성은 희박하지만, 이상 증상을 보이면 시간에 관여치 말고 전화를 주세요."

"그러죠."

"그리고 모레는 2박 3일간 방송 촬영이 있습니다."

"그 얘긴 들었습니다. 관광이나 다녀와야겠군요."

"이해해 주셔서 감사합니다. 그럼."

그 후, 퇴근했고 다행히도 연락은 없었다.

대신 다음 날, 테슬라의 이상행동 중 하나가 사라졌다는 얘기를 들었다.

　　　　　*　　　　　*　　　　　*

　전설을 찾아서 촬영 장소가 대전역 앞이라 간만에 지하철과 KTX를 탔다.

　운전하고 가서 루시에게 알아서 따라오라고 할 수도 있었지만 최근 음주운전 단속이 많아 혹시 유령차(?)로 걸릴까 봐 대중교통을 이용한 것이다.

　8시 30분까진데 너무 이른 7시 30분에 도착했다.

　밖에 나가면 촬영 팀이 있겠지만, 뻘쭘하게 서 있는 것보단 잠깐 카페에 있다가 가는 게 나을 듯싶다.

　두리번거리는데 가장 눈에 띄는 곳은 빵집이었다. 아침임에도 많은 이들로 북적이고 있었다.

　마침 커피도 팔기에 유명한 빵과 커피를 주문해서 자리를 잡았다.

　확실히 막 만든 빵은 진리다. 거기에 달콤한 커피가 더해지자 아침의 몽롱함이 싹 달아난다.

　"어?! 한두삼! 여기서 뭐 해?"

　"어! 석호 형!"

　유명한 곳에 앉아 있으니 이런 장점이 있었다.

　"뭐하긴요. 일찍 도착해서 시간 보내고 있었죠. 형은 빵 먹으려고요?"

　"응. 대전에 오면 꼭 들러 먹고 사가거든. 내가 빵돌이 아니냐."

"빵 가져와서 앉아요. 커피는 아메리카노죠? 시켜둘게요."

"아이스로."

빵을 좋아한다는 말이 거짓말이 아닌 듯 포장된 것까지 잔뜩 샀다.

"지난주 촬영은 잘했어요?"

"…으응. 잘 끝냈어."

"일이 있었어요? 어째 대답이 영 시원찮네요?"

"아, 아냐! 일은 무슨."

"말을 더듬으니까 더 수상한데?"

"누가 말을 더듬었다고……. 오늘 방송이니까 저녁에 확인해 보면 되잖아."

"하하! 형은 놀리는 재미가 있다니까. 그리고 촬영해야지, 방송 볼 시간 있겠어요?"

"…자식이! 감히 형을 놀려!"

손석호와 장난치고 있는데 이번엔 이경철이 왔다.

"어! 두 사람 여기 있었네."

만남의 광장이 따로 없다. 이경철에 이어 유민기, 전철희가 속속들이 왔다.

결국, 진보라까지 왔고 스태프들 먹을 빵까지 잔뜩 사서 촬영 장으로 갔다.

"빵 사온 건 고맙지만 분장 언제 하고, 언제 촬영할래? 빨랑빨 랑 안 움직여!"

근 한 달 만의 촬영이지만 촬영장 분위기는 별반 달라진 것이 없었다.

다만 뭐랄까, 묘한 기류가 도는 기분이다.

"쓸데없는 소리 말고 분장이나 하고 와. 오늘 중요한 발표가 있으니까."

문 PD에게 말했다가 괜히 한소리 들었다.

분장을 마치고 카메라 앞에 섰다.

평소라면 이번 주에 어디를 갈지 추측하거나, 지난주에 어땠는지 말하며 오프닝을 했을 텐데, 봄이라 그런지 날씨 얘기만 하곤 오프닝을 끝냈다.

손석호가 왠지 비장한 목소리로 문 PD에게 물었다.

"이번 주는 어딜 가는 겁니까?"

"지난주에 예고했듯이 전설을 찾으러 갈 겁니다."

"……!"

"……!"

전설이라니……. 가만, 근데 왜 대전에서 전설을 찾는 거지?

두삼은 전설을 찾는다는 소식보다 왜 대전에서 촬영을 하는 건지가 더 궁금했다.

"전설을 찾는 일이기에 위치 힌트는 드리지 않을 생각입니다."

"우우~"

"전설을 찾는다고 너무 막연한 거 아닙니까?"

"대신 스마트폰과 차를 이용해도 좋습니다."

"전혀 안 반갑네요. 위치 힌트는 그렇다고 해도, 다른 힌트는 없어요?"

"과거 유명했던 곳이라 60대 이상의 사람들은 잘 알고 있을 가능성이 높습니다."

"음, 그렇다면 찾아볼 만할 것 같은데? 너흰 어때?"

"일단 해보죠. 만일 사람들이 잘 모른다고 하면 그때 다시 협상하면 되지 않겠어요?"

"오케이! 그럼 어떻게 나눌까?"

"석호 형이랑 보라, 경철이랑 민기, 나랑 두삼이 이렇게 하는 거 어때요?"

"나쁘지 않네. 정보 공유는 전화로 하자."

출연자들이 얘기하는 동안 두삼은 머리가 복잡해서 끼어들지 못했다.

그동안의 여러 가지 정황 증거들은 뭐란 말인가.

솔직히 할아버지가 굳이 전설의 고수가 아니라고 해도 상관없다.

자랑하려 했다면 문 PD에게 언급이라도 했을 거다.

근데 확신하고 있다가 엉뚱한 곳에서 언급이 되자 왠지 당황스럽다.

가짜? 아님 자신의 착각?

문 PD가 어설프게 했을 리 없을 터, 일단은 어떻게 진행되는지 지켜보기로 했다.

전철희가 어깨를 툭 치며 물었다.

"두삼아, 어디 안 좋아?"

"…아뇨. 잠깐 생각할 것이 있어서요."

"무슨 생각?"

"별거 아니에요. 우린 어디로 가요?"

"대전 시청 기준으로 위쪽."

"가요. 운전은 제가 할게요."

"됐어. 내가 할 거야. 난 남이 운전하는 차 못 타."

"…매니저가 운전하는 건 어떻게 타요?"

"매니저야 오래됐잖아."

전에 다른 사람이 운전하는 차 잘만 탔던 것 같은데 이상했다.

그러나 충분히 그럴 수 있는 일이었기에 곧 수긍하고 조수석에 앉았다.

카메라가 정면에서 바라보고 있어 부담스러워 옆으로 살짝 돌리려 했다.

"뭐하려고?"

"잘난 얼굴도 아닌데 너무 빤히 보이잖아요. 살짝 옆으로 돌리려고요."

"내버려 두는 게 좋을걸. 지난주에 출연자들이 카메라 만져서 구도가 깨졌다고 말이 나왔거든."

"그랬어요? 어쩔 수 없죠."

뻗었던 손을 뒤로 빼고 시선을 창밖으로 돌렸다.

'만일 진짜 전설이 할아버지가 아니고 대전에 살아 있다면, 그의 실력이 얼마나 대단할지 궁금하네.'

의문 절반, 호기심 절반.

생각을 할수록 정말 할아버지 같은 실력자가 남아 있었으면 했다.

그에게 뭔가를 배운다기보단 같은 길을 가는 사람으로서 얘기하고 싶달까.

"두삼아, 저기 경로당 있는데 가볼래?"

"아, 네. 그래요."

전철희의 말에 혼자만의 생각에서 깼다. 그리고 주차를 하자마자 차에서 내려 경로당으로 들어갔다.

"실례합니다, 어르신들!"

"응?! 어디서 많이 보던 얼굴이네?"

"안녕하세요, 개그맨 전철희입니다."

"아! 개그맨이었군. 어쩐지 낯이 익다 했어. 근데 무슨 일인가?"

장기를 구경하던 할아버지가 적극적으로 맞이해 줬다.

"다름이 아니라 대전에 정말 유명했던 한의원이 있다고 해서요. 혹시 아시는 거 있으세요?"

"한의원? 음……."

"전설이라 불릴 만큼 대단했다던데요."

"글쎄, 퍼뜩 기억이 나지 않는데……. 김 이사, 혹시 대전에 유명한 한의원 있었어?"

구경꾼 할아버지는 장기를 두고 있는 노인에게 물었다. 김 이사라 불리는 노인은 중지로 안경을 올리며 말했다.

"예전에 화타의 현신이라고 불리던 그 한의원 말하는 거 아냐?"

"그런 곳이 있었나? 아! 재작년 죽은 임 영감 살렸던 한의원 말이지?"

"그래. 한동안 엄청 유명했잖아."

"아하! 이제야 기억에 나는구먼. 한때 대전 전체가 그 한의원 얘기로 떠들썩했지."

"기억나세요, 어르신?"

"웅! 소문으론 손만 대면 아픈 곳이 낫게 했다더군."

"오! 그곳이 어디 있는지 아세요?"

구경꾼 할아버지는 생각할 때 코를 만지는 버릇이 있는지 코를 이리저리 만졌다.

"글쎄, 그게 2년쯤 소문이 무성하다가 어느 날부턴가 소문이 사라져서 말이야."

"에? 왜요?"

"나야 모르지. 1년쯤 지나자 소문이 드문드문 하더니 2년쯤 지나자 완전히 사라졌어. 김 이사, 자넨 아나?"

"거참! 장기 두는데 정신 사납게……. 거기 1년쯤 하다가 문을 닫았을 거야."

"아니, 왜? 소문이 났다면 그만큼 환자들도 많았을 텐데 말이야."

"난들 아나. 소문이 나고 6개월쯤 뒤에 소화가 안 돼서 찾아갔는데 문이 닫혀 있더군."

"거기가 어딥니까 이사님?"

전철희는 아무래도 김 이사라는 노인에게 묻는 게 빠를 것 같았는지 그에게 물었다.

"거기 없어졌어."

"방금 들어서 알고 있습니다. 그냥 가서 찾아보려고요. 혹시 어디로 갔는지 알 수 있을지 모르니까요."

"가게 자리 지금은 아파트 단지로 바뀌었어."

"……"

"그리고 내가 듣기로 그 한의사 함양으로 갔대."

"헉! 함양이요? 진짭니까?"

"진짠지, 가짠지 난 모르지. 나도 들은 대로 말해주는 거뿐일세."

"감사합니다, 어르신!"

전철희는 두삼의 팔을 잡고 한 구석으로 갔다. 그리고 나지막이 물었다.

"어떻게 생각해?"

"뭘요?"

"함양으로 갔다는 거."

"글쎄요. 함양으로 갔으면 함양에서 시작하지 않았을까요?"

"지금껏 그랬지. 근데 차를 준 게 이상하지 않아? 내가 보기엔 함양으로 가라는 거 같은데."

"저도 그 점이 약간 이상하긴 한데……. 일단 다른 멤버들에게 알리고 의논해 보죠."

초반에 먼 거리에서 찾아가는 콘셉트로 촬영을 할 때를 제외하곤 한 번도 승용차를 제공한 적이 없었다.

한데 뜬금없이 차량을 제공한 걸 보면 함양으로 가라는 뜻일 수도 있었다.

그러나 과대 해석일 가능성도 배제할 수 없었기에 멤버들과 의논이 필요했다.

전철희는 마치 뭔가에 꽂힌 사람처럼 손석호에게 전화를 걸어

들은 바를 얘기했다. 그리고 잠깐 뭔가를 얘기하더니 전화를 끊었다.

"석호 형도 비슷한 얘기를 들었나 봐. 일단 시청에서 만나서 의논하기로 했어."

"그래요? 얘기해 보면 결론이 나오겠죠. 가요."

두삼은 전철희와 함께 경로당의 노인들에게 인사를 하고 밖으로 나갔다.

두 사람이 완전히 사라지고 잠시 후, 문 PD가 경로당으로 들어왔다. 그러자 구경꾼 노인이 반가운 표정으로 물었다.

"우리 잘했나?"

"하하! 네, 어르신. 아주 잘하셨습니다. 배우 했어도 성공하셨겠네요."

"허허! 배우는 무슨. 그리고 나보다 김 이사가 훨씬 잘하더만."

"잘하긴. 혹시나 걸리는 거 아닌지 가슴이 두근거려서 혼났어."

"두 분은 물론 다른 분들도 다 잘해주셨습니다. 이건 약속드렸던 출연료입니다."

"허허허! 뭘 이런 걸 다… 오늘 다 같이 막걸리 한 사발 할 수 있겠군. 그런데 말이야, 2주 전에 했던 말을 똑같이 하라고 한 이유가 아까 개그맨 옆에 있는 그 젊은 친구를 속이기 위함이었나?"

"아, 네. 그 젊은 친구가 1년쯤 이곳에 있었던 한의사의 손자거든요. 일종의 몰래카메라입니다."

"허! 그래? 근데 손자도 할아버지만큼 실력이 좋나 모르겠군."

"대단한 실력자죠. 저희 방송 보시면 웬만큼 알 수 있을 겁니다."

"KBC라고 했나?"

"채널H입니다. 오늘 방송이니 꼭 보십시오. 전 이만 가보겠습니다. 촬영에 도움을 주셔서 감사합니다."

"잘 가시게."

문 PD가 떠나자 노인들은 출연료를 확인하고 점심 때 뭘 먹을지에 대해 얘기했다.

문 PD가 경로당을 나와 시청으로 향할 때, 출연진들은 모두 시청 앞에서 모여 함양으로 갈지 의논했다.

"차를 주고 찾는 시간을 넉넉히 준 걸 보면 아무래도 울산 같아."

"석호 형 의견에 나도 동의해."

"저도요. 이렇게 된 거 빨리 움직이죠."

"어디서 볼까요?"

"함양 군청에서 보자. 먼저 도착한 사람들은 먼저 찾아보는 거로 하고."

웬일로 반대하는 사람은 한 명도 없었다. 모인지 5분도 되지 않아 결정을 내리고 차에 올랐다.

두삼은 약간 이상한 느낌에 중얼거렸다.

"이상하네요."

"뭐가?"

"다들 의견이 일치하는 것도 그렇고, 민기가 뭔가를 먹자는

얘기도 안 하고, 아무튼 사람들이 평소와 조금 다른 것 같아서
요."

"…다르긴 한데… 전설을 찾는다는 것 때문에 그런 거 아니겠
어?"

"그럴 수도 있겠네요."

느낌일 뿐인지라 그냥 넘어갔다. 근데 이상함이 구체화된 건
함양에 도착할 때쯤이었다.

통영대전중부고속도로를 타고 내려오다가 전철희가 배가 아프
다며 함양 휴게소에 들렀고, 거기서 간단히 간식을 먹는다고 시
간을 끄는 사이 함양에 먼저 도착한 손석호 팀에게 연락이 왔
다.

—너희 어디냐?

"함양 휴게소요."

—그럼 곧장 산청으로 내려가야겠다.

"갑자기 왜요?"

—우리가 방금 도착해서 한의사를 문의해 봤는데 여기서도
1년쯤 있다가 산청으로 갔대.

"에엑! 진짜요?"

전철희가 흘깃 두삼을 보며 놀란 연기를 했다.

두삼이 보기에 분명 놀란 연기였다. 그러자 아침부터, 아니,
전(前)주에 갑자기 촬영에 오지 말라는 것부터 지금까지 모든 상
황이 의심스러워졌다.

"두삼아, 석호 형이 우리보고 먼저 산청으로 가라고 하는데?
전설의 한의사가 산청으로 옮겼대."

"그럼 그리 가요."

몰래카메라라는 확신이 들었지만 두고 보기로 했다. 차는 곧장 산청으로 향했다.

남강이 굽어 흐르는 곳에 위치한 산청에 가장 먼저 도착했다.

군청 근처에 주차를 하고 전철희에게 가자는 대로 따라갔다.

오래된 슈퍼 앞 평상에 앉아 있는 노인들에게 유명한 한의사에 대해 물었고, 이번에도 역시나 1년쯤 일하다가 어디론가 갔다는 얘기를 들었다.

두삼은 거의 확신을 하고 할머니에게 물었다.

"혹시 그 한의사분 어디로 떠났는지 아세요?"

"하동."

"…그렇군요. 감사합니다, 어르신."

노인들에게 인사를 하고 차 있는 쪽으로 향하던 두삼은 전철희에게 말했다.

"형, 언제까지 계속할 거예요?"

"…뭘?"

"몰래카메라요."

"무슨 얘긴지……."

"그만해요. 이제 재미없어요."

물끄러미 바라보던 전철희는 머리를 긁으며 말했다.

"쩝! 언제 알았냐?"

"함양 휴게소에서 확신했죠."

"이럴 줄 알았어. 그래서 천천히 내려오자고 건의했었는데. 근데 네 할아버지가 전설이라 불렸던 거 알고 있었냐?"

"짐작은 하고 있었죠."

"언제?"

"좀 됐죠."

"그랬구나. 잠깐만, 끝났다고 연락해야지."

전철희는 문 PD와 다른 멤버들에게 연락을 했다. 문 PD는 이미 하동에 있다면서 오라고 했다.

모인 곳은 공교롭게도 두삼이 악양에 올 때면 항상 들렀던 재첩국 가게였다.

차에서 내리자 문 PD가 다가오며 말했다.

"철희는 안에 가 있고, 한 선생은 인터뷰 좀 하자."

인터뷰 장소는 등 뒤로 횡천강이 보이는 나무 밑이었다. 편의점 야외 테이블에서 흔히 보는 파란색 플라스틱 의자에 앉자 문 PD가 빙긋 웃으며 물었다.

"놀랐지?"

"잠깐이요. 금방 괜찮았어요."

"한 선생 할아버지가 우리가 찾는 전설이라는 건 언제 알았어?"

"작년부터 짐작하고 있었어요. 출연했던 선생님들이 은근히 힌트를 주셨거든요."

"왜 말 안 했어?"

"짐작일 뿐인데 말하기 그랬어요. 할아버지께서 밝히길 바라신 것 같지도 않았고요. 근데 PD님은 어떻게 아셨어요?"

"제보가 있었어. 꽤 자세한."

"…볼 수 있을까요? 사실 저도 잘 모르는 것이 많아서요."

"촬영 끝나고 줄 생각이었어. 그리고 지난 촬영 때 네 할아버지에 대한 것들을 촬영했으니 방송을 보면 어느 정도 알 수 있을 거야."

"할아버지의 과거를 방송으로 볼 줄은 생각도 못했네요. 하하! 근데 앞으로 방송은 어떻게 되는 겁니까?"

"방송 걱정까지 해주는 거야?"

"제 입으로 이런 말을 하는 게 이상하긴 한데 전설을 찾아서잖아요. 찾았으니 끝난 거 아닌가요?"

"'새로운 전설을 찾아서'로 바꾸면 되지."

"하하하! 그런 방법도 있군요."

"이건 방송에 안 나갈 질문인데, 혹시 그만둘 생각을 하고 있는 건 아니지?"

"저보다 예능감 넘치는 사람이 낫지 않겠어요?"

"그만둔다는 얘기처럼 들리는데?"

"더 하는 것도 이상할 것 같지 않아요? 그냥 새로운 전설을 찾아서 하게 되면 그때 찾아오세요. 하하하!"

"꿈도 크다. 우리 방송에 출연하기 원하는 사람들이 얼마나 많은지 알아?"

"치사하게. 아무튼, 전 이번만 하고 빠지는 게 여러모로 나을 것 같네요. PD님도 그렇게 생각하시잖아요?"

"아닌데. 난 방향만 살짝 바꿔서 한 선생을 계속 데리고 갈 생각이야."

"재미없을 거예요."

"이 얘긴 촬영 끝나고 해보자고. 할아버지가 전설적인 한의사였다는 걸 알게 되니 기분이 어때?"

"솔직히… 자랑스럽습니다. 그리고 한편으로 제가 명성에 누가 되지 않을까 어깨가 무겁네요."

"훗! 그럴 필요 없어. 한 선생도 지금 충분히 멋지게 하고 있으니까."

인터뷰는 나머지 출연자들이 다 도착할 때까지 근 30분간 계속됐다.

대부분 할아버지에 대한 질문이었는데, 기억이 나는 한 최대한 자세히 얘기했다.

"마지막 질문. 할아버지께 한마디 한다면?"

"음……."

말을 하기도 전에 복잡한 감정이 울컥 올라왔다.

"……."

주책없게도 눈물이 주룩 흐른다.

얼른 닦아보지만 소용없었다. 할아버지의 주검을 본 그때처럼 멈추지 않았다.

갑자기 왜 이러는 건지 모르겠다.

얼른 끝내기 위해 입을 열었다.

"…할아버지의 가르침대로 하기 위해 열심히 노력하고 있습니다. …보고 싶습니다. 그리고… 실례합니다."

멈추지 않는 눈물 때문에 자리를 박차고 일어났다. 인터뷰 장소에 벗어난 두삼은 유유히 흐르는 강을 바라보며 감정을 추슬

렀다.

아무래도 마지막 질문에 대한 답은 다시 촬영을 해야 할 것 같았다.

『주무르면 다 고침!』 15권에 계속…